A E
& I

El judío de Shanghai

Autores Españoles e Iberoamericanos

La Fundación José Manuel Lara
y Editorial Planeta convocan el Premio de Novela
Fernando Lara, fiel al objetivo de Editorial Planeta
de estimular la creación literaria
y contribuir a su difusión

Esta novela obtuvo el XIII Premio de Novela
Fernando Lara, concedido por el siguiente jurado:
Ángeles Caso, Fernando Delgado,
Juan Eslava Galán, Antonio Prieto
y Carlos Pujol, que actuó a la vez como secretario

Emilio Calderón

El judío de Shanghai

Premio de Novela Fernando Lara
2008

Este libro no podrá ser reproducido, ni total ni parcialmente, sin el previo permiso escrito del editor. Todos los derechos reservados.

© Emilio Calderón, 2008
© Editorial Planeta, S. A., 2008
Diagonal, 662-664 - 08034 Barcelona (España)

Primera edición: junio de 2008

Depósito Legal: B. 27.740-2008

ISBN 978-84-08-08151-7

Composición: Foinsa-Edifilm, S. L.

Impresión y encuadernación: Cayfosa-Quebecor, S. A.

Printed in Spain - Impreso en España

A mis padres

No sentía el menor deseo de hurgar en esta alta montaña de polvo que son las gestas históricas de los pueblos.

Eugenio Onieguin, Pushkin

¿Acaso el hombre puede ser libre si la mujer es esclava?

Percy B. Shelley

MANILA, 1975

Estimado señor Wang:

Permítame decirle que su propuesta de colaborar en un libro me tiene asombrado, máxime cuando no tenemos el gusto de conocernos, vivimos en ciudades diferentes y, para colmo, yo no soy lo que se dice un escritor profesional. Todo lo más que he hecho en el campo de la escritura ha sido publicar un centenar de artículos en revistas médicas especializadas, que hacían referencia a la utilización de antibióticos en el sudeste asiático durante los años inmediatamente posteriores a la segunda guerra mundial. Nada que pueda ser reseñable desde el punto de vista literario.

Su currículum, en cambio, es impresionante. Sus tres volúmenes relativos a la guerra sino-japonesa son, sencillamente, extraordinarios. Su penetrante enfoque y el hecho de que su obra no haya contentado a los comunistas de la China continental ni a los nacionalistas de Taiwan pone de manifiesto sus cualidades como historiador. Además, conjugar el rigor científico con la amenidad divulgativa, tal y como usted hace, no es tarea fácil (si no me cree, lea uno de mis artículos médicos y entenderá a qué me refiero). De modo que sigo preguntándome qué interés puede tener usted, y por extensión su editor de Hong Kong, en que yo tome parte en su nuevo proyecto.

Me pide que escriba sobre los años que pasé en Shanghai, desde que desembarqué en la ciudad en compañía de un pasaje compuesto mayoritariamente por refugiados judíos, a mediados de 1939, hasta la rendición del ejército japonés, a finales del verano de 1945. Y basa su petición en el conocimiento de una persona que en su día aprecié mucho: Gianni Molmenti. Me pregunto cómo diablos el viejo Molmenti ha sabido que vivía en Manila. Claro que hablamos de un periodista avezado y, sobre todo, paciente. Si no está al tanto, pídale de mi parte que le narre la historia del tren que llegó a su destino con cuatrocientas horas de retraso. Según refiere usted en su carta, Molmenti le ha dicho que yo lo sé todo sobre el Shanghai de principios y mediados de los años cuarenta, en particular lo concerniente a la «cuestión judía». No le falta razón a mi viejo amigo, aunque, para decir toda la verdad, también él «vivió» la historia de los judíos de Shanghai en primera persona. Eso me lleva a plantearme la siguiente pregunta: ¿Por qué no le pide a Molmenti que le ayude en su libro? Desde luego, él está mucho más capacitado que yo. Supongo que en sucesivas misivas tendremos la oportunidad de aclarar ésta y otras dudas que puedan ir surgiendo.

Según reza en la solapa de una de sus obras, es usted un anglo-chino nacido precisamente en Shanghai, en 1940. Ese dato de su biografía me brinda la esperanza de haber conocido a su padre, aunque para serle del todo franco, desde que Japón y Estados Unidos entraron en guerra en diciembre de 1941, dejé de tener contacto con la colonia británica. Como es bien conocido, todos fueron internados en campos especiales.

Desde luego, si hay algo que evidencian sus palabras, y por ende su propuesta, es que usted padece el clásico mal de la discordancia entre el pasado y el presente, cuyo síntoma principal es la melancolía. Usted vivió en Shanghai siendo niño, y con su proposición pretende que sea yo quien complete las lagunas de su memoria. Amigo mío, le comprendo perfectamente, pues Shanghai es comparable, para emplear una expresión médica, con una enfermedad incurable que tiene su solar en el alma, y que sólo los recuerdos logran atenuar parcialmente. Créame si le digo que cada tarde, cuando me asomo a la terraza de mi apartamento de Roxas Boulevard para contemplar la puesta de sol de Manila, mi mente vuelve indefectiblemente a la ciudad «más arriba del mar», que es lo que literalmente significa Shanghai.

Hecha esta reflexión, creo que estaría de más seguir cuestionando la conveniencia de tomar parte en su proyecto, pues la respuesta a todas mis dudas está en usted, en su necesidad de recuperar la memoria que le ayude a unir pasado y presente. Después de todo, como dice un proverbio que aprendí en su país: la retentiva más potente es más débil que la tinta más pálida. Escribamos, pues, ese libro…

Reciba un cordial saludo.

Martín Niboli

HONG KONG, 1975

Apreciado señor Niboli:

Muchas gracias por la celeridad de su respuesta y por sus atentas palabras. Si abrigaba dudas sobre su idoneidad para afrontar un proyecto como el que le propongo, han quedado disipadas después de leer su carta. Ni que decir tiene que ambos compartiremos la autoría del libro, para lo bueno y para lo malo.

Desgraciadamente, nuestro amigo Molmenti no goza de buena salud. Hace dos años y medio sufrió un ictus, y como consecuencia del mismo ha perdido la movilidad en el lado derecho de su cuerpo. A los problemas motrices, hay que sumar otros que le afectan al habla y a su capacidad para escribir. De ahí que me haya visto en la necesidad de recurrir a usted.

Según me ha comentado el señor Molmenti, usted mantuvo un estrecho trato con un judío llamado Leon Blumenthal. Se trata de una pieza clave en la historia que estoy tratando de escribir (¿o debería decir de recomponer?), de manera que le agradecería sobremanera que describiera pormenorizadamente su relación con él. Imagino que se estará preguntando por qué estoy interesado en un personaje como Leon Blumenthal. Permítame que guarde el secreto por el momento. Sólo puedo adelantarle que me hallo inmerso en una delicada investigación, y que su testimonio puede arrojar luz sobre ciertos aspectos que tuvieron que ver con los judíos en Shanghai durante la ocupación japonesa de la ciudad. De manera que no sólo me interesa el señor Blumenthal, también me importan otros personajes, como los señores Yushio Kodama y Ryochi Sasakawa, a quienes, al parecer, tuvo ocasión de frecuentar.

En cuanto a la posibilidad de que haya conocido a mi padre, es tan alta como seguro es que yo no llegué a conocerle nunca. En aquella época, como usted sabe, los hijos nacidos de una relación mixta no eran bien vistos (éramos conocidos como *chee-chees*, palabra, al parecer, de origen hindú), de manera que fui llevado lejos de Shanghai nada más nacer. Luego viví en la ciudad una temporada durante los meses previos y posteriores a la finalización de la guerra. De modo que son innumerables los acontecimientos que, por decirlo así, he olvidado; otros, en cambio, los conservo vívidamente en la memoria. Aunque en muchos casos no son más que un montón de imágenes confusas. Si me permite expresarlo con una metáfora, la gran mayoría de los recuerdos que han arraigado en mi mente viven dentro de ella como olas agitadas por la marea; a veces se acercan hasta la orilla y puedo tocarlas con las manos; en otras ocasiones, en cambio, sólo alcanzo a ver el reflejo irisado de las crestas, la efímera ilusión de la espuma, restos de algo que no sé discernir si tuvo lugar o es fruto de un sueño. De modo que llevo años esperando una revelación. Un fogonazo que ilumine cada acontecimiento, cada detalle. De ahí mi deseo por discriminar lo que es real de lo que no lo es. Necesito ordenar mis recuerdos. Sea como fuere, no dejo de preguntarme si Shanghai era de verdad la ciudad displicente y alborotada, ambivalente y tumultuosa que creo. Los chinos decimos que es el destino el que decide la vida de una persona. En mi caso, ese destino tiene nombre de ciudad: Shanghai.

A pesar de que llevo mucho tiempo tratando de reconstruir la historia de la China de los últimos cincuenta años, el espacio que me corresponde ocupar en ese rompecabezas sigue estando vacío. Espero que usted me ayude a completarlo.

¿Qué más puedo decirle cuando ya se lo he pedido todo?

Reciba un cordial saludo.

Wang Zemin

MANILA, 1975

Estimado señor Wang:

No se imagina cuánto lamento la enfermedad del viejo Gianni Molmenti. Si cabe, su estado de salud me servirá de acicate a la hora de escribir, como si lo hiciera por los dos. Recuerdo una frase suya que empleaba para referirse a los continuos cambios que se iban produciendo en la ciudad. «Shanghai era un reguero de chismes y ahora se ha convertido en un reguero de pólvora», decía. Así que si no tiene inconveniente, voy a tratar de narrarle cómo el reguero de chismes que era Shanghai se convirtió en un polvorín, cómo los corazones de quienes habitábamos en la ciudad se tornaron negros como el carbón (fruto de la desconfianza que provocaba la situación política general), cómo las palabras se transformaron en azufre, y cómo los japoneses primero, los nacionalistas chinos después y los conspiradores comunistas por último se encargaron del comburente y de hacerlo estallar todo en mil pedazos. No pierda el tiempo pensando si Shanghai fue tal o cuál cosa, porque la ciudad que usted recuerda fue solamente un sueño que duró cien años. Durante ese tiempo, Shanghai permaneció a los ojos del mundo oculta bajo un velo tejido por el humo de las pipas de opio. ¿Conoce una obra de Bertold Brecht titulada *Ascenso y caída de la ciudad de Mahagonny*? Narra la historia de una ciudad levantada en medio de la nada por un extravagante grupo de prófugos a los que las autoridades persiguen por quiebra fraudulenta y prostitución. Mahagonny se convierte así en un lugar consagrado al placer, sin leyes, el paraíso de los buscadores de oro y de los contrabandistas. Lo único que no estaba permitido en Mahagonny era carecer de dinero y, en consecuencia, la única regla que había que respetar era pagar las deudas. Pues bien, en cierta forma, la historia de Shanghai se parece mucho a la de Mahagonny. Shanghai fue erigida sobre terrenos pantanosos, muy cerca de la costa. Más tarde, la ciudad cayó en manos extranjeras, se establecieron las llamadas Concesiones Internacionales, y se crearon leyes que favorecían la especulación y el enriquecimiento de sus habitantes, con independencia del tipo de actividad que desarrollaran. Los únicos que se ganaban la vida con el sudor de su frente eran los culis chinos, que tiraban de los *rickshaws*. El fraude y la prostitución se convirtieron en los motores de la actividad económica y, como en Mahagonny, para sobrevivir bastaba con pagar las deudas. Pero también como sucedió en esta ciudad imaginaria, el placer se tornó primero en insaciable y más tarde en ingobernable. Fue entonces cuando se puso de manifiesto que Shanghai sólo había sido el sueño fraudulento de un puñado de tahúres. Como me dijo en una ocasión un sacerdote evangelista establecido en la ciudad, si Dios hubiera dejado que Shanghai perdurara, a continuación hubiera tenido que disculparse por haber destruido Sodoma y Gomorra. Desconozco si se debió a una maldición divina, pero cuando Shanghai tuvo que sobreponerse a las adversidades, cuando tuvo la oportunidad de reinventarse, lo que hizo fue traicionarse a sí misma. Sí, la metrópoli del Gran Humo se consumió como una pipa de opio.

Reciba un cordial saludo.

Martín Niboli

SHANGHAI, 1943

1

Esta historia comienza con la muerte de un judío, en la tarde-noche del 12 de septiembre de 1943. Por aquel entonces, yo era el cónsul de España en Shanghai, aunque mi verdadera profesión era la de médico.

Me disponía a ponerle una inyección a Nube Perfumada, mi criada china, cuando alguien aporreó la puerta de la casa.

—Yo iré a abrir. Tú quédate aquí —le dije.

Nube Perfumada ovilló su cuerpo como sólo sabe hacerlo una mujer que ha sido esclava sexual del ejército japonés durante dos años, hasta que contrajo la sífilis y su cuerpo quedó inutilizado. Gracias a mí, logró salvar la vida y recuperar cierta esperanza por la especie humana. Aunque el proceso estaba resultando tan lento como doloroso era el tratamiento contra la enfermedad. Dos veces al mes le tenía que inyectar sendas dosis del compuesto n.º 606, el Salvarsan, el único antisifilítico sintetizado que curaba la enfermedad sin ser tóxico para el paciente. Claro que las molestias de la inyección no eran nada en comparación con las heridas de su alma.

Yo, en cambio, no tenía nada que temer. Después de que Japón y Estados Unidos entraran en guerra, los nipones residentes en ese país habían quedado bajo la tutela de la embajada de España en Washington, de modo que mi situación en Shanghai era a todos los efectos la de un aliado. Y eso era decir mucho en los tiempos que corrían.

De manera que cuando abrí la puerta de la casa, no me sorprendió encontrarme a un agente del Kempei Tai, la temible policía secreta del ejército japonés. Lo reconocí porque en el uniforme llevaba la insignia de una estrella en forma de flor rodeada de hojas. Era un hombre pequeño con cara de oblea de maíz, nariz ganchuda como un loro y mirada oblicua. Como solía ocurrirle a la mayoría de los militares japoneses, el gran tamaño de la cartuchera de madera del revólver Máuser desentonaba con la baja estatura de quien la portaba, hasta el extremo de hacerle parecer cómico. Aunque si los japoneses tenían algo verdaderamente pequeño era el sentido del humor.

—¿Mister Niboli? ¿Monsieur Niboli? —se dirigió a mí.

Pese a que el inglés era la lengua franca de Shanghai, yo vivía en la Concesión Francesa, de ahí que el policía probara con los dos idiomas. De los setenta mil agentes que trabajaban en el Kempei Tai un tercio hablaban inglés, en contra de las costumbres japonesas. Muchos de ellos habían residido en Estados Unidos antes de que estallara la guerra.

—Soy yo —respondí.

Me sorprendió cuánto desentonaba la figura marcial de aquel hombre con el sereno bullicio de la Avenue Joffre, que nada más ponerse el sol se había llenado de transeúntes, culis arrastrando sus *rickshaws*, prostitutas, franceses partidarios de la Francia de Vichy, franceses contrarios a la Francia colaboracionista, rusos blancos (había tantos en la Concesión Francesa que habían bautizado la

Avenue Joffre con el sobrenombre de Moscow Boulevard), *amahs* chinas vigilando a los niños occidentales que tenían a su cargo, miembros de la «yangjingband culture» (con ese nombre eran conocidos los chinos que habían sucumbido a las costumbres europeas), y militantes clandestinos del Partido Comunista chino y del Kuomitang que lideraba Chiang Kai-shek, sobre los que pendían un millar de bombillas que el viento agitaba como luciérnagas. El único signo de que Shanghai no era la misma ciudad de unos años atrás, era la falta de una nutrida cola delante del Cathai Teathre, donde antaño se exhibían los estrenos de Hollywood. Ahora las películas norteamericanas estaban prohibidas y sólo se proyectaban documentales bélicos que tenían como protagonistas al Ejército Imperial Japonés o a la Wehrmacht. Un tipo de cine que no interesaba a las criadas chinas, siempre ávidas de romanticismo.

—¿Sería tan amable de acompañarnos a la morgue para identificar un cadáver? —me preguntó a continuación el agente del Kempei Tai, al tiempo que me indicaba el lugar donde esperaba una berlina de color negro con dos individuos en su interior.

Hasta ahora, siempre que había tenido que efectuar alguna vista extra-oficial por orden del Kempei Tai, había consistido en tratar algún caso médico relacionado con las enfermedades sexuales de las «*jugun-ianfu*», las «mujeres confort» que los soldados japoneses utilizaban para saciar el apetito sexual. Casos sin importancia que se arreglaban con unas píldoras y unas semanas de abstinencia.

—¿Un cadáver? —pregunté sin saber a quién podía referirse.

—¿Es éste el domicilio de Herr Leon Blumenthal? —prosiguió el interrogatorio en un intento por cerciorarse de que no se había equivocado de dirección.

—Lo es. Bueno, lo era hasta que ustedes obligaron a buena parte de los judíos a trasladarse al «área determinada para apátridas» —respondí.

Ése era el eufemismo que las autoridades militares japonesas empleaban para referirse al gueto de Hongkew, en el distrito del mismo nombre. El único gueto judío del mundo que no estaba en manos de los nazis. La idea de recluir a los judíos había surgido a raíz de la visita secreta (aunque en Shanghai las únicas cosas secretas eran las que no tenían lugar, todo lo demás acababa por saberse más tarde o temprano) del coronel de las SS Josef Meisinger, el jefe de la Gestapo en Tokio, con el fin de trasladar a las autoridades militares japonesas el resultado de la Conferencia de Wannsee, en la que se había aprobado «la solución final» para la «cuestión judía». El plan de Meisinger pasaba por apresar a los judíos cuando estuvieran celebrando el *Rosh Hashanah*, el día del Nuevo Año judío, embarcarlos en paquebotes, conducirlos hasta alta mar y dejarlos morir de hambre. Otra posibilidad pasaba por llevarlos hasta la isla de Tsungming, un lugar desierto, donde los judíos no tardarían en devorarse los unos a los otros ante la falta de agua y de alimentos. A cambio, los japoneses recibirían los bienes que se incautaran a los detenidos. El gobernador militar de Shanghai congregó entonces a los principales líderes de la comunidad hebrea, a quienes preguntó la razón por la cual los alemanes sentían tanto odio hacia ellos. El rabí Simon Kalish le dijo al traductor: «Di al gobernador que los alemanes nos odian porque somos orientales.» La respuesta de Kalish provocó una leve sonrisa en el militar japonés, que tenía fama de hombre serio. Como consecuencia de aquella reunión, los japoneses se limitaron a encerrar a los judíos «sin patria», es decir, los procedentes de Alemania y de aquellos países que habían quedado bajo su dominio, en un gueto sin alambradas pero bajo un férreo control policial, la llamada «área determinada para apátridas». Un total de veinte mil hombres, mujeres, niños y ancianos. El resto, otros once mil, los judíos «con patria», se libraron de ser recluidos, siempre y cuando no poseyeran pasaportes expedidos por gobiernos hostiles como el británico o el norteamericano. De modo que los cerca de ocho mil judíos «sin patria» que por entonces residían fuera del distrito de Hongkew, se vieron forzados a vender sus hogares y negocios a precios irrisorios y a instalarse en el «área determinada para apátridas» antes del 18 de mayo de 1943, fecha límite impuesta por las autoridades japonesas. Aquellos que infringieran esta orden serían duramente castigados.

Así las cosas, yo había llegado a un acuerdo con Leon Blumenthal, según el cual él recuperaría la propiedad de la casa y todas sus pertenencias en cuanto finalizara la guerra. Además, fui incluido en su testamento como albacea, y en caso de que el encierro se prolongara en el tiempo, tenía autorización para vender las antigüedades que atesoraba la vivienda con la finalidad de comprar alimentos o medicinas en el mercado negro, que se había convertido en el negocio más floreciente de Shanghai.

Mi amistad con Leon Blumenthal se remontaba al verano del año 1939. Entonces yo trabaja como médico en el buque italiano *Conte Biancamano*, el mismo que sirvió a miles de judíos alemanes, polacos y austríacos como medio de transporte entre los puertos de Génova y Shanghai, en un viaje que duraba entre tres y cuatro semanas. Por aquel entonces, el mundo estaba dividido entre países donde los judíos no podían vivir y países donde no podían entrar. Shanghai era la única ciudad que no exigía visa, pasaporte, permiso de residencia o disponer de un capital para instalarse en ella. De modo que cualquiera podía asentarse en Shanghai sin más, fuera o no judío. Como se decía entonces: «Todo el que llegaba a Shanghai tenía algo que ocultar.»

Mi labor como médico consistía en reconocer a los emigrantes judíos que embarcaban, con la finalidad de detectar posibles enfermedades que pudieran derivar en una epidemia cuando el barco se encontrara en alta mar. De manera especial, hacíamos hincapié en exterminar parásitos como pulgas o piojos, transmisores del tifus. Un trabajo delicado en extremo, por cuanto que de mi diagnóstico dependía en última instancia la autorización para poder subir a bordo. En muchos casos, el simple temor a ser rechazados era tan fuerte que hacía enfermar a pasajeros completamente sanos, que repentinamente se veían aquejados de ataques de ansiedad o de fuertes jaquecas causadas por la tensión. Fue así, bajo estas circunstancias, como conocí al matrimonio Blumenthal.

El primer contacto lo tuvimos frente a una foto del cantante argentino Carlos Gardel junto a su novia, Isabel del Valle. Ambos habían sido pasajeros del *Conte Biancamano*, en noviembre de 1933, y se habían dejado fotografiar en compañía de la tripulación, que había colgado los retratos en un lugar preferente del barco. Al parecer, Leon Blumenthal era un gran admirador del cantante argentino, y para demostrarlo musitó una estrofa del famoso tango *Caminito*. «*Caminito que el tiempo ha borrado / que justo un día nos viste pasar / he venido por última vez / he venido a contarte mi mal.*» Pese a su marcado acento alemán, su pronunciación era más que aceptable, de modo que acabé preguntándole dónde había aprendido mi idioma. Para mi sorpresa, fue su esposa, una hermosa joven llamada Norah a la que yo había confundido con su hija, la que respondió a mi pregunta en un castellano aún más correcto que el de su marido:

—Ésas son las únicas palabras que conoce de su lengua. Aunque Leon habla el inglés, el francés y el italiano aceptablemente bien, además del alemán y del hebreo, naturalmente.

—¿Y usted, dónde ha aprendido el castellano? —me interesé.

—Soy húngara, de origen sefardí —explicó con cierto regocijo infantil—. Mi apellido de soltera era Revesz. Norah Revesz. Aunque mi familia se trasladó a Dresde en 1932. La única ventaja que tienen los éxodos es que le brindan a una la oportunidad de aprender nuevas lenguas. Suele decirse que los judíos sefarditas expulsados de España siguen guardando las llaves de sus casas de Toledo, pero lo que de verdad han conservado es el idioma, la llave que abre todas las puertas.

El abundante pecho de Norah contrastaba con su cuerpo menudo y sus manos delgadas de dedos largos y rectos. Aunque lo que más destacaba en aquel organismo casi infantil eran unos ojos inquietos e inquisidores, bajo unas cejas negras y oleosas con forma de arcos de medio punto, que cuando se detenían sobre su interlocutor parecían juzgarlo en profundidad.

—¿Puedo preguntarle cómo se conocieron? —me interesé.

—Es una larga historia. Leon fue mi padre antes que mi marido —respondió a mi pregunta.

Y tras comprobar que aquellas palabras habían provocado que mi boca se entreabriera por el asombro, añadió:

—No se alarme. Leon no es mi padre biológico. Mi padre y Leon eran socios. A los dieciséis años perdí a mis progenitores en un accidente de circulación, cuando se dirigían a Badem-Badem. Entonces Leon se hizo cargo de mí. Más tarde, tras los sucesos acaecidos en Alemania como consecuencia de la «noche de los cristales rotos», Leon pensó que lo más conveniente era casarnos, para facilitar el papeleo en el supuesto de que tuviéramos que huir. Mejor una esposa que una hija adoptiva. De modo que somos lo que se suele llamar un matrimonio de conveniencia. Si me permite una pequeña licencia, la pasión en nuestro matrimonio la pusieron los nazis, pues fueron ellos quienes nos arrastraron bajo el *huppah*...

Se refería al trozo de tela adornada que los judíos empleaban en sus ceremonias matrimoniales, y que simbolizaba, entre otras cosas, el nuevo hogar de los contrayentes.

No obstante, había dos elementos que diferenciaban al matrimonio Blumenthal del resto de refugiados. Por un lado, los dos conservaban el cabello intacto —en el caso de Leon, abundante y atildado—, un detalle que indicaba que no habían pasado previamente por un campo de trabajo. Por otro, el hecho de que hubieran logrado un camarote en primera clase evidenciaba que disponían de alguna reserva de dinero en efectivo, por encima de los diez marcos que autorizaban las autoridades alemanas. De hecho, el propio Blumenthal aseguraba haber obtenido los permisos para salir de Alemania en el cuartel general de la Gestapo en Breslau, su ciudad natal, gracias a los contactos que mantenía con miembros del partido nacionalsocialista, a pesar de su condición de judío.

Ambos superaron el reconocimiento «parasitario» sin problemas, aunque detecté que Leon tenía la tensión alta.

—¿Cómo tendría usted los nervios si hubiera sufrido la ignominia de ser arrojado de su país cual desperdicio? Ni siquiera imagina lo que es ser judío alemán en Alemania. Nos hemos convertido en reses marcadas listas para el matadero —me respondió en un italiano con fuerte acento teutón.

Hombre de pequeña estatura, cabeza demasiado redonda, ojos pequeños y almendrados, nariz aquilina y mofletes tan carnosos y rosáceos como los nudillos de sus manos, lo que más llamaba la atención era su sonrisa falsa y paciente. Aunque su carácter era eminentemente prusiano con un toque burgués.

Esa noche los invité a cenar en la mesa del capitán, donde yo tenía asignado un puesto.

Curiosamente, la relación harto particular que Norah me había descrito aquella tarde, no tuvo ninguna incidencia en el comportamiento de la pareja, de la que cualquier persona ajena a sus circunstancias hubiera dicho que formaba el matrimonio perfecto. La madurez y la experiencia en uno; la juventud y la vitalidad en otro. Norah se mostró en todo momento tan atenta y solícita hacia

Leon como podía esperarse de una esposa que es treinta años menor que su marido. De hecho, en el transcurso de aquella velada comprendí el usado tópico que asegura que detrás de toda mujer enamorada se esconde una hija que ha admirado a su padre. Una clase de sentimiento que es perfectamente compatible con otra clase de atracción, más física. Me refiero a que ambos pasamos la noche fingiendo que buscábamos a alguien en el otro extremo del comedor, cuando en realidad se trataba de una excusa para que nuestras miradas se encontraran. Así que no tardé en sentirme embriagado por sus miradas, convencido de que las mías causaban el mismo efecto en ella.

A partir de entonces, el corazón me daba un vuelco cada vez que me tropezaba con Norah. Y si alguno de aquellos encuentros fortuitos se prolongaba más de lo debido en el tiempo, soltaba de pronto:

—He de irme. Tengo que reunirme con «papá» Leon.

Obviamente, yo interpretaba aquella forma de referirse a su marido como una invitación a la esperanza. Aunque se trataba de un arma de doble filo, pues la esperanza sólo se alimenta con más esperanza, y eso es lo mismo que respirar siempre el mismo aire, que acaba por enrarecerse.

En cierta ocasión, mientras contemplábamos las costas de Egipto desde una de las terrazas de la amura de estribor, Norah estableció un paralelismo entre los judíos y la gente de mar, por cuanto que tanto unos como otros pasaban la vida errando. Para el pueblo judío, dijo, la tierra firme se ha convertido también en un mar proceloso. Y cuando quise desmarcarme de aquella comparación asegurándole que yo nada tenía de lobo de mar, que mi interés por la navegación se debía únicamente al hecho de que enrolado en un barco podía conocer nuevos países y culturas, al mismo tiempo que ejercía mi profesión de médico, me replicó:

—Ya sé que no eres un lobo de mar. Pero si lo piensas, una oveja no está capacitada para vigilar el rebaño, sino que esa tarea ha de realizarla un perro pastor. Tú eres el perro pastor de este barco. Un perro pastor entre lobos de mar.

Esa tarde descubrí que su mirada no sólo era inquisidora, sino también acariciadora como un fino paño de terciopelo.

La euforia de mi repentino enamoramiento se fue consolidando durante la travesía, hasta el punto de que cuando llegamos a nuestro destino, solicité el finiquito y decidí instalarme en Shanghai, siguiendo la estela de aquellos miles de expatriados.

En Shanghai recibieron ayuda del Comité Internacional de Inmigrantes Europeos, una organización humanitaria creada por Victor Sassoon y Paul Komor, el cónsul honorario de Hungría en Shanghai, y del Comité para la Asistencia a los Refugiados Judíos, fundado por Horace Kadoorie.

En circunstancias normales, un judío recién llegado a Shanghai tardaba varias semanas o incluso meses en rehacer su vida, y al principio su manutención dependía en gran medida de la caridad de los judíos ricos, quienes habían establecido un comedor gratuito en la sinagoga Beth Aharon. Pues bien, Leon pasó de alimentarse en el comedor de la beneficencia a sentarse en la mesa del propio Horace Kadoorie en el plazo de diez días. Otro tanto ocurrió con la vivienda y con el trabajo, que consiguió sin la intervención del International Committee. Un hecho que provocó que comenzaran a circular una gran variedad de chismes entre los miembros de la «nueva» comunidad hebrea de Shanghai, que acusaban a Blumenthal de ser un arribista sin escrúpulos. Una de las hablillas más extendida decía que Blumenthal había viajado desde Alemania a Shanghai con varias cápsulas llenas de pequeños diamantes en el estómago. Cada noche defecaba la mercancía en un bacín, la rescataba y la introducía en nuevas cápsulas que volvía a ingerir. De esa forma había logrado burlar los controles aduaneros de los alemanes.

Luego presencié con júbilo y asombro cómo Leon amasó una considerable fortuna en apenas dieciocho meses, los que transcurrieron desde nuestra llegada a Shanghai hasta que se produjo el ataque aéreo de Pearl Harbor, a primeros de diciembre de 1941, y las vías marítimas que comunicaban la ciudad con el resto del mundo se interrumpieron. Lo cierto fue que Leon supo sacar provecho de la entrada de Japón en la guerra, puesto que la primera medida que tomó el alto mando militar nipón (que se apoderó de la ciudad sin encontrar resistencia) fue limitar los movimientos de norteamericanos, británicos, australianos y holandeses, que, entre otras obligaciones, tenían que llevar siempre visible un brazalete con una letra, a modo de distintivo del país al que pertenecían. Aunque para cuando eso ocurrió, ya eran numerosas las familias que habían puesto a salvo a mujeres y niños en Tongkin, Hong Kong o Singapur, al tiempo que los cabezas de familia se instalaban provisionalmente en los hoteles del Bund, junto al malecón del río Wangpoo.

Como consecuencia de la nueva situación, muchas mansiones fueron requisadas y otras puestas a la venta a precios de saldo.

Sea como fuere, el estado de confusión general se alió con lo que el propio Leon llamaba «su naturaleza ladina», es decir, la parte astuta, sagaz y taimada de su carácter, para obtener una fabulosa cantidad de dinero en un plazo de tiempo verdaderamente corto.

A finales de ese mismo año, Leon compró una villa en la Concesión Francesa, pues según se decía en Shanghai, uno podía aprender a hacer negocios en la Concesión Internacional de la mano de norteamericanos y británicos, pero si lo que quería era aprender a vivir, entonces tenía que rodearse de franceses y residir en la «Frenchtown». Y después de lo sucedido en Alemania, Leon aspiraba a convertirse en un *bon vivant*, por encima de todo.

Un día, cuando le pregunté a qué clase de negocios se dedicaba, me respondió con sorna:

—Mi fuerte son las antigüedades. Entendiendo por antigüedad todo objeto de valor que tenga al menos un día de vida. Naturalmente, están excluidas las *baguettes* y la repostería. Detesto el pan y los dulces. Tampoco trafico con recién nacidos. Pero no se deje llevar por las apariencias. Después de todo, como dijo Oscar Wilde, la ambición es el último refugio del fracaso. Y a mí, tras ser expulsado de Alemania y de que mi dignidad fuera pisoteada, sólo me quedaba aferrarme a la ambición.

Desde luego, Leon mantenía relaciones dentro del ambiente de los anticuarios europeos, los de la Concesión Internacional y los de la Concesión Francesa. Aunque también frecuentaba la compañía del señor Toyo Murakami, el propietario de una célebre tienda de objetos japoneses de Nanjing Road. Y en una ocasión le había visto con el dueño de la Tah Yin Art Rug Shop, un bazar de alfombras, sedas y muebles orientales de la Yates Road.

Durante una temporada, Leon quiso comprar una participación en el negocio que regentaba un chino llamado Ma Yuan Pei, propietario de El cielo chino, un célebre local que se dedicaba a fabricar adornos funerarios utilizando como materiales el bambú y el papel, según la tradición de los nativos. Los chinos tenían la costumbre de incinerar hermosos regalos como ofrendas a los difuntos, que incluían mesas, sillas, canastos repletos de trajes, y objetos más modernos como teléfonos, ventiladores, aparatos de radios, heladeras, termos y hasta automóviles y papel moneda falso. Sólo en Shanghai existían cincuenta negocios dedicados a esta clase de «arte». Aunque El cielo chino era el más rentable de todos, en parte por la reputación de su propietario. El señor Ma Yuan Pei, de quien se decía que había trabajado para el ejército chino fabricando baterías antiaéreas, aviones y tanques de bambú y papel a escala real para confundir al ejército japonés, rechazó el ofrecimiento de Leon argumentando que su negocio era más espiritual que material, y que aceptar que «un diablo extranjero» tomara parte en el mismo podía provocar el enfado de los «espíritus» para los que trabajaba. La negativa provocó un comentario poco afortunado por parte de Blumenthal.

—Quemar una silla o un sofá en honor de un difunto no es más que una superstición, un atavismo —le espetó al señor Ma Yuan Pei.

La respuesta del comerciante chino no se hizo esperar:

—¿Es que acaso sus difuntos huelen las flores que ustedes depositan en sus tumbas para honrarlos? ¿Acaso no tiene el mismo significado poner un ramo de flores en una tumba que quemar un objeto de uso cotidiano? Ambos comportamientos pueden ser considerados como un atavismo supersticioso, según su expresión, porque parten del mismo principio y su finalidad es también idéntica. Pensar que depositar flores sobre una tumba entra dentro de lo normal y que, por el contrario, quemar un objeto con forma de mueble es una anomalía supersticiosa, forma parte de la arrogancia del pensamiento occidental.

Curiosamente, Blumenthal tenía arrendado el local contiguo al que ocupaba el Graf Zeppelín Club, donde se reunían los nazis de Shanghai, y de cuya fachada colgaba permanentemente una esvástica.

Pese a que muchos de estos jóvenes exaltados que frecuentaban el Graf Zeppelín Club pronto comenzaron a intimidar e incluso golpear a los refugiados judíos por toda la ciudad, el establecimiento de Leon no sufrió ataque alguno en un primer momento. Las malas lenguas aseguraban que Leon había llegado a alguna clase de acuerdo económico con los nazis, a quienes sufragaba la indumentaria y algunas actividades, a cambio de inmunidad. Incluso se decía que le había proporcionado mobiliario antiguo al teniente coronel Hermann Kriebel, el cónsul general de Alemania en Shanghai. Aunque también hubo quien se atrevió a llegar más lejos afirmando que Leon pertenecía a una organización de judíos de ideología filo nazi, como si algo así fuera posible.

Cuando en cierta ocasión hice alusión a estos rumores, Leon me replicó:

—Detesto a los nazis tanto como el que más, pero el odio no basta para sobrevivir. Menos en una ciudad como Shanghai. Sé que algunos de mis correligionarios me acusan de carecer de escrúpulos, pero se equivocan. Se trata de algo mucho más sencillo: tengo talento, y también medios, para la supervivencia. Con mi comportamiento no perjudico a nadie. Los judíos tenemos un problema desde hace más de dos mil años: no hemos sabido despertar la compasión de otros pueblos. Todas las naciones nos achacan sus problemas y, en consecuencia, se ensañan con nosotros. Para los nacionalsocialistas, los judíos somos simples sanguijuelas que chupan la sangre del pueblo alemán. Así que yo he decidido actuar por mi cuenta. La primera obligación de todo ser humano es salvaguardar su propia existencia. De modo que todo lo que hago sigue el principio de la legítima defensa.

Los comentarios en torno a esta cuestión, empero, no disminuyeron. Al contrario, un día el *North-China Daily News* publicó un artículo titulado: «La fiesta de los Macabeos», que firmaba un periodista inglés apellidado Courtley. Un joven vehemente enfrentado a la política xenófoba del III Reich. El artículo aludía al carácter de los Macabeos, patriotas judíos que en época antigua habían luchado por la libertad de su pueblo frente a los sirios, en contraposición al comportamiento de los llamados «Kapos», abreviatura de las palabras alemanas *Kameraden Polizei*, judíos deportados por los nazis que trabajaban para éstos encargándose a veces de las más oscuras y terribles tareas, que habían arribado a Shanghai disfrazados de «hombres de negocios». La alusión a Leon Blumenthal era más que evidente.

Una semana más tarde apareció un editorial relacionado con este mismo asunto en el *Israel's Messenger*, el periódico más influyente dentro de la comunidad hebrea de Shanghai. En esta ocasión, el periodista empleaba la metáfora del Gólem, un ser creado a partir de materia inanimada que se había convertido en una figura emblemática de la mitología judía. El artículo afirmaba que en los tiempos que corrían existían distintos tipos de gólems, que venían a ser entidades que, por carecer de alma (el nombre de Gólem parecía derivar de la palabra hebrea *gelem* cuyo significado era «materia en bruto»), estaban al servicio de otros hombres bajo condiciones controladas. Los gólems eran, por tanto, esbirros, criaturas artificiales que cobraban vida gracias a las fuerzas mágicas de sus amos, a quienes obedecían en todo. Los gólems carecían de la capacidad de discernir o de hablar, de modo que podía afirmarse que «no ladraban, pero sí mordían» y, en consecuencia, podían llegar a ser sumamente peligrosos. El artículo terminaba preguntándose cuántas de estas criaturas sin alma («judíos de barro que habían vendido su voluntad a cambio de dinero o de seguridad») se habían asentado en Shanghai, y recordaba que los gólems podían ser destruidos de la misma manera que habían sido creados, negándoles el nombre de Yahvé.

El nombre de Leon Blumenthal sobrevolaba de nuevo en el trasfondo de este artículo.

Más sorprendente si cabe fue la respuesta que me dio Norah cuando le trasladé mi preocupación por estos comentarios:

—Incluso el más suave té de jazmín deja un poso amargo en el paladar —me dijo.

De modo que, según Norah, la bonhomía de su marido podía compararse con las excelencias de un té de jazmín, cuyo sabor iba perdiendo propiedades conforme se iba degustando.

—¿Qué gana Leon trabajando para los nazis? —le pregunté.

—Dinero con el que comprar seguridad, con el que darle esquinazo al oprobio, como lo llama con sarcasmo —me respondió.

Creo no equivocarme si digo que Blumenthal llegó a ser el anticuario más importante de Shanghai hasta que fue internado en el «área determinada para apátridas». Ese mismo día su almacén ardió como una pavesa.

En cuanto a Norah y a mí, continuamos cultivando nuestra relación como si se tratara de una rara y a la vez delicada planta, regándola esporádicamente y protegiéndola contra las inclemencias del tiempo; es decir, Leon por una parte y mi desesperación por otra, que Norah trataba de aplacar insuflándome dosis de esperanza.

—Leon asegura que me concederá el divorcio cuando todo esto termine, pero que todavía no es el momento, que aún debemos permanecer unidos —me decía.

Según el procedimiento legal de separación entre los judíos, el marido era quien pedía el divorcio entregándole un documento llamado *guet* a la esposa.

Aunque yo había empezado a desconfiar de sus palabras. Norah había cambiado en los dos últimos años tanto como su forma de vestir. Normalmente, el papel de una mujer casada en Shanghai dependía de la posición que ocupara su esposo dentro de la comunidad, pero al carecer Leon de una profesión concreta y de una reputación (además de su fama de «Kapo» o de «Gólem» entre la comunidad judía, tampoco era un hombre religioso de rígidas costumbres), Norah tenía libertad para hacer lo que le viniese en gana. De manera que nunca se vio constreñida por el «corsé» que la sociedad imponía a las damas. Existía un Shanghai de esposas adormecidas, por así decir, y otro de mujeres que se aletargaban con el humo de las pipas de opio. Esta telaraña tejida de humo era el escenario donde Norah se desenvolvía con admirable soltura. Además, su vitalidad y su deseo de agradar eran tan grande que no tardó en convertirse en un personaje muy popular y, en consecuencia, en verse encumbrada socialmente, al menos en ciertos ambientes. Pero como ninguna sociedad admite los atajos —la «café society» de Shanghai, encabezada por rancias damas encopetadas y puritanas, se regía por los mismos prejuicios que la de Londres o París—, de una parte recibió indiferencia y desprecio. Así que su paso de la adolescencia a la madurez fue en realidad un salto, e hizo de ella una mujer sofisticada, cuya vida social fue adquiriendo el frenesí y el vértigo de la propia ciudad. Era como si Shanghai se hubiera convertido en una extensión de sí misma; o viceversa. Embutió su cuerpo de talla *petite* en vestidos ceñidos y faldas de tubo, y fue la primera joven de Shanghai en seguir la moda *pin up girl* recién importada de los Estados Unidos de Norteamérica: se pintó los labios de *rouge*, se rizó las pestañas, se onduló la melena y se subió a unos altos tacones de aguja. En suma, se convirtió en una de esas «chicas de calendario» que hacen que los hombres vuelvan la cabeza a su paso. Su transformación llegó a ser tan comentada que se acabó propalando un chiste que decía que había dos formas de perder el sombrero en Shanghai: una era tratando de alcanzar con la vista la última planta del Hotel Park, el edificio más alto de la ciudad, con sus ochenta y tres metros de altura; la otra era tratando de seguir el hipnótico cimbreo de la cintura de Norah Blumenthal. Y con esa actitud —sinuosa y provocadora— asistía a todos los actos sociales que se celebraban en la Concesión Francesa, desde estrenos cinematográficos a fiestas de cumpleaños. Tampoco se perdía un baile en el Hotel Majestic, donde se convirtió en la reina del «Lindy Hop» y de todos los bailes con *swing*. Incluso llegó a tener una pareja estable de baile. Un miembro de la legación francesa llamado Pierre, un tipo de modales afectados cuya ligereza de pies en la pista de baile era comparable a la de Aquiles en el campo de batalla. Pierre y Norah se hicieron tan famosos como Arnaldo Castro y su segunda esposa, Kavita Kadoorie, la pareja de baile más célebre que había habido en Shanghai en los últimos diez años. Además, se hizo inseparable de la escritora Emily Hahn, una norteamericana excéntrica que se hacía llamar *Mickey*. La señorita Hahn o *Mickey* residía en un distrito de mala nota, era la concubina del poeta y editor chino Sinmay Zau, era adicta al opio y siempre que acudía a un *party* lo hacía en compañía de su mascota, un gibón macho apodado *Mr. Mills* que vestía pañales y una impecable chaqueta de esmoquin. Aunque yo no lo había visto, se decía también que el guardarropa del mono *Mills* incluía un trajecito de visón confeccionado a medida por el mismísimo Gregori Keblanov, el peletero más famoso de Shanghai. En el haber de la señorita Hahn estaba el hecho de que trabajara para *The New Yorker Magazine*, si bien su mayor contribución al mundo de las letras era un manual titulado: *Seductio y Absurdum: The Principles and Practices of seduction. A beginner's Handbook*. Aunque en aquella época estaba preparando una biografía de las hermanas Soong, una de las cuales era la esposa de Chiang Kai-shek, el líder del Kuomitang, el partido de los nacionalistas chinos. Esta obra se convirtió en un gran éxito cuando se publicó, sobre todo en los Estados Unidos de Norteamérica. Emily Hahn huyó a Hong Kong en compañía de su mono cuando las cosas se pusieron difíciles en Shanghai. Y allí, al parecer, se casó con un miembro de la inteligencia británica.

Leon alentaba estas compañías y esta clase de vida, en lo que parecía una huida hacia adelante, en un vano intento por escapar al destino que la ciudad les tenía preparado. Incluso permitía que Emily Hahn y su amante chino le llamaran «papá» Leon en público. Otro tanto ocurrió con su círculo de amistades de origen ruso, para quienes se convirtió en *popotscka*, diminutivo de padre en lengua rusa. Y si a la señorita Hahn le daba por sacar a bailar a Norah, cosa que solía ocurrir a menudo, «papá» Leon o *popotscka* se hacía cargo de *Mr. Mills*. Un animal de fuerte carácter que pataleaba cada vez que su ama salía a bailar a la pista del Hotel Majestic. Desde luego, Leon y *Mr. Mills* formaban un extravagante cuadro. Uno bebiendo güisqui escocés de malta sin parar; otro rezongando al tiempo que realizaba aspavientos de desaprobación con alguna de sus extremidades.

A veces, tenía la impresión de que Norah nos había sacrificado a ambos en aras de unos intereses espurios, pero cuando reflexionaba, me daba cuenta de que no era más que una chiquilla que, tras verse obligada a abandonar su país de adopción, había sido acogida en una ciudad donde las fluctuaciones de la vida se medían con sorbos de champán. De la misma forma que un semblante adusto puede ser sinónimo de seriedad, unas cuantas burbujas de champán pueden distorsionar la realidad. Para cualquiera que hubiera sufrido el escarnio de los nazis, los destellos del champán destacaban sobremanera frente a la oscuridad cada vez más creciente que se iba apoderando del mundo en su totalidad. Polonia, Dinamarca, Holanda, Bélgica, Francia, Checoslovaquia, se habían fundido como bombillas viejas, y el apagón amenazaba con extenderse también a Asia. Desde luego, Shanghai no era lo que Norah creía, aunque era incapaz de percibirlo, porque para ella la ciudad estaba construida con el material de los sueños. De hecho, ni siquiera ella era lo que creía ser: una joven consentida y superficial. Bastaba con rascar un poco para descubrir que debajo vivía otra clase de persona, alguien que no confiaba en el mundo en el que había crecido y, en consecuencia, que carecía de certidumbres. No hay que olvidar que Norah ni siquiera había recibido una educación convencional. No había tenido tiempo. De modo que detrás de su comportamiento frívolo permanecía agazapado un existencialismo que tenía su fundamento en la incomprensión que le producía el mundo que la rodeaba. Su desenfreno, por tanto, no era más que el reflejo de su incapacidad para dominar o medir sus verdaderos sentimientos. Creo, sin temor a equivocarme, que yo era la única persona que percibía cuán vulnerable era.

—Fui una niña extremadamente desdichada y solitaria —me confesó en una ocasión—. Me crió mi nodriza, con quien mi padre mantuvo una relación hasta el día de su muerte. Como la aparición de aquella mujer coincidió con mi nacimiento, mi madre acabó culpándome de ser la causante de aquella aventura, por lo que nunca me mostró un afecto excesivo.

»Para evitar que su matrimonio se desmoronase, mi madre provocó el traslado de toda la familia desde Budapest a Dresde. Mi padre era anticuario, y la excusa que esgrimió mi madre fue la compra de unos lotes de porcelana de Meissen a precio de ganga. Por aquel entonces, Alemania tenía serios problemas para hacer frente al pago de las reparaciones de la guerra del catorce, así que se convirtió en una tierra de oportunidades para extranjeros con capital. Obviamente, la verdadera intención de mi madre era la de separar a mi padre de su amante. La respuesta de mi progenitor, en cambio, fue la de buscarle piso a su concubina a pocas manzanas de nuestra nueva casa. Despechada, mi madre optó por arrojarse a los brazos de otro hombre antes que hacerlo a las aguas del Elba. Pero ningún amante podía suplir el afecto que sentía por mi padre, al que amaba desesperadamente. Un sentimiento que rayaba en la devoción. La situación política, para colmo, se había enrarecido con el discurso antisemita de los dirigentes del partido nacionalsocialista, con lo que mis padres se plantearon regresar a Hungría cuanto antes. Era el momento de abandonar Alemania. Así las cosas, mi madre le propuso a mi padre que la acompañara a Badem-Badem justo antes de que se iniciara la temporada estival. Allí tenían pendiente cerrar no sé qué negocio con no sé qué familia noble católica venida a menos. «Los negocios son los negocios, y para que funcionen es importante mantener las apariencias. Ya sabes lo estrictos que son los católicos alemanes. Creo que las cosas se resolverán antes si viajamos juntos y aparentamos ser una pareja bien avenida. Una vez concluyamos la operación, podremos volver a Hungría y tú serás libre para hacer lo que quieras», argumentó mi madre. Mi padre accedió pensando que, una vez finalizado el negocio, podría en efecto regresar a su patria y poner punto final a aquel matrimonio que había muerto con mi nacimiento. Se estrellaron contra un árbol en la recta que hay en la entrada del hotel Steigenberger, donde tenían que hospedarse. Mi madre, que era quien conducía, puesto que mi padre detestaba los coches, ni siquiera pisó el freno. Simplemente, giró bruscamente el volante y empotró el automóvil contra aquel árbol a toda velocidad.

—¿Y en qué momento apareció Leon? —le pregunté.

—Leon hizo de intermediario en las primeras transacciones. Luego, con el paso del tiempo, se convirtió en socio de mi padre. Era un verdadero lince para detectar a ricos con problemas financieros. Siempre dice que la cosa que una persona vende más barata es su propia desesperación, en cuyo lote están incluidos normalmente todos sus bienes materiales.

Norah no volvió a hablarme jamás de su familia.

Cierto día, Leon me dijo:

—Sé que no aprueba mi conducta. Pero el trayecto entre Alemania y Shanghai no es nada comparado con la distancia que existe entre Norah y yo. Me conoció cuando ya era demasiado tarde para ser su verdadero padre, y también demasiado mayor para ser su marido. Norah ha decidido vivir dentro de una ficción, y para conseguirlo ha creado un mecanismo para interpretar y dar sentido a su vida. En cuanto a mí, me siento tan sucio como un padre que deseara sexualmente a su hija. Algo terriblemente embarazoso teniendo en cuenta que ni siquiera soy un pariente lejano. Desde luego, en muchas ocasiones mi egoísmo me lleva a desear imponer mi condición de marido, pero si lo hiciera frenaría su legítima aspiración de conocer el verdadero amor con otro hombre. De modo que lo único que me queda para no perderla del todo es consentirla. O soy un padre indulgente, o me comporto como un marido indulgente. En ambos casos sólo tengo un camino: la indulgencia. Después de todo, nadie sabe cuánto va a durar este estado de cosas.

Desafortunadamente, duró más de la cuenta. Hasta que un día, sin darnos cuenta, cayó el telón sobre Shanghai, por expresarlo así, y «los años de *Mr. Mills*», como nos gustaba llamar a esa época, pasaron a la historia. En el Hotel Majestic se dejaron de celebrar bailes, y en el rostro de la ciudad se dibujó la expresión circunspecta de la incertidumbre.

A decir verdad, un episodio trágico marcó el final de este ciclo. Un joven poeta llamado Pascal Dagnan-Bouveret, amigo del amante de Emily Hahn, Sinmay Zau, se creó esperanzas con respecto a los sentimientos de Norah hacia su persona, sin tener en cuenta que para ella flirtear tenía el mismo valor que dar una limosna. El joven Dagnan-Bouveret era opiómano como Baudelaire, violento y temperamental como Rimbaud, y de nobleza carolingia y debilidad ósea como Toulouse-Lautrec. Desgraciadamente, el talento poético del pobre Pascal cojeaba tanto como su pierna derecha (motivo por el cual detestaba a Pierre, el compañero de baile de Norah). Podía decirse que aspiraba a convertirse en un poeta simbolista (treinta años después de que este movimiento poético hubiera pasado de moda), cuyo símbolo era Norah. El problema era que el comportamiento de Norah no escondía ninguna intención metafísica, tal y como creía Dagnan-Bouveret, y eso terminó por convertir al joven en un *cour supplicié*. Desde mi punto de vista, Dagnan-Bouveret no era más que un joven romántico e inmaduro. Y a falta de talento artístico, se desvivía por mostrarse caballeroso, tanto que sus modales resultaban tan rígidos y lustrosos como la superficie de una puerta recién barnizada. Desgraciadamente, Dagnan-Bouveret no era para Norah más que un joven singular que le procuraba una clase de diversión que no tenía su fundamento en el deseo carnal, sino en el halago, y cuando el poeta fue consciente de que el afecto que esperaba recibir se circunscribiría a una inocua caricia de vez en cuando, se descerrajó un tiro en la habitación que tenía alquilada en el Hotel Majestic. En una nota, dejó escrito el siguiente mensaje: «*Querida Norah, con mi acto dejas de ser mi musa para convertirte en mi hurí para toda la eternidad. Volveremos a encontrarnos en el paraíso. Tuyo. Pascal*».

Gracias a la intervención de Leon, la nota del suicida Dagnan-Bouveret jamás llegó a manos de Norah, que comenzó a referirse a él como «mi pobre poeta». Aunque la bala quedó alojada en la sien derecha de Dagnan-Bouveret, aquel disparo resultó el pistoletazo de salida de una transformación más profunda, de la que todos fuimos víctimas a la larga.

Lo cierto era que, al margen de las críticas de sus correligionarios, como él mismo llamaba a sus hermanos judíos, Leon había sabido ganarse mi respeto con su actitud comprensiva y sus palabras siempre corteses. Por ejemplo, cuando tenía que argumentar la razón por la que le parecía prematuro separarse de Norah, nunca empleaba la expresión «permanecer juntos», sino «permanecer unidos». Con ese tipo de comentarios, daba a entender que era consciente de que su unión con Norah tenía como finalidad última (y única) la de formar un equipo y no una familia. Pero había otro elemento de su carácter que llamaba mi atención: Leon no ocultaba que sus actos perseguían su propio interés, sin importarle el bien común. Yo había tratado a un sinfín de hombres que, bajo el grueso manto de la hipocresía y el fariseísmo, escondían un proceder ruin e indigno. En ese aspecto, el comportamiento de Blumenthal era recto como un camino bien trazado, con independencia de que la dirección fuera o no la correcta. Cuando Leon embarcó en el *Conte Biancamano*, era un hombre que irradiaba una energía arrogante, a pesar de sus circunstancias, y cuando por fin logró establecerse en Shanghai y labrarse un porvenir, siguió haciendo gala de la misma enérgica arrogancia. Leon sabía ajustar su carácter a cada circunstancia, pero al mismo tiempo jamás se traicionaba a sí mismo. No ocultaba ser un Gólem, para utilizar la metáfora aparecida en el *Israel's Messenger*, y en su condición de tal, «no ladraba pero mordía». Una vez que hincaba los incisivos sobre su presa, no la soltaba. Leon acostumbraba a decir lo que pensaba, su franqueza era tan robusta y firme como también lo era su insensibilidad, y desde luego jamás se avergonzaba de su conducta, ni siquiera cuando era abiertamente reprobable.

De modo que llegué a respetar a Leon por su *fair play*, como dicen los británicos, y cuando siento admiración por una persona, procuro ser tan devoto a ese sentimiento como a mi propia vida, incluso en el supuesto de que me haya enamorado de su mujer. Ni que decir tiene que Leon estaba al tanto de mis emociones y, en cierta forma, creo que me estaba preparando para la sucesión, si se puede expresar de esa manera. Después de todo, no sería el primer caso de un monarca que, tras la muerte de su antecesor, no sólo hereda el reino, sino también a la esposa.

En cualquier caso, la fidelidad acabó convirtiéndose en algo crucial en nuestra relación. Tanto que Norah evitaba dar pie a la tentación. Siempre que nos veíamos a solas, es decir, sin estar Leon presente, lo hacíamos en lugares públicos, en cafés al aire libre o en los salones de té de los hoteles del Bund. Durante esos encuentros, me solía embargar una sensación de vacío que, para colmo, me parecía imputable a mí, pues tenía la impresión de haber irrumpido en aquel extraño matrimonio sin permiso. Me sentaba a su lado cohibido, haciendo gala de una excesiva amabilidad (que no se correspondía del todo con mi verdadero carácter) y de un exquisito cuidado, como si Norah fuera en realidad una pieza de frágil porcelana que yo transportara en mis manos. Todo lo cual provocaba que mi comportamiento fuera a la larga antinatural. No en vano, yo no había tenido que huir de la Alemania nazi, yo no había sido despojado de todo, mi problema era haberme enamorado de la mujer de *otro*, de manera que a veces me sumía en la desesperación. Entonces Norah aprovechaba para lanzarme una de sus frases de consuelo como se arroja un salvavidas a un náufrago.

Desde el punto de vista sanitario, Shanghai contaba con numerosos hospitales, aunque insuficientes a todas luces para atender a los casi cuatro millones de habitantes de la ciudad. Muchos de esos sanatorios eran para uso exclusivo de occidentales o estaban ligados a instituciones privadas, así que en cuanto abrí un dispensario por mi cuenta para dar atención médica a la población local, me vi desbordado por el trabajo. La primera dificultad con la que tuve que enfrentarme fue con una epidemia del síndrome de Loeffler, una alergia que afectaba al sistema respiratorio causada por una planta llamada «privet». La falta de medicamentos, además, me obligó a aprender algunas técnicas de la medicina tradicional china, una clase de sanación holística que buscaba la armonía entre cuerpo, mente y espíritu, a base de terapias con hierbas, una alimentación específica y ejercicios físicos, de modo que pronto me gané fama de «curandero» entre ciertos sectores de la población. Por ejemplo, empleaba el extracto de la hoja del ginko, que contiene bioflavonoides y lactonas de terpeno, para el tratamiento de muchas dolencias relacionadas con el flujo deficiente de sangre al cerebro, en trastornos de la circulación, de la memoria o incluso de la audición. De las hojas, las flores y las semillas de la digital o dedalera fabricaba digitalina, un cardiotónico que fortalecía la contracción muscular del corazón. Aunque no sólo tenía que luchar contra las enfermedades, sino también contra la superstición de los enfermos. En muchos casos, los pacientes quemaban las recetas y luego echaban las cenizas dentro de una taza de té, que bebían como si contuviera las propiedades del medicamento preescrito. Para evitar estas situaciones, yo mismo me tenía que encargar de elaborar los preparados, y en ocasiones hasta tenía que pelearme con mis pacientes para que tomaran el medicamento delante de mí. Practicar una medicina tan absorbente y creativa al mismo tiempo, me permitía tener la cabeza ocupada en otros asuntos, lejos de Norah.

Luego, cuando los japoneses recluyeron a los Blumenthal en el «área determinada para apátridas» y yo me hice cargo de su casa, fue lo mismo que heredar una parte de ese reino, de esa tierra prometida que tanto anhelaba y que incluía los trajes y vestidos de Norah. Ni siquiera retiré las fotografías de la pareja que había repartidas por las distintas estancias de la casa. Tampoco alteré la disposición de los muebles, en un intento por recordar en todo momento mi interinidad. En cierta manera, me sentía como uno de esos caballeros del medioevo que custodian los bienes de su amada como si se tratara de reliquias. Podía pasar horas abriendo y cerrando los cajones y armarios, curioseando y rescatando fragancias y olores que pertenecían a la intimidad de Norah. Algo que me hacía sentir más próxima a ella.

—Nuestros bienes quedan en sus manos, Martín —me dijo Leon la noche antes de trasladarse al gueto.

Ahora todo había terminado para él.

El coche se deslizó por el asfalto de la Avenue Joffre con la suavidad y el silencio de un patinador sobre hielo. Todo el mundo aseguraba que los vehículos que usaba el Kempei Tai habían sido manipulados para hacer el menor ruido posible, de manera que la sorpresa fuera aún mayor. Se decía que tenían trucados los tubos de escape e incluso que el compuesto de sus neumáticos era especial, para que produjera un menor rozamiento. Pero se trataba de una leyenda: simplemente, los Packards, los Studebakers, los Chryslers, los Lincons, los Buicks y los Cadillacs norteamericanos habían desaparecido de las calles de Shanghai, puesto que sus propietarios permanecían internados. Por ese motivo, esa clase de automóviles eran conocidos por los europeos que no habían sido confinados en campos de internamiento como «los Prisioneros», en honor a sus legítimos propietarios. De modo que al haber disminuido el parque móvil, también lo había hecho la contaminación acústica. Eso era todo.

Otro tanto ocurría con los dos hombres que viajaban en los asientos delanteros, y que parecían haber sido aleccionados para no hablar e incluso para no oír lo que decían los pasajeros de los asientos traseros, casi siempre un alto cargo de la policía secreta y algún invitado o invitada. Si hubiera golpeado a uno de ellos con una barra de hierro, ni siquiera hubiera vuelto la cabeza para quejarse.

—Baje la ventanilla si lo desea —se dirigió a mí el agente que llevaba la voz cantante.

Obedecí.

Una bolsa de aire pesado y húmedo me golpeó el rostro con la fuerza de un puño de metal. Era el aliento del Shanghai ocupado por el Ejército Imperial japonés. Un olor que relacioné con la fatiga y con la vida mortecina de los enfermos.

Detrás del cristal me encontré con una ciudad sumida en una penumbra lúgubre, cuyo alumbrado emitía turbios destellos amarillentos de cerveza rubia. Una clase de iluminación que agigantaba las sombras y empalidecía cualquier color del espectro cromático. Fuera o no por mi estado de ánimo, pensé que la ciudad había perdido la sutileza de antaño, los matices que hacían de Shanghai un lugar inabarcable para los sentidos. Por ejemplo, la iluminación de la Avenue Joffre durante la Navidad era un espectáculo más embriagador incluso que beber una botella de vino junto a una hermosa mademoiselle en la veranda del Club Française. Ahora, en cambio, la ciudad se había contagiado del miedo anodino que, en distinto grado y como una enfermedad incurable, sentíamos sus habitantes.

Al llegar a la altura de un autobús de gasógeno, nos alcanzó la nube nauseabunda que emanaba del tubo de escape, tan densa como el géiser de un volcán.

Luego llegamos a la zona conocida como Le Grand Monde, una intersección de amplias avenidas en una de cuyas esquinas se encontraba un célebre club del mismo nombre, en cuya fachada sobresalían una docena de luces halógenas que le conferían un aspecto irreal. Era como darse de bruces con un tiovivo en medio de la oscuridad. Al detenernos frente a Le Grand Monde, reconocí los compases de *Sombre dimanche*,[1] en la voz de la cantante francesa Damia.

Sombre dimanche... le bras tous charges de fleurs
Je suis entré dans notre chambre le coeur las
car je savais déjà que tu ne viendrais pas
et j'ai chanté des mots d'amour et de douleur.
Je suis resté tout seul et j'ai pleuré tout bas
en écoutant hurler la plainte des frimas... Sombre dimanche.
Je mourrai un diamanche où j'aurai trop souffert
alors tu reviendras, mais je serai parti
des cierges brûleront comme un ardent espoir
et pour toi, sans effort, me yeux seront ouverts

1. Melancólico domingo... con los brazos completamente cargados de flores / he entrado en nuestra habitación con el corazón cansado / pues ya sabía que no vendrías / y he contado palabras de amor y de dolor. / He permanecido completamente solo y he llorado en silencio / mientras escuchaba el gemido de la escarcha... Melancólico domingo. / Moriré un domingo en que habré sufrido demasiado / entonces volverás, pero yo me habré ido / arderán cirios como una esperanza ardiente / y para ti, sin esfuerzo, estarán abiertos mis ojos / no tengas miedo, amor mío, si no pueden verte / te dirán que te amaba más que a mi vida... Melancólico domingo.

n'aie pas peur, mon amour, s'ils ne peuvent te voir
ils te diront que je t'amais plus que ma vie...
Sombre dimanche.

El músico húngaro Rezsö Seress había compuesto la melodía de esta triste canción; según unos en París, en diciembre de 1932, después de romper con su amante; según otros lo había hecho en el restaurante Kispipa de Budapest, un año más tarde. Sea como fuere, la desgarradora música, a la que Jean Marèze y François-Eugène Gonda habían puesto letra, había provocado numerosos suicidios en Hungría cuando se puso de moda en 1936, por lo que su emisión había sido prohibida en el país magiar, al tiempo que la *BBC* la bautizó como «La canción suicida». En Le Grand Monde, en cambio, sonaba a menudo, tal vez porque hacía tiempo que la clientela había dejado de creer en el amor, al menos en el amor desesperado. En Shanghai quienes se suicidaban con sobredosis de Veronal eran los banqueros, los apostadores del hipódromo o del Jai-alai, y no los enamorados.

—Me pregunto por qué en todos los *dancings* de Shanghai se empeñan en reproducir esa horrible canción que nadie puede bailar. Estoy cansado de oírla a todas horas. Es como un murmullo entre bastidores. Como escuchar el sordo rumor de una desesperación que no cesa —se quejó el agente del Kempei Tai.

En la Avenue Foch, el bulevar que separaba las dos concesiones, un simple saludo nos sirvió para sortear el control que ponía fin a la Concesión Francesa, que compartían un gendarme tonkinés con su uniforme azul y su sombrero anamita con forma de embudo y un suboficial japonés. Una frontera que ahora era meramente simbólica.

—*Au revoir la France!* —exclamó a continuación el mismo hombre con un tono quedo y melancólico.

En la calle Nanjing, otrora corazón comercial de la Concesión Internacional, una multitud paseaba bajo neones que titilaban como estrellas en un firmamento remoto. No me sorprendió que la mayoría de los viandantes fueran japoneses. No en vano, la colonia nipona había pasado de los treinta mil miembros al finalizar la primera guerra mundial, a contar con más de cien mil en 1943. Además, el gobierno británico había llegado a un acuerdo para devolver el control de la Concesión Internacional a los chinos en el exilio, y en la ciudad se rumoreaba que los japoneses iban a abolir definitivamente el Council, la institución municipal a través de la cual los extranjeros habían gobernado las concesiones como si de países autónomos se tratara. Eso suponía el principio del fin de la presencia occidental en Shanghai, al margen del resultado de la guerra.

Otro coche hubiera sido frenado por los transeúntes que, ensimismados con la visión de los neones parpadeantes, invadían la calzada entremezclándose con los *rickshaws* tirados por famélicos culis, pero hasta los pedigüeños procuraban no acercarse más de la cuenta a aquellas berlinas negras con aspecto de ataúdes rodantes. A veces, frenaban en seco, se abría una puerta y acto seguido un peatón era arrastrado en contra de su voluntad a su interior. Nadie volvía a saber de él.

—¿Un cigarrillo? —me ofreció el agente del Kempei Tai a continuación.

—No me apetece. Gracias —me desmarqué.

—He oído decir que ustedes los españoles son los descubridores del tabaco —añadió.

—Digamos que descubrimos América, donde vivían hombres que ya conocían el tabaco.

—Pero sin la intervención de ustedes, el tabaco no hubiera llegado a Japón. Y yo no podría estar fumándome este cigarrillo en este momento. ¡Así que gracias! Dígame, ¿echa de menos su país?

—Digamos que para mí España, más que algo real, es un recuerdo. A veces ni siquiera estoy seguro de que exista.

Mi críptica respuesta provocó que el miembro del Kempei Tai se centrara en aspirar el cigarrillo hasta la boquilla.

Que los japoneses me trataran como a un aliado me incomodaba sobremanera, pero ése era el papel que tenía asignado en aquella farsa. Yo era el «amigo» español, representante de un gobierno que se había hecho cargo de sus compatriotas en los Estados Unidos de Norteamérica. De facto, España era el cuarto aliado de Japón. Un socio muy valioso por cuanto que, al haberse declarado país no beligerante, gozaba de una mayor libertad de maniobra en el escenario internacional. Al menos, eso pensaban los japoneses, desconocedores del nulo predicamento que Franco tenía en el exterior. Desde luego, yo no pensaba sacarles de su error. Tampoco pensaba aclararles que mi nombramiento como cónsul no obedecía a una cuestión ideológica, sino al hecho de que yo fuera el único candidato. Un mes después de la sublevación de Franco, el cónsul de España en Shanghai dimitió por motivos políticos, lo que provocó el nombramiento como cónsul del que hasta entonces había ejercido de vicecónsul y de encargado de negocios, un vasco llamado Julio de Larracoechea. Dos meses más tarde dimitieron el propio embajador y el secretario de la legación española en Pekín, y antes de que todos los poderes de la representación diplomática en China recayeran en Larracoechea, éste dimitió también y huyó de Shanghai a bordo del buque alemán *Gneisenau*. Las dimisiones en cadena de los diplomáticos españoles crearon un vacío de representación, que yo vine a cubrir meses más tarde y de manera temporal, hasta que la situación se recondujera. Yo llevaba viviendo fuera de España desde el año 1933, de manera que mi principal aval era el no haberme visto implicado en la guerra civil española. Aunque nunca hubiera aceptado convertirme en cónsul de no haber estado seguro de que siéndolo podía ayudar a la media docena de familias republicanas que residían en Shanghai y que habían llegado a la ciudad hipnotizados por cantos de sirena. Una música cuya letra hablaba de libertad y de cosmopolitismo, y que el ruido de las bombas caídas sobre Pearl Harbor había silenciado para siempre.

Mi padre, un industrial maderero que se había enriquecido vendiendo hélices de nogal al ejército francés durante la primera guerra mundial, me desaconsejó que aceptara el cargo aduciendo que yo no era lo que las autoridades creían. Según él, mi afán por alejarme de España no obedecía a la necesidad que tenía todo joven por descubrir el mundo por su cuenta y riesgo, sino que había una razón de índole superior. Yo, según mi padre, formaba parte de la legión de compatriotas que se habían visto obligados a exiliarse del país precisamente para que éste no perdiera su identidad como nación. Algo que venía sucediendo desde que los Reyes Católicos expulsaron a los judíos a finales del siglo XV. Desde entonces, la única forma que tenía España para reafirmar su identidad era deshaciéndose de los disidentes. Desde luego, yo no compartía la opinión de mi progenitor, puesto que mi exilio, si se podía llamar así, había sido voluntario. La verdadera razón por la que había abandonado España tenía que ver exclusivamente con la sensación de vivir en un país sumido en un letargo de siglos. Era como si las teorías del movimiento de los astros de Galileo fueran aplicables a todos los rincones del universo menos a España. Ni siquiera anhelaba encontrar la excelencia intelectual o la libertad política allende las fronteras, sino la efervescencia de un mundo en continuo movimiento. Vivir, experimentar, conocer nuevos lugares y nuevas culturas, eso era lo que deseaba. Y eso era lo que me ofrecía una empresa como la Lloyd Triestino y un paquebote como el *Conte Biancamano*. De modo que si mi decisión de marcharme de España incluía la búsqueda de una identidad, tal y como aseguraba mi padre, se trataba de la mía propia. En cambio, sí creía que se me podía aplicar una expresión china que dice: «Respirar y transpirar.» Es decir, yo era alguien que aún no había encontrado su lugar en el mundo. Aunque después de haberme enamorado de Norah había comenzado a pensar que tal vez Shanghai fuera el sitio idóneo donde echar raíces.

Cuando dejamos atrás el colorista bullicio de la calle Nanjing, Shanghai volvió a parecer lo que ahora era: una ciudad ocupada por un ejército invasor, sumida en una atmósfera de terror; una ciudad cuyos habitantes se reunían para conspirar o intercambiar artículos de primera necesidad detrás de los troncos de los alcanforeros y de los plataneros.

En el Garden Bridge encontramos otro control, esta vez compuesto exclusivamente por soldados japoneses, por lo que tuvimos que aminorar la velocidad hasta detenernos por completo. Al reiniciar la marcha, el tinglado metálico de la estructura del puente hundió la amortiguación repetidas veces y el coche comenzó a balancearse y a dar pequeños saltos, como si renqueara. Durante un instante, tuve la sensación de estar viajando en tren por algún remoto paraje de Europa.

Luego circulamos en paralelo al consulado ruso, cuyo edificio estaba completamente a oscuras, hasta el cruce de la North Soochow Road, donde torcimos a la izquierda. Dejamos a nuestras espaldas la Broadway Mansion y el Pujiang Hotel, antaño uno de los establecimientos más animados de Shanghai, donde se daban cita los principales tahúres de la ciudad y donde se habían hospedado intelectuales de la talla de Albert Einstein o Bertrand Russell. Ahora todos sus huéspedes eran japoneses con dinero y hombres de negocios alemanes, y el propietario, un judío con pasaporte británico, había sido recluido en uno de los campos de internamiento.

Ya en el interior del distrito de Hongkew, mazos de cables se arracimaban formando ovillos que semejaban nidos de pájaros. Analizando la brisa caliginosa que llegaba desde el mar atravesando el estuario de río, se diría que en vez de refrescar servía como aglutinante. La chaqueta se quedaba pegada a la camisa, ésta hacía lo propio con la piel, y el pellejo se adhería al alma como un esparadrapo viejo y arrugado.

—Un calor sin tregua —volvió a dirigirse a mí el agente del Kempei Tai, al tiempo que se enjugaba el sudor con un pañuelo.

Los tejados sinuosos de aleros ondulados característicos de *Little Tokyo*, me hicieron recordar que llevaba al menos cuatro meses sin pisar aquella zona de la ciudad. No en vano, cambiar de distrito en Shanghai era lo mismo que hacerlo de país.

2

En la morgue, situada en un sórdido callejón cercano al pestilente canal de Soochow Creek, nos esperaba un médico forense japonés que no hablaba inglés, aunque su aspecto era el de un *dandy*. Por la pulcritud de su terno de lino, el cuello almidonado de su camisa y lo lustroso de sus zapatos, que brillaban como el charol, se diría que añoraba Londres o París más que Tokio.

—Es él. Leon Blumenthal —dije en cuanto el forense descubrió el cadáver. La muerte había borrado la sempiterna expresión de humor sardónico que adornaba su rostro, y que tanto exasperaba a los judíos más ortodoxos, pues interpretaban aquel mohín como una muestra del desdén que Leon sentía hacia su propio pueblo, como una prueba más de su condición de Gólem, de traidor a la causa judía.

El doctor se dirigió al miembro del Kempei Tai que me acompañaba, y éste se encargó de la traducción al inglés:

—Dice que la muerte ha sido provocada por una herida de arma blanca justo debajo del esternón, que le ha seccionado la vena cava. También asegura que de no haber muerto desangrado por la herida del pecho, lo hubiera hecho por la del pene.

—¿El pene?

Coincidiendo con mi pregunta, el forense terminó de descubrir el cadáver hasta las rodillas.

—Alguien le ha amputado el sexo de un tajo —completó la información el agente.

—¿Alguien?

—Una mujer. Una fulana. Suponemos. Aunque también es probable que haya intervenido el proxeneta —completó la exposición el agente del Kempei Tai.

—¿Dónde encontraron su cuerpo? —pregunté a continuación.

—Junto al hipódromo, en la intersección con la Bubbling Well Road. Aunque creemos que el señor Blumenthal murió en otro lugar, y que su cadáver fue posteriormente trasladado hasta allí —me respondió el agente del Kempei Tai.

—¿En otro lugar?

Mi voz empezaba a parecer un eco.

—Tal vez en uno de los clubes de mala nota del Camino de Foochow o en uno de los tugurios de la Rue Chu Pao-san —apuntó mi interlocutor—. Ya sabe lo que ocurre a veces en las Casas del Singsong.

Las Casas del Singsong era el calificativo cortés que recibían los burdeles. Algunos tenían nombres tan sugerentes como «El carril de la felicidad persistente». Y la calle Foochow era conocida irónicamente como «calle de la decencia», pese a que daba solar a una veintena de burdeles. Pero tras esos engañosos nombres, los prostíbulos de Shanghai eran tan peligrosos que un diccionario inglés había incluido la acepción *to be Shanghai-ed*, cuyo significado era ser drogado o secuestrado para ser embarcado a la fuerza.

Durante unos segundos, me quedé contemplando el rostro sin vida de mi amigo. Tal vez esperaba encontrar en él las respuestas a las preguntas que había empezado a formularme. Pero lo único que saqué en claro era que muerto parecía aún más mayor. ¿Qué edad tendría? ¿Sesenta? ¿Sesenta y cinco? Desde luego, viéndolo inmóvil, con la mandíbula encajada, parecía haber sido creado a partir de un trozo de materia inanimada, de un pedazo de arcilla que el calor no tardaría en convertir en polvo. Incluso la sugestión me llevó a leer la palabra hebrea *Met* en la tosca costura que el forense había practicado en su frente para realizarle la autopsia. Según decían los judíos, para darle vida a un Gólem había que introducirle en la boca un papel con el nombre de Yahvé o, en su defecto, escribir sobre su frente la palabra *Emet*, «verdad» en hebreo. Cuando lo que se quería era destruir a la criatura, entonces bastaba con borrar la letra E, pues la palabra *Met* significaba «muerte». Lo cierto era que Leon no frecuentaba los prostíbulos de Shanghai, al menos que yo supiera, así que acabé pensando que tal vez los japoneses estaban equivocados, y que detrás de su muerte estaba su propia gente, la comunidad judía de Shanghai, cansada de aquel Gólem del que todo el mundo decía que «no ladraba pero mordía». Por último, recordé una frase que Leon solía repetir a menudo: «La vida es una larga enfermedad que se cura con la muerte.»

De nuevo en la calle, me golpeó la nariz el olor a putrefacción procedente del Soochow Creek —al que todo el mundo llamaba el «río *smelly*»—, el canal que tradicionalmente había servido de frontera del distrito japonés, dentro de la Concesión Internacional.

—Suba al coche. Le llevaré de regreso a su casa —me ofreció el agente del Kempei Tai.
—Iré caminando —me desmarqué.
—Ya ha anochecido, y este barrio es peligroso. Los ladrones son muy hábiles empleando varas de bambú con las que zancadillean a sus víctimas. Una vez en el suelo...
El suboficial simuló un tajo en la garganta.
—Sé cuidar de mí mismo.
Respondió a mi rechazo encogiéndose de hombros. Luego dijo a modo de despedida:
—Shanghai es tan glamurosa y cosmopolita que todo el mundo olvida mencionar un detalle cuando habla de la ciudad: huele a cloaca.
Y se tapó la nariz con la mano.
Esta vez fui yo quien se encogió de hombros.
Nada más comencé a caminar por entre la maraña de callejones solitarios que desembocaban en las pestilentes aguas del Soochow Creek, recordé un proverbio chino: «Una gran ciudad es un gran desierto.»

Me dirigí al Cathay Hotel para tomar un Cover y de camino pensar qué iba a decirle a Norah Blumenthal cuando fuera al gueto a comunicarle la muerte de Leon. Siempre que me situaba debajo de aquella imponente mole de granito rematada por una cubierta piramidal de color verde (ahora coronada por la *Hinomanu*, la bandera del Sol Naciente), tenía la impresión de encontrarme en Chicago y no en Shanghai. Aunque el artífice de aquel edificio probablemente jamás había pisado Chicago. Se trataba, cómo no, de Victor Sassoon, un *camel driver*, nombre con el que eran conocidos los judíos de origen iraquí y pasaporte británico entre los anglosajones. Aunque Victor Sassoon, además de pertenecer a una de las familias más prominentes de Shanghai y de ser uno de los mayores filántropos de la ciudad ayudando a los judíos, había amasado una gran fortuna traficando con opio y armas.

Otro tanto ocurría con la cincuentena de rascacielos que habían sido levantados en el Bund, en línea con el malecón. En apenas un kilómetro y medio, se podían admirar diecisiete estilos arquitectónicos diferentes, desde el gótico al ecléctico, desde el *Art Déco* al neoclásico, desde el mármol al ladrillo bituminoso, inmuebles que daban solar a bancos, hoteles, oficinas, compañías marítimas y la aduana, cuya torre albergaba el reloj más famoso de Shanghai, un remedo del Big Ben de Londres, llamado «el Gordo Chin». Edificios de orgullosas fachadas que, además de un ejemplo de extravagancia, parecían el gigantesco decorado de un teatro de Broadway. No hacía mucho, muy cerca de allí, los europeos embarcaban para tomar parte en las *Shooting Parties*, fiestas en las que se bebía y cazaba al mismo tiempo que se navegaba hasta la desembocadura de Woosung, donde el Wangpoo confluía con el Yangtsé, en una clara muestra de decadencia. Ahora las embarcaciones de recreo habían sido sustituidas por los barcos de guerra de la marina imperial japonesa. Una cañonera, con los postigos permanentemente abiertos, miraba amenazadoramente a la ciudad. Y decenas de luces bailaban trémulas sobre las aguas del Wangpoo. Eran los farolillos que colgaban de los toldos de los sampanes. Un millar de embarcaciones que, acostadas sobre los muelles, conformaban un poblado flotante, la verdadera ciudad sobre el mar.

En la orilla opuesta, en Pudong, se levantaban almacenes, depósitos de combustibles y la fábrica de tabaco anglo-americana, donde habían sido confinados un millar de prisioneros de las potencias aliadas. Los demás habían sido repartidos entre el Lungwha Civilian Assembly Center, el Great Western Road Center y el Columbia Country Club.

De pronto, el pálido reflejo de la luna alcanzó un pequeño núcleo de casas de bambú que bordeaban un arrozal. Una visión aparentemente irreal que contrastaba con el ambiente de guerra y con la propia existencia de una metrópoli como Shanghai, la quinta urbe del mundo por número de habitantes, convertida ahora en un gigantesco campo de internamiento.

Pero incluso aquellos arrozales que resplandecían bajo la pálida luz de la luna, escondían trincheras y centenares de cadáveres de soldados chinos, que el lodo había sepultado tras perder la vida luchando contra los japoneses. Algo que tuvo lugar en 1937, durante la segunda guerra sino-japonesa.

Muchos de los combates librados fueron contemplados por los europeos desde los belvederes del Bund, como si se tratara de una de las películas que proyectaban en el cine Edén. Lo hacían con cócteles en las manos, mientras valoraban en qué cambiarían sus negocios en el supuesto de que los japoneses llegaran a dominar tres cuartas partes de la ciudad. A ninguno se le ocurrió pensar que su trozo del pastel también estaba en juego en aquellos días, por mucho que los japoneses procuraran que las bombas que arrojaban sus aviones —los chinos de condición humilde las llamaban «huevos de avión»— o los disparos de mortero no alcanzaran a las

Concesiones Internacionales. De hecho, el Hotel Shanghai, cuyas dieciocho plantas estaban coronadas por una célebre terraza-jardín que frecuentaba el *beau monde* europeo, recibió un impacto que acabó con la vida de nueve personas.

En cierta forma, la arrogancia de los occidentales había crecido desmesuradamente en los últimos cien años, tanto que ya no consideraban que Shanghai formara parte de China, de ahí que no les importara lo que pudiera ocurrirle a los chinos. Bueno, les importaba únicamente para llenar las portadas de los periódicos locales y las tertulias de los clubes y hoteles donde los asiáticos tenían prohibida la entrada.

Pero ni siquiera la indiferencia mostrada por los blancos evitó una avalancha humana que buscó refugio en las Concesiones Internacionales, y que huía del tableteo de las ametralladoras y de las bombas.

Por tanto, nadie pidió explicaciones a los japoneses por las matanzas y violaciones de civiles chinos.

Cuando las autoridades locales comprobaron que la ocupación militar nipona tenía vocación de ser permanente, comprendieron que ya nada sería como antes, que la ciudad había cambiado de amo, y que en las competencias de un criado no está pedir cuentas a quien le manda. Algo que se puso de manifiesto cuando comenzaron a aparecer cadáveres de hombres de raza caucásica en las cunetas de los caminos. De modo que los chinos terminaron por convertirse en sirvientes de los japoneses, y los occidentales en sus rehenes, prisioneros dentro de ese paraíso artificial que eran las Concesiones Internacionales. Como se decía entonces, la vida en una concesión era más adictiva e irreal que los efectos que causaba el opio.

Y a esa jaula de oro era a la que habíamos llegado Norah, Leon y yo a mediados de 1939.

Al empujar las puertas giratorias del Cathay Hotel, me di de bruces con el coronel Yukio Fukuda, la máxima autoridad del Kempei Tai en lo concerniente al orden público y al contraespionaje. Parecía un muñeco de cera en medio de un decorado de grecas de mármol italiano, gruesas molduras de madera, lámparas de alabastro y mullidas alfombras azul cobalto. Hombre hierático y de gran corpulencia para ser japonés, tenía una mirada tan afilada y penetrante como el acero de su catana, que manejaba con mano diestra y segura. Al menos, eso aseguraba su leyenda, según la cual había tomado parte en el genocidio de Nanjing llevando a cabo un centenar de decapitaciones sin que le temblara el pulso. Incluso su fotografía había aparecido en el periódico *Nichinichi Shimbun* junto al de los subtenientes Mukai y Noda, en cuyo pie se daba cuenta del número de ejecuciones con sable llevadas a cabo por cada uno de ellos. Fukuda, 107. Mukai, 106. Noda, 105. Se rumoreaba que para conseguir la pericia necesaria, Fukuda troceaba una treintena de cañas de bambú todos los días antes del desayuno, pues, al parecer, era lo más similar a cortar carne humana. Claro que sus hazañas criminales no podían compararse con las del teniente Gunkichi Tanaka, a quien se le atribuían trescientas ejecuciones, ya fuera empleando la catana o la bayoneta. Los japoneses habían masacrado a decenas de miles de chinos en Nanjing, violando y asesinando a las mujeres y colgando de la lengua o decapitando a los hombres. Algunos prisioneros habían sido obligados a mantener relaciones sexuales con cadáveres decapitados, antes de correr la misma suerte, e incluso se decía que los soldados japoneses mataban el aburrimiento ensartando bebés chinos en las bayonetas de sus fusiles.

Pensé en lo que sentiría un hombre al decapitar a un semejante, y traté de multiplicar ese sentimiento por cien. Me estremecí.

—Shanghai: París de Oriente y puta de Asia —dijo Fukuda a modo de saludo, pero como si estuviera recitando el famoso monólogo del Hamlet de Shakespeare—. ¿Ha visto ya el cadáver del judío errante?

Gracias a Dios, los japoneses detestaban el contacto físico tanto o más que los «shanghailanders», los antiguos colonos europeos que hacían gala de una jactancia que estaba fundamentada en una supuesta superioridad racial y cultural con respecto de los chinos, así que me libré de tener que estrecharle la mano.

La cara de sorpresa que puse le obligó a matizar su comentario.

—El oficial Ghoya me ha asegurado que Herr Blumenthal no tenía autorización para salir del «área determinada». Y si un judío sin patria vaga de noche por mi ciudad sin un salvoconducto, se convierte en un judío errante.

El oficial Ghoya era el encargado de expedir los pases especiales para poder entrar o salir del gueto. Un tipo menudo que usaba lentes con montura metálica y tenía fama de ser un funcionario tan concienzudo como arbitrario, hasta el punto de haberse autoproclamado «Rey de los judíos». En realidad, no era más que un ángel de la muerte. Su forma de relajarse era un tanto peculiar. De vez en cuando abandonaba sus oficinas de la Ward Road y se daba un paseo por el gueto cargado con un violín. Entonces reclamaba la atención de todos los presentes y se ponía a tocar el instrumento cual músico ambulante. Si notaba poco interés por parte de algún judío «apátrida», le propinaba una soberana paliza con sus propias manos. De esa forma, entre la música de violín y los golpes, lograba atemperar los nervios. Aunque en una ocasión se le fue la mano y mató a golpes a un culi chino por haber sonreído mientras ejecutaba una pieza en plena calle.

Pensé cuánta razón tenían los norteamericanos cuando aseguraban que los japoneses lo hacían todo al revés que ellos, aunque, en realidad, los nipones lo hacían todo al revés que todo el mundo. Y eso también atañía al sentido del humor.

—¿Y cómo lograba superar los numerosos controles que hay por toda la ciudad? —me interesé.

—Al parecer, Herr Blumenthal poseía un pasaporte ruso. Falso, naturalmente.

—De modo que se hacía pasar por ruso, puesto que los judíos rusos tienen libertad de movimiento al tener patria —dije irónicamente, aludiendo al peculiar sistema que las autoridades militares japonesas habían establecido con respecto a la comunidad judía de Shanghai.

—Más o menos.

—¿Se sabe algo de la muchacha? —pregunté a continuación.

—No, de la puta no sabemos nada.

Y sin dejarme tiempo para reaccionar, añadió:

—Me disponía a tomar una copa en el bar. Sería para mí un placer que me acompañara.

En el viejo Jazz Room del Cathay había dejado de sonar la música, de modo que ahora no era más que un triste bar decorado al estilo inglés poblado de una clientela mayoritariamente nipona. Pero aún así, era el lugar idóneo para tomar una copa en Shanghai sin demasiado alboroto.

Me concedí un par de segundos para encontrar una excusa, pero no la hallé. Además, necesitaba ese Cover de verdad, así que no me quedó más remedio que aceptar.

—¿Investigarán el crimen? —me interesé. Aunque conocía la respuesta de antemano.

—Lamentándolo mucho, no. Hemos tomado la decisión de no exterminar a los judíos, pero también de no ayudarlos. Somos aliados de Alemania, y ya conoce usted el «conflicto» que los nazis mantienen con los judíos.

—Cuando una de las partes está armada hasta los dientes y la otra está completamente indefensa, no creo que pueda hablarse de conflicto —observé.

—En este caso, el problema no es semántico. Los alemanes podrían enfadarse con nosotros si investigáramos la muerte de un judío. Herr Blumenthal tenía que haber medido las consecuencias de sus actos antes de dar un paso en falso. Abandonar el «área determinada para apátridas» sin autorización no ha sido una buena idea. Sintiéndolo mucho no podremos hacer nada por esclarecer su muerte. Estamos atados de pies y manos.

—Atados de pies y manos… —repetí la última frase del coronel Fukuda.

Atados de pies y manos, así era como habían sido decapitados millares de chinos en Nanjing.

—Permítame recordarle que si los judíos le deben gratitud a alguien, es al pueblo japonés —prosiguió Fukuda—. Poca gente lo sabe, pero a mediados de la década pasada tuvimos un plan que se llamó «Fugu», cuya finalidad era precisamente dar cobijo a los judíos que eran rechazados en la Europa ocupada por los nazis en las áreas del continente que estaban bajo nuestro dominio, es decir, el Estado de Manchukuo y la zona de Shanghai principalmente. Fugu es el nombre de un pez altamente venenoso —creo que ustedes lo conocen como pez globo— que, a su vez, resulta un manjar para el paladar. Si el plan para rescatar a los judíos de Europa recibió el nombre de ese pez fue precisamente porque, por un lado, considerábamos que ayudar a los judíos podía reportarnos beneficios, relanzar la industria y las infraestructuras en las zonas mencionadas, pero también conllevaba el riesgo de que los nazis se lo tomaran como una afrenta.

—Es decir, ayudar a los judíos era lo mismo que degustar un manjar envenenado —volví a ironizar.

—Más o menos. Comprenda que un particular puede permitirse correr el riesgo de comer fugu, pero no así un país entero.

—De modo que decidieron cambiar de menú.

—En efecto. El Japón prefirió no comer fugu y así evitar el riesgo de un envenenamiento de terribles consecuencias. Nadie desea tener a Hitler como enemigo.

—Estoy convencido de que el Führer es mucho menos indigesto que uno de esos peces globo.

Fukuda me dedicó un rictus que podía interpretarse como una sonrisa, todo un alarde de expresividad para un hombre de su posición.

—¿Qué harán con el cadáver de Blumenthal? —pregunté a continuación.

—Lo arrojaremos al río, por supuesto —me respondió.

A diario, los cadáveres de los chinos más pobres eran arrojados desde el malecón del distrito de Nanshi a las aguas del río Wangpoo, para que fueran arrastrados hasta el mar a través de la desembocadura del Yangtsé. Pero a veces las caprichosas corrientes hacían que los cuerpos permanecieran flotando en el mismo lugar durante días, sirviendo de alimento para los peces y de distracción entre los más pequeños. Los japoneses habían aprovechado aquella costumbre local para deshacerse de los llamados «cadáveres incómodos», en su mayoría espías y disidentes que eran ejecutados sumariamente, casi siempre sin juicio. Eso sí, los despojos no eran lanzados dentro de ataúdes o envueltos en guirnaldas de flores, tal y como hacían los chinos. Como le gustaba decir al propietario de la Wah Vang Butchery Co., el carnicero más famoso de la Concesión Francesa: «Si comes pescado de río en Shanghai, te comes a un abuelo chino.»

—Existen varios cementerios judíos en Shanghai —le recordé, pensando en darle un entierro digno a Leon.

—Arrojaremos su cuerpo al río. No hay más que hablar. Así evitaremos que otros judíos sigan el ejemplo de Herr Blumenthal— se enrocó Fukuda.

Apostado en la barra del bar estaba Gianni Molmenti, el corresponsal de la agencia de noticias italiana *Stefani*. Desde que los japoneses habían expulsado a los corresponsales de las agencias *Reuters* y *Associated Press* y cerrado la oficina de American Express, Molmenti se había convertido en uno de los cinco periodistas más importantes de Shanghai, junto a los corresponsales de la *German D.N.B. Press Agency,* la *German Transoceanic,* la agencia soviética de noticias *TASS* y la *Domei Tsushi* de Japón. Hombre grueso y de una simpatía desbordante, Molmenti ocultaba su homosexualidad dejándose ver en público acompañado de una «mujer de consuelo», con la que no se acostaba. Los amigos le llamaban cariñosamente «Stefani», y sus enemigos «la gorda Stefani». En cuanto a sus cualidades como periodista, era de los que sabía esperar una noticia. Nunca se precipitaba. Sobre su proverbial paciencia, le gustaba contar una anécdota que tenía más de realidad que de leyenda, aunque parecía lo contrario. «Soy un hombre dotado genéticamente para ser paciente», aseguraba, «como lo demuestra el hecho de que mi padre fuera uno de los pasajeros que viajó en el tren que llegó a su destino, Turín, con cuatrocientas horas de retraso. Y no protestó. Yo, como él, he aprendido a esperar». Al parecer, la historia del tren que había llegado con cuatrocientas horas de retraso a su destino era auténtica, y había marcado un antes y un después en la historia ferroviaria italiana.

Molmenti había sido la primera persona en hacerme una advertencia cuando me instalé en Shanghai. Un aviso que, según él, había recibido a su vez de Julio de Larracoechea, el antiguo vicecónsul de España en Shanghai:

—Si entras en un local y huele muy mal, se trata de un restaurante; por el contrario, si entras en un establecimiento que huele a gloria, se trata de una tienda de ataúdes. Los fabrican con maderas aromáticas —me dijo.

Claro que también era digna de mención la visión pesimista que tenía de la ciudad:

—El aspecto exterior de Shanghai es el de una persona sana y feliz, pero en cuyo organismo trabaja el terrible bacilo de la enfermedad que la destruirá, contagiando a quienes la rodean.

Molmenti me hizo un gesto de saludo que llevaba implícita la pregunta de qué diablos hacía yo en el bar del Hotel Cathay en compañía del coronel Fukuda, y a continuación fingió que se desvivía por la *Shanghai girl* que le acompañaba.

—Tendré que darle la noticia a la viuda de Blumenthal. Necesitaré un pase especial para entrar en el «área determinada para apátridas» —solicité.

Fukuda asintió al tiempo que humedecía los labios con el líquido de su copa. Una mueca que me recordó la forma de beber de las «mujeres confort», que fingían probar las bebidas para no emborracharse más de la cuenta.

—Le diré al señor Ghoya que le prepare ese pase —se pronunció.

Luego entró Yoshio Kodama en el Jazz Room, el auténtico amo de Shanghai, por encima incluso del Emperador Hirohito. Hombre de convicciones ultra nacionalistas, era un yakuza miembro de la Sociedad del Océano Negro, nombre que designaba el mar que supuestamente habría de unir Japón con Corea y China en un mismo destino. Kodama se había destacado por organizar una eficaz red de espionaje en Manchukuo, el estado títere que los japoneses habían fundado en Manchuria, desde el cual habían comenzado la invasión de la China continental. Ahora, con apenas treinta y tres años, era el máximo responsable del Kodama Kikan, una organización auspiciada por el gobierno de Tokio cuya finalidad era la de recolectar materias primas como el níquel, el platino, el oro o el wolframio, que pudieran servir para financiar al ejército nipón, y cuyas ramificaciones controlaban también el tráfico de armas y el contrabando de opio.

Fukuda saltó de su asiento como el perro que reconoce a su amo. Inclinó la cabeza ceremoniosamente para excusarse, y se arrojó a los pies de Kodama doblando el espinazo como sólo sabe hacerlo un japonés conocedor de la jerarquía.

Me pregunté si Yoshio Kodama estaría al tanto de la muerte de Leon Blumenthal, quien le había vendido algunas de las antigüedades que decoraban su lujosa mansión de la Bubbling Well Road, casi tan grande como el cercano Country Club que ahora servía de centro de internamiento.

A continuación, me levanté de la mesa y me dirigí a la barra.

—Este bar estaba mucho más animado cuando los camareros eran indostaníes y la música de las bandas de jazz sonaba a todas horas —se dirigió a mí Molmenti.

Los rumores le atribuían a Molmenti un *affaire* amoroso con uno de los camareros hindúes del Cathay. Un sij que iba siempre tocado con un turbante de color azul índigo que había cambiado la hostelería por la fotografía, gracias precisamente a que el periodista italiano le había regalado una cámara Kodak. Ahora el sij permanecía «internado» en la fábrica de tabacos anglo-norteamericana.

—Estoy de acuerdo con usted. Ver a un camarero japonés preparar un cóctel es como presenciar en directo una operación de apendicitis sin anestesia —dije.

—Hay que reconocer que son buenos intimidando a los borrachos y cortando limones de un tajo, ya me entiende, quien dice un cítrico habla de una cabeza humana, pero preparando un Manhattan son tan patosos como yo bailando *swing*. ¿Tiene alguna noticia que pueda servirme de provecho?

—Ninguna que pueda interesarle a Mussolini. Leon Blumenthal ha sido asesinado —le respondí.

—¿Quién es Leon Blumenthal? —me preguntó frunciendo el ceño—. Hay tantos judíos en esta ciudad…

Y tras propinarle una palmadita en el trasero a la muchacha, añadió:

—Ya puedes marcharte, cariño. Iré a buscarte mañana al sitio de costumbre, ¿conforme?

La joven exhaló un suspiro de alivio, y huyó rauda como la liebre que, en un descuido, logra zafarse de las garras del ave de rapiña de la que era presa.

—Blumenthal, el judío que vivía en mi casa, en la Concesión Francesa, casado con una joven llamada Norah —le aclaré.

—Hum… ¿Se refiere al que se dedica a las antigüedades?

—El mismo.

—En una ocasión le compré uno de esos muebles de estilo *Art Déco*. Me costó lo suyo conseguir que me hiciera un buen precio… Supongo que no debería sorprenderme la muerte de un judío en los tiempos que corren. ¿Qué le ha ocurrido?

—Le han rajado el esternón y le han arrancado el sexo de un tajo —expuse sin ambages.

—¿Tal vez una clienta descontenta? —me interrogó frunciendo el ceño.

Y tras realizar un gesto procaz con la mano, añadió:

—Eso tiene que haberle dolido. Será mejor que tomemos un Cover, ¿no le parece?

—Yo invito —me ofrecí.

El dinero que emitía el Banco Central de la Reserva de la República China con capital en Nanjing, un estado tutelado por los japoneses que presidía Wang Chingwei, sólo servía en las áreas chinas ocupadas, y eso limitaba su valor al tiempo que durara la guerra. Incluso en el supuesto de que las potencias del Pacto Tripartito lograran la victoria, aquel dinero tenía fecha de caducidad, de modo que lo mejor era gastarlo.

Al depositar un billete de veinte yuanes encima de la barra, vi que su anterior propietario había escrito las iniciales «USAC» en uno de sus bordes.

—*US Army Coming*. El ejército norteamericano está viniendo —tradujo Molmenti—. ¿De dónde diablos ha sacado ese billete? Será mejor que pague yo.

—Supongo que me lo habrá dado uno de mis pacientes chinos. Sin ir más lejos, el otro día uno quiso pagarme con un billete impreso en las zonas liberadas por los comunistas, cuyo lema era: «Únete a la resistencia contra Japón.» ¿Se lo imagina?

—¿Denunció a ese hijo de perra?

Cada hombre tenía un rol en la vida, y a Molmenti el papel de hombre duro defensor de los valores del fascismo le sentaba tan mal como los pantalones que llevaba puestos, y que mantenía sujetos un palmo por encima de la cintura gracias a unos tirantes de aspecto cómico.

—No. Simplemente, no le cobré.

—¿No le cobró? ¿Dejó que se marchara sin más?

—No estoy en contra de esas proclamas de los billetes —reconocí.

—¿Se ha vuelto completamente loco? Si Fukuda o Kodama le oyen hablar en esos términos, puede darse por muerto. Nos matarán a los dos.

—Todo el mundo sabe que Yoshio Kodama no es más que un contrabandista envuelto en la bandera del nacionalismo nipón. El problema es que por el hecho de tener dinero se cree también inteligente, y eso es lo que le convierte en una persona extremadamente peligrosa —observé.

Molmenti respondió a mis palabras propinándole un furibundo manotazo al papel moneda, que fue a parar a su bolsillo.

—Desde luego no estoy dispuesto a jugarme el pellejo por un sucio billete —se desmarcó.

—Si reacciona así por un billete pintarrajeado, no quiero pensar cuál será su comportamiento el día que tenga que cubrir una noticia en el frente —le hice ver.

—Las noticias importantes se producen en lugares como éste. En el frente sólo hay cadáveres —me replicó.

—No le reprocho que no quiera arriesgar la vida. Yo tampoco lo haría —dije tratando de contemporizar.

—¿Acaso cree que permanezco anclado en la barra de este bar por una cuestión de cobardía? Le pondré un ejemplo. Imagine un banco. En la primera planta está situada la caja, a cuyo cargo se encuentra un cajero. En la segunda trabajan cincuenta contables, y en la tercera el personal de administración. Por último, en la cuarta planta encontramos una gran sala donde se reúnen los miembros del consejo de administración de la entidad. ¿De acuerdo? Pues bien, una mañana cualquiera un atracador entra en el banco, le descerraja un tiro al cajero y se lleva el dinero que hay en ventanilla, lo que provoca la reunión urgente del consejo de administración, que decide tomar medidas que afectan al funcionamiento del banco en el futuro inmediato. La pregunta es: ¿Dónde está la noticia, en la primera planta, junto al cadáver del cajero, o en la cuarta, en la sala de juntas?

—¿Qué es el robo de un banco en comparación con fundar uno? —respondí a su pregunta con una cita de Bertold Brecht.

—Está claro que esta noche le ha dado por sacar a relucir su repertorio de frases comunistas. Creo que la muerte de ese judío le ha afectado más de la cuenta. ¿O tal vez los cócteles son los culpables? Ahora haga el favor de centrarse en responder a mi pregunta. ¿Dónde está la noticia, en la primera planta o en la cuarta?

—Supongo que en ambas —respondí.

—¿Y cuál de las dos noticias es más importante?

—¿Las dos por igual? —sugerí.

—En efecto. Las dos noticias son importantes. Pues lo mismo sucede en una guerra. Hay dos frentes: el campo de batalla propiamente dicho por un lado; y la guerra que se libra en los despachos por otro. ¿Sabe dónde aprendí lo que le estoy contando?

—¿Dónde?

—Naturalmente, en el campo de batalla. La primera noticia importante que cubrí en China fue la batalla de Pingsingkuan, en septiembre de 1937.

En Pingsingkuan se había producido la derrota del ejército japonés a manos del Ejército Rojo. Aunque apenas tres meses más tarde los japoneses se habían tomado cumplida venganza en Nanjing.

—¿De verdad estuvo en Pingsingkuan? —le pregunté incrédulo.

—Todavía recuerdo la primera noticia que cablegrafié —continuó su relato—. Se trataba de la declaración de Lin Piao, uno de los generales comunistas del

VIII ejército chino. Me dijo: «Toda la vida había soñado con combatir a los japoneses y no sabía cómo hacerlo. ¡Pero ahora han venido a mí...!» No gané el Pulitzer, pero me sirvió para foguearme y granjearme una reputación. Luego cubrí la toma de Shanghai por parte del ejército nipón. En el transcurso del llamado «sábado sangriento» fue cuando descubrí que en una guerra las grandes decisiones se toman a muchos kilómetros del frente.

Afortunadamente, ni Norah, ni Leon ni yo habíamos vivido en primera persona aquellos funestos acontecimientos, aunque habíamos oído hablar de ellos en infinidad de ocasiones. El «sábado sangriento» había quedado marcado en la faz de Shanghai como una cicatriz. Miles de personas habían muerto aquel infausto día víctimas de las bombas y de los disturbios, como consecuencia de la guerra abierta que se desató entre japoneses y chinos tras lo sucedido en el puente de Marco Polo de Pekín. Los ataques, no obstante, resultaron tan confusos que los propios chinos, cegados por las gigantescas columnas de humo que habían provocado las bombas niponas caídas sobre algunos barrios de la ciudad, equivocaron su objetivo y acabaron atacando las Concesiones Internacionales que les servían de refugio.

De nuevo en la calle, crucé el Bund para respirar un poco de aire fresco. Estaba ligeramente borracho y sentía un inmenso vacío en el estómago, como si en algún momento de la noche alguien me hubiera robado los intestinos. Las aguas del Wangpoo parecían un espejo de obsidiana, donde la luna rielaba como uno de los cañones de luz del *ballroom* del Hotel Majestic. La embriaguez me llevó a imaginar a Norah bailando un *swing* dentro de aquel haz. Luego boqueé como un pez. Un anzuelo me hubiera hecho menos daño que aquella brisa caliente con sabor a sopa de nido de golondrinas. Uno de los botes que permanecían atracados en uno de los pantalanes me miró con los ojos que tenía pintados en la proa. Una mirada que el tenue bamboleo de las aguas convertía en hipnótica. Una náusea me subió desde el estómago hasta la garganta, así que instintivamente giré la cabeza y busqué con la vista un punto inmóvil en el suelo. En el pavimento había restos de carbón, de cuando los estibadores chinos cargaban sobre sus espaldas sacos de mineral que depositaban junto a las calderas de los vapores. Por último, vomité. En ese momento «el Gordo Chin» comenzó a emitir su ronco sonido parecido al gong de un cuadrilátero. Lo hizo diez veces. Ingenuamente, traté de calcular la hora que sería en Londres.

De regreso a la Concesión Francesa me dirigí al Didi's Café, donde Nube Perfumada me estaba esperando. No le gustaba quedarse sola en casa de noche, así que se sentaba en una mesa del Didi's Café, bajo la vigilancia de Stein y Friedman, un par de judíos rusos que habían llegado a Shanghai procedentes de la ciudad de Harbin. De entre las decenas de miles de rusos de Shanghai, Stein y Friedman formaban una singular pareja que conjugaba la afabilidad en el trato, la inteligencia y la fuerza física. Stein, además, era un chef de primera, y en las mesas de su restaurante servía *borsch*, *zakouskis* y el más delicioso pato a la Checov de Shanghai. Aunque no todos los días se enfrentaba a los fogones, pues como le gustaba decir: «Mi único amor es la cocina, y aunque por regla general somos una pareja bien avenida, a veces también discutimos.» Después de huir de San Petersburgo, ambos habían atravesado Siberia, las estepas de Mongolia y las montañas de Manchuria. Tras establecerse en la ciudad de Harbin (conocida como el Moscú de Oriente) durante unos años, habían decidido trasladarse a Shanghai, cuyo clima era mucho más benigno, en un viaje que les había llevado casi una década.

Como a los residentes de nacionalidad francesa se les suponía fieles al gobierno colaboracionista de «Vichy», tenían libertad de movimiento. Aunque la realidad era bien distinta. La mayoría de ellos eran «Gaullistas» contrarios al gobierno pro-nazi de Petain, así que se reunían en el Didi's Café para conspirar. Una clase de maquinación que consistía en mezclar bebidas alcohólicas y exabruptos a partes iguales. También disponían de una pintoresca contraseña para disolver las reuniones en caso de que Stein o Friedman identificaran a una persona sospechosa entre la clientela: «Agua de Vichy.» Stein y Friedman, además de estar pendientes de localizar posibles «manantiales de agua de Vichy» en su local, se dedicaban también a la venta de joyas de las nobles rusas venidas a menos. En ocasiones, utilizaban a Nube Perfumada como modelo. Le hacían ponerse un anillo, una pulsera o una gargantilla, con la finalidad de que los posibles compradores admiraran la calidad de las piezas sobre una modelo de carne y hueso. Nube Perfumada les adoraba porque ver su mano enjoyada le hacía sentir como una auténtica princesa de cuento.

Huérfana de madre desde su nacimiento, su padre y su hermano eran miembros del Partido Comunista Chino, cuyo primer congreso nacional se había celebrado a escasos metros del Didi's Café, en el número 106 de la Avenue Wangzhi. En cierta manera, la guerra civil que había provocado el enfrentamiento entre los nacionalistas chinos del Kuomitang, con Chiang Kai-shek a la cabeza, y los comunistas liderados por Mao Tse-tung, había favorecido la ocupación japonesa. Ahora, tras años de enfrentamiento, tanto nacionalistas como comunistas habían formado un frente común para luchar contra los invasores. Los nacionalistas habían establecido la capital provisional en Chongqing, en la provincia de Sichuan, mientras que los comunistas habían establecido su cuartel general más al norte, en las montañas de Yenán. Dos remotos lugares que permitían a los japoneses maniobrar con total libertad en las ciudades más importantes del país: Pekín, Nanjing, Shanghai y Cantón; y controlar las principales vías de comunicación y los principales centros de producción industrial. El inmenso espacio que quedaba entre la China costera dominada por los japoneses y la China interior controlada por el gobierno nacionalista chino y por el Ejército Rojo, se había convertido en una tierra de nadie que, sin embargo, los comunistas estaban sembrando hábilmente a base de una acertada propaganda. Como le había oído decir a un destacado líder del Partido Comunista en la clandestinidad: «La ideología se parece mucho a la agricultura, y como el arroz o la soja, se ha de sembrar, cultivar y recolectar a su debido momento. Quien no obre así, malograría su trabajo.»

Nube Perfumada apenas entendía la diferencia entre chinos nacionalistas y comunistas, ni las razones de su enfrentamiento, y en aquel colosal embrollo que era la política china, el único personaje que le interesaba era precisamente Mei-Ling Soong, Madame Chiang Kai-shek, también conocida como «Madame Dragón», una china educada en los Estados Unidos, culta y refinada, a la que gustaba el modo de vida occidental tanto como los vestidos llamativos de vivos colores. Una dama astuta y sofisticada con la que Nube Perfumada se identificaba porque, según ella, representaba a la mujer liberada de las ataduras del hombre. No en vano, era la responsable de la aviación del Kuomitang, hasta el extremo de haber negociado directamente la compra de cincuenta aparatos con la empresa alemana Fokker.

Por más que yo intentaba explicarle que «Madame Dragón» era una de las líderes del Kuomitang, y que la tregua que los nacionalistas mantenían con los comunistas se volvería a romper en cuanto los japoneses fueran expulsados de China, la fascinación por el personaje era mayor que cualquier consideración de orden racional. En cierta forma, yo alentaba sus fantasías permitiéndole que se probara las pamelas y los vestidos de muselina del guardarropa de Norah Blumenthal. Después de todo, como le gustaba decir a Nube Perfumada, al airearlos se evitaba que se apolillaran. Incluso tenía mi permiso para perfumarse con la *smellum-water* (así se llamaba la colonia en inglés pidgin, la lengua que usaban la mayoría de chinos y europeos para comunicarse entre sí, una especie de idioma que mezclaba el inglés, el portugués, el hindú y el shanghaihua) de Norah, porque de esa forma tenía la sensación de que aún vivía en la casa.

—Si algún día soy rica tendré una bañera en mi casa, y la llenaré de *Huile Esentielle de Ylang-Ylang*.

El Ylang-Ylang era una planta originaria del archipiélago filipino y del sudeste asiático, de cuyas flores, de pétalos largos y retorcidos y color amarillo intenso, se destilaba un perfume fuerte y dulce que atraía a las mujeres como la miel a las abejas. Nube Perfumada pronunciaba el nombre de esta planta como si estuviera susurrando: ee-lang-ee-lang.

El hecho de que tanto su padre como su hermano llevaran tres años y medio sin dar señales de vida, tampoco ayudaba. De modo que, en cierta forma, ahora yo era la única familia que le quedaba en el mundo.

Antes de reunirme con ella, fui a hablar con Stein y Friedman.

—Leon Blumenthal ha sido asesinado fuera del «área determinada para apátridas». No tenía salvoconducto, aunque llevaba encima un pasaporte ruso —les comuniqué—. ¿Conocéis a alguien que esté vendiendo pasaportes rusos a los judíos del gueto?

Stein y Friedman intercambiaron sendas miradas de asombro. Acto seguido, Stein, un hombre tan blanco y corpulento como un oso polar, dijo:

—No. Pero si alguien está fabricando pasaportes falsos para vendérselos a los judíos del gueto averiguaremos de quién se trata.

—Tal vez Lerroux sepa algo —intervino Friedman—. Es el mejor falsificador de Shanghai.

Hablaban de un armenio con pasaporte francés y apellido falso que, entre otras actividades, se dedicaba al estraperlo y la falsificación. Aunque también ejercía el proxenetismo organizando *raiskiapochii*, es decir, orgías para gente importante. Después de que Emily Hanh hubiera abandonado Shanghai dejando sola a Norah, Lerroux había intentado reclutarla para una de sus fiestas libertinas mediante añagazas. Enterado Leon, me pidió que me encargara de resolver el asunto. Así que no me quedó más remedio que hacerle una visita.

—Ya no ejerce. Desde que se ha vuelto adicto al opio —apuntó Stein.

—Quien quiera que le haya vendido un pasaporte falso a un judío en los tiempos que corren es un estúpido. Y los opiómanos tienden a volverse estúpidos cuando pierden la cabeza —insistió Friedman.

—Dile a un oso que te fabrique un pasaporte cuando está hibernando y obtendrás la misma calidad en el documento que la que pueda ofrecerte Lerroux en la actualidad.

Un segundo después, Nube Perfumada se unió a nuestra conversación con el júbilo danzarín de una abeja que retorna a la seguridad de la colmena.

Regresamos a la Avenue Joffre caminando por entre los encantadores Longtangs de la Concesión Francesa. Una sucesión de callejones en los que abundaban las Shi Ku Men, un tipo de vivienda de dos plantas con entrada de piedra y muros de ladrillo bituminoso, al más puro estilo europeo.

A mitad de camino, Nube Perfumada me preguntó en inglés pidgin:

—¿Qué ha pasado? ¿Dónde has estado? Estaba preocupada.

—Leon Blumenthal ha muerto —respondí.

La cara de Nube Perfumada se nubló como el cielo de Shanghai en invierno.

—¿*Murder*?

—*Yes*.

Y para que no se preocupara más de la cuenta, añadí:

—¿Quieres que vayamos mañana a bailar? Podemos ir

al Mun Café, al Palais o al Royal Café. El que más te guste de los tres.

—Si voy contigo a bailar, me tomarán de nuevo por una *singsong girley* —me hizo ver—. Prefiero quedarme en casa probándome los vestidos de la señora Norah.

Luego comenzó a llorar desconsoladamente.

A veces, tenía la sensación de que Nube Perfumada era lo más parecido a una tortuga sin caparazón. Claro que tenía motivos de sobra para sentirse así, tras haber pasado medio año vendiendo su cuerpo en un sórdido prostíbulo del Bloddy Alley, y otros dos más en una «estación de consuelo», una casa de lenocinio exclusiva del ejército japonés. Según me confesó cuando la rescaté de las garras del ejército nipón, cada jornada era obligada a entregar su cuerpo a cuarenta hombres, soldados y suboficiales por la mañana, oficiales por la tarde y miembros del Kempei Tai por la noche. El poco tiempo que le quedaba libre, lo invertía en restañar las heridas de las palizas que, en muchas ocasiones, llevaban aparejadas las continuas violaciones, e introduciendo en su vagina borras de algodón impregnado en permanganato de potasio para prevenir las infecciones.

La «estaciones de consuelo» habían sido instauradas por los japoneses en 1932, durante la batalla de Shanghai de la primera guerra sino-japonesa. Las razones que habían esgrimido para justificar su creación eran varias: para elevar la moral de las tropas; para evitar las violaciones masivas en los territorios ocupados; para prevenir la propagación de la sífilis entre la tropa; y para impedir que soldados y oficiales se fueran de la lengua y acabaran desvelando secretos militares a sus compañeras de alcoba.

El problema era que la mayoría de las mujeres que trabajaban en estas «estaciones de consuelo» lo hacían en contra de su voluntad, como esclavas sexuales. Muchas de ellas habían sido raptadas en Corea y traídas a la fuerza a Shanghai, otras venían de Vietnam o del propio Japón. Incluso se rumoreaba que en las «estaciones de consuelo» que los militares nipones habían abierto en Indonesia, trabajan una treintena de holandesas que habían sido obligadas a prostituirse.

No obstante, en los últimos años, el alto mando militar japonés había diferido su papel de alcahuete a la iniciativa privada, casas de citas regentadas por madamas y proxenetas partidarios del mikado. Lugares sórdidos donde los soldados japoneses que estaban a punto de ser enviados al frente liberaban la tensión apaleando a las muchachas. El miedo a la muerte se convertía en deseo de matar. Una pretensión que no era más que el reflejo de una frustración. La inseguridad del macho que se torna violencia. El hombre que esconde su impotencia detrás de los golpes.

La experiencia vivida en una de estas «estaciones de consuelo», había terminado de forjar el carácter de Nube Perfumada, que había dejado de creer, o mejor dicho, de confiar en el amor. Ella misma aseguraba que su corazón se había vuelto tan frío, resistente y resbaladizo como las barandas de hierro colado del Pujiang Hotel. Aunque lo que había de verdad detrás de aquel velo de insensibilidad, era una persona que había sido vaciada como un plato de sopa, poco a poco, cucharada a cucharada.

El efecto de aquella cerrazón, en cualquier caso, fue que perdió las ganas de vivir. En consecuencia, el mundo se volvió un lugar carente de sentido. Lo peor era que al no comprender los principios y valores que regían ese mundo, se sentía culpable, como si ser esclava sexual fuera un castigo merecido.

Yo trataba de explicarle que el mundo que le había tocado vivir había sido alterado de forma antinatural, y que, una vez finalizara la guerra, la iniquidad desaparecería y las cosas volverían a ser como antes de que los japoneses invadieran China.

Desgraciadamente, para entonces la piel de Nube Perfumada se había vuelto coriácea, de forma que mis palabras rebotaban en ella como golpes inútiles que lo único que conseguían era acentuar su desconfianza.

3

El insomnio me arrojó de la cama media hora antes de la medianoche. No podía dejar de pensar en Leon y en las extrañas circunstancias que rodeaban su muerte. Leon con una amiguita. Leon en poder de un pasaporte ruso. Acto seguido, me acordé de Lerroux y de su posible implicación en el asunto del pasaporte falso. A esa hora estaría fumando una pipa de opio en alguno de los fumaderos del Blood Alley. El día que Leon me encargó que hablara con él por el «asunto» de Norah, le había encontrado en el fumadero de un sórdido club llamado Monk's Brass Rail. Miré el reloj, comprobé que todavía faltaba una hora y media para el toque de queda, me vestí y telefoneé a la compañía de taxis que operaba en la Concesión Francesa.

—¿Sabe que a la una menos diez interrumpimos nuestro servicio hasta la cinco de la madrugada? —me preguntó una voz de mujer desde el otro lado de la línea.

—No hay ningún problema para el regreso —respondí a su observación.

Todo lo más que podía sucederme era que tuviera que quedarme en el club hasta que amaneciera.

En el Monk's Brass Rail, me recibió una *Shanghai girl*

que, tras colgarse de mi brazo derecho como si se tratara de la rama de un árbol de la que pensara columpiarse, me dijo:

—*Darlink, buy me one drink, please!*

En el fumadero del Monk's (conocido también como «el Convento»), situado en la segunda planta del edificio, sólo tenían cabida los «ciudadanos respetables», entendiendo por tales a aquellos clientes que no eran marineros, soldados o ex convictos. Claro que muchos de los que formaban parte de aquella «distinguida» clientela, no eran más que comerciantes abocados a la ruina que el propietario del Monk's exprimía para sacarles las últimas gotas de jugo. La policía anamita encargada del orden público en el Blood Alley y en las zonas aledañas, hacían la vista gorda, a tenor del grueso sobre que recibían del dueño, un cantonés con cuerpo y voz de sapo llamado Mr. Chow. En ese sentido, las autoridades francesas eran eminentemente prácticas, y consentían la venta de opio siempre que se hiciera de manera discreta. No en vano, una de las principales fuentes de financiación que tenían las municipalidades de las concesiones provenía de la comercialización a gran escala de la adormidera, cuya compraventa era técnicamente ilegal en el Gran Shanghai, es decir, la zona de la ciudad gobernada por los chinos.

—Sólo me apetece fumar —me excusé.

—No tienes pinta de fumador, sino de follador —me replicó la muchacha haciendo gala de todo su descaro.

—Hoy sólo me apetece fumar, ¿de acuerdo? —insistí.

—*Darlink*, el opio cura el primer día, pero luego mata como un sable —argumentó a continuación.

No hubiera soportado que me llamara «*Darlink*» una

tercera vez. Un billete de diez yuanes bastó para que saltara de la rama. En su huida me dedicó un insulto:

—*Hustler!*

Era la primera vez que alguien me llamaba chapero. A continuación, me di de bruces con el viejo cartel que colgaba del dintel de la entrada. Rezaba: «*Eat, drink and be merry, for tomorrow we die*». Toda una declaración de principios, pensé.

En el escenario, un par de filipinas vestidas con brocados bailaban una danza aún más briscada que el dibujo de sus atuendos. Una clase de baile que dejaba indiferente a una clientela ruidosa y desatenta, compuesta mayoritariamente por soldados de las legaciones alemanas e italianas y por civiles rusos y franceses, que ni siquiera se molestaba en ocupar las sillas de roten dispuestas en fila para contemplar el espectáculo.

Luego tuve que vérmelas con dos gigantones asiáticos, probablemente de Mongolia, antes de acceder al fumadero.

Como la mayoría de esta clase de locales, el fumadero del Monk's recordaba uno de esos dormitorios comunes de tercera clase que abundaban en los paquebotes que hacían la ruta entre Oriente y Occidente. Quince o veinte camastros colocados en línea, ausencia de ventanas y de decoración, y un suelo de listones de madera desgastada que crujía a cada paso. Era como caminar pisando escarabajos. La atmósfera no es que estuviera enrarecida, simplemente no existía. Una liviana celosía de madera y una densa humareda separaba cada camastro del siguiente formando pequeñas celdas. Las vaharadas sobrantes se arremolinaban en el techo como nubes amenazadoras. El hedor era tan intenso y dulce que uno tenía sensación de encontrarse en el interior de un pastel. Cada diván albergaba el cuerpo de un hombre que dormitaba sobre un codo replegado. A los pies, frente a un pequeño velador, una joven se encargaba de preparar las pipas y de tenerlo todo a punto. No había otro movimiento que el de las pipas cambiando de manos, y no había otro ruido que el que producía la inhalación y exhalación del humo, que en su viaje por el interior de cada organismo provocaba que los pulmones borbotearan como cazos de agua hirviendo. Desde luego no se trataba de una ceremonia ostentosa.

Lerroux ocupaba el último alveolo dentro de aquella colmena de zánganos. Por alguna razón, un pescado intacto descansaba en el velador, a sus pies. Recordé la costumbre china de cocinar un pescado que se ponía en la mesa pero que no se comía, el día del Año Nuevo Lunar. Una superstición que, al parecer, traía suerte, puesto que las palabras felicidad y pescado se pronunciaban igual (Yu). Luego le dije a la joven que se encargaba de tener a punto la parafernalia del opio que se marchara, y a continuación golpeé el rostro de Lerroux y zarandeé su cuerpo hasta que conseguí sacarlo del estado de duermevela.

—Tiene usted un aspecto deplorable —le dije a modo de saludo.

—Lo tomaré como un cumplido. Aunque para los chinos es una falta de educación comenzar una conversación hablando de asuntos particulares. Pero ya que ha empezado, y ya que hablamos de mi aspecto, dígame, ¿ha sido usted quien me ha hecho esto?

Y abrió la boca, a la que le faltaban media docena de piezas dentales.

—No, pero en otro tiempo se lo hubiera hecho de buena gana —respondí.

—Si no ha sido usted, entonces tal vez me lo haya causado el opio —sugirió—. Dicen que el opio es el mejor dentista de todos porque te arranca los dientes sin dolor.

—¿Por qué fuma entonces? ¿Ha probado inscribirse en una de las oficinas sanitarias que luchan contra la adicción al opio?

Nada más formular la pregunta, me di cuenta de que estaba hablando como lo hubiera hecho con uno de mis pacientes.

Lerroux movió la cabeza de un lado a otro con la intención de sacudirse el aturdimiento.

—Fumo porque cualquier puerto es bueno cuando arrecia la tormenta —me respondió—. Ahora dígame, ¿qué le ha traído hasta aquí?

Y antes de que me diera la ocasión de responder, añadió:

—¡Dios! ¿Cuánto tiempo llevará ese pescado ahí? Ni siquiera recuerdo haberlo pedido.

—Deseo formularle una pregunta —dije.

—Le adelanto que no conozco la respuesta sea cual sea su pregunta. Digamos que el opio ha truncado mi carrera como informante. Ni siquiera sé qué día es hoy.

La voz de Lerroux salía de su garganta entrecortadamente, como si se tratara de una retransmisión radiofónica que estuviera teniendo lugar en una remota comarca.

—Sólo quiero saber si últimamente le ha vendido un pasaporte falso a un judío.

—Para entrar en el país del opio no se necesita pasaporte —se desmarcó.

—¿Recuerda a Leon Blumenthal? —insistí.

Ahora clavó sus pupilas de cabeza de alfiler directamente en mi rostro.

—En el país del opio tampoco hay cabida para los recuerdos. ¿Sabe por qué? Porque el país del opio es similar a una cáscara vacía. Carece de continente y de contenido... Es como vivir en una nube mecida por el viento.

Y tras tomarse unos segundos, añadió:

—¿Por qué está interesado en Leon Blumenthal?

El hecho de que Lerroux acabara mostrando interés, me hizo pensar que el mundo del que decía venir no estaba tan lejos como creía. Tal vez esa nube de la que hablaba era la misma que descargaba agua de vez en cuando sobre nuestras cabezas.

—Porque ha sido asesinado en la Concesión Internacional, y al parecer llevaba consigo un pasaporte falso.

—Si la ciudad que hay ahí afuera sigue siendo Shanghai, a día de hoy los pasaportes falsos los elaboran los comunistas chinos y los japoneses. Nadie más. En el caso de su amigo, yo me decantaría por los segundos. Blumenthal era un judío fascista, de modo que no creo que trabajara para los comunistas.

—Los japoneses son los dueños de la ciudad, ¿para qué iban a querer falsificar un pasaporte? —observé.

—Para dotar de documentación a un judío «apátrida» como Blumenthal, por ejemplo —argumentó Lerroux.

—Para eso les hubiera bastado con concederle un pase para salir del gueto.

—No si Blumenthal trabajaba para ellos fuera de la ciudad. Tal vez realizara misiones secretas.

—¿Fuera de la ciudad? ¿Misiones secretas? ¿Qué está insinuando?

—Que tal vez su amigo fuera un colaboracionista. Ya se significó ayudando económicamente a los nazis.

Nadie sale del gueto sin permiso de los japoneses, de la misma manera que no se puede abandonar la ciudad sin un pasaporte. Si la ayuda que Blumenthal le prestaba a los japoneses hubiera estado circunscrita a Shanghai, le hubiera bastado con un pase, como usted dice. Pero, según me cuenta, llevaba un pasaporte, una clase de documento que es necesario para quienes viajan fuera de la ciudad.

La posibilidad de que Lerroux estuviera en lo cierto me aturdió aún más que la atmósfera enrarecida del fumadero. Por un momento, tuve la sensación de que habíamos cambiado nuestros papeles: a mí me empezaban a fallar los reflejos, mientras que él comenzaba a dar muestras de haber alcanzado un grado óptimo de lucidez.

En la puerta me aguardaba Mr. Chow, el propietario del Monk's, quien al parecer había sido avisado de mi presencia. Hombre de dimensiones descomunales, tenía hechuras y ojos de batracio. Dentro del ambiente de los prostíbulos gozaba de una buena reputación, pues siendo joven había trabajado en uno de los tugurios más célebres de Shanghai, The Caveau Montmartre, un local propiedad de un marinero corso, quien a su vez había sido colaborador de Wu Peifu, un señor de la guerra chino que había caído en desgracia después de negarse a colaborar con los japoneses.

—Es un honor tener a todo un cónsul en mi humilde casa —se dirigió a mí a modo de saludo.

Hasta la entrada de Japón en la guerra, los cónsules de las potencias extranjeras con representación oficial tomaban parte en el gobierno de la ciudad, con lo que eso suponía, pero las cosas habían cambiado. Ahora el contenido del cargo de cónsul estaba tan vacío como la cáscara de la que había hablado Lerroux.

—Sólo he venido a ver a un amigo —le respondí.

—Lo sé. Ha venido a visitar a Monsieur Lerroux. Todo hombre se parece a su dolor, ¿no le parece? —dijo a continuación.

Escuchar filosofar a un batracio envuelto en una túnica de seda de color ciruela era toda una alegoría de la cultura china, donde hasta los animales tenían algo que decir.

—¿A qué se refiere?

—Hablo de *La condition humaine*, la novela de monsieur Malraux. Todo hombre se parece a su dolor. ¿Qué es lo que le hace sufrir? Eso le pregunta Kyo, el personaje principal, a su padre, y éste le responde: el dolor no tiene importancia, ni tampoco sentido, porque no roza nada más profundo que su mentira o su goce… Es la respuesta de un opiómano. Una persona como monsieur Lerroux. Para los opiómanos nada de lo que ofrece este mundo tiene importancia, porque la vida está construida sobre los cimientos del sufrimiento.

La novela de André Malraux había sido prohibida por los japoneses, y ese hecho había servido de excusa a los comunistas para imprimir y distribuir clandestinamente varios miles de ejemplares por toda la ciudad. La obra narraba el conflicto entre los comunistas y los seguidores del Kuomitang liderado por Chiang-Kai-shek. Al principio, los partidarios de crear la República Soviética de China y los miembros del Kuomitang aparecían como socios, pero luego las cosas se torcían y acababan enfrentados. En cierta forma, la novela de monsieur Malraux era considerada como el perfecto manual para organizar una revolución. Un día se presentó en mi consulta un joven estudiante de la universidad Aurora, que llevaba consigo un ejemplar de *La condition humaine*, y que no dejó de leer con fruición hasta que pude atenderle. Después de preguntarle en qué podía ayudarle, introdujo el libro en el bolsillo trasero de su pantalón y me dijo que le dolía la espalda. Era un chico joven y aparentemente alegre, por lo que se me ocurrió bromear sobre la posibilidad de que su dolor estuviera provocado por aquella lectura tan peligrosa. Mi comentario le hizo volverse circunspecto y, cuando un minuto más tarde le pedí que me señalara qué zona le dolía de la espalda, me espetó con solemnidad, al tiempo que agitaba la novela al aire: «Me duele el lado del pueblo», en alusión a que le dolía el costado izquierdo.

—En los tiempos que corren, leer a monsieur Malraux puede resultar peligroso —apunté.

—He leído mucho a lo largo de mi vida, doctor Niboli. La lectura es mi gran pasión. Fui librero antes que «monje». Durante muchos años, las librerías y los prostíbulos convivían pacíficamente en el camino de Foochow. La mía era la más grande de Shanghai. Pero cuando los japoneses se hicieron con el control de la ciudad, poseer una librería se convirtió en un negocio peligroso. Según el Kempei Tai, la cultura es la primera sospechosa. Para colmo, yo mantenía una relación de amistad con Pa Kin, un joven intelectual que había traducido *La conquista del pan*, la obra del anarquista Kropotkin, y distribuía los libros de la editorial Vida y Cultura, de la que era director el propio Pa Kin, así que los japoneses pusieron sus ojos en mi negocio. Empezaron a vigilar la librería, y los clientes terminaron por asustarse. Por aquel entonces, yo frecuentaba un *dancing* llamado First Class, uno de esos clubes que tenían como portero a un príncipe moscovita. Harto de la situación, un día decidí hacerme «socio» de la Compañía del Tubo del Opio y transformar mi vieja librería en lo que es ahora: el Monk's Brass Rail. Obviamente, jamás he podido permitirme contratar a un príncipe moscovita para que vigile la puerta, aunque sí que le he dado trabajo a un buen número de rusas blancas de buena cuna. En Shanghai hay al menos mil prostitutas rusas que afirman pertenecer a la familia del zar. Yo les pregunto si se refieren al zar Nicolás o al zar Stalin, que es hijo de un zapatero georgiano, y entonces ellas se ofenden. ¡Zarinas de piel lechosa! Sólo cuando les recito algún pasaje de Tolstoi consigo que cierren la boca. Para descubrir si son o no lo que dicen ser, condesas, princesas, etc., les hablo en francés, pues no existe un solo noble ruso que no hable a la perfección esa lengua... El opio me lo proporcionan los japoneses, los hombres del Kodama Kikan, y las Triadas chinas se encargan de que las cosas funcionen con las *taxi-girls*, así que todos contentos. Ya ve, también el mal requiere un orden...

La Compañía del Tubo del Opio formaba parte de las Triadas, y estaba controlada por Tu Yueh-se, el jefe de la Banda Verde, a la que también pertenecía Chiang Kai-shek, el líder del Kuomitang, quien utilizaba a la mafia para combatir a los comunistas desde los sindicatos. Ahora, pese a que Tu Yueh-se y Chiang Kai-sek habían huido de Shanghai, las Triadas seguían operando, sobre todo en los prostíbulos, donde contaban con los temidos *hong guan* (postes rojos), matones a sueldo, quienes se encargaban de que los miembros de la «cofradía» cumplieran las leyes de la sociedad secreta, en especial con las obligaciones tributarias.

—La gente ha creado toda una mitología negativa en torno al consumo del opio —prosiguió—. Pero no se corresponde con la realidad. Jean Cocteau, en su obra *Opium, journal d'une desintoxication,* asegura que cada ser humano lleva consigo algo enrollado, como esas flores japonesas que se despliegan en el agua. Pues bien, el opio hace el papel del agua, y aunque la flor que uno lleve enrollada sea de fragancia deletérea o intoxicadora, la adormidera se encarga de desplegarla con todas las garantías, puesto que su consumo produce actos de cordura y no de locura.

—Supongo que cualquier puerto es bueno cuando arrecia la tormenta —repetí la frase que Lerroux había pronunciado delante de mí minutos antes.

—Sí, así es. Aunque eso no significa que el puerto que nos sirve de cobijo sea siempre el más idóneo. El opio también encierra un mundo que no oímos con nuestros oídos…, y que no vemos con nuestros ojos. Desde luego, nadie puede asegurar que ese otro mundo sea mejor que éste. Simplemente, se trata de un universo diferente al que habitamos y conocemos.

Tuve que preguntarme si quien hablaba de aquella manera era Mr. Chow, monsieur Malraux o Jean Cocteau.

—Había oído que había trabajado en The Caveau Montmartre. Desconocía que hubiera sido el propietario de una librería, y que fuera usted una persona tan cultivada.

—Trabajé como portero en The Caveau Montmartre para poder costearme los estudios universitarios. Mi gran envergadura hacía de mí la persona idónea para ejercer de dique de contención entre la calle y el interior del local. Más tarde, cuando conseguí reunir el dinero suficiente, me convertí en librero, y ahora soy..., ejerzo de... No sabría decir qué soy ahora exactamente, ¿un hombre de negocios?, ¿un proxeneta?, ¿un vendedor de opio?... Aunque lo que yo sea o deje de ser carece de importancia. Es como si hubieran transcurrido diez mil años.

Diez mil era la cifra que los chinos empleaban para referirse a algo que había durado mucho tiempo. De manera que cuando un chino hablaba de su pasado, siempre surgía ese guarismo.

—¿Puedo preguntarle por qué una persona como usted permite que le llamen *chow*?

En inglés pidgin, la palabra *chow* significaba «comida».

—Es obvio que mi corpulencia no se alimenta con aire. Me llaman Chow desde pequeño, porque ya entonces me gustaba mucho comer. Pero el apodo no sólo alude a mi apetito, sino al hambre de sabiduría que siempre he tenido. Como le he dicho, desde pequeño soy un devorador de libros...

Al atravesar de nuevo el club, fui interceptado por otra *Shanghai girl*. La tenacidad y la resistencia de aquellas muchachas eran mayores incluso que la de los soldados que peleaban en el frente, y encima luchaban por el mismo motivo: la supervivencia.

—*I love you, monsieur* —me dijo la joven.

De manera casi refleja deposité un nuevo billete de diez yuanes en la mano de la joven, que se quedó contemplándolo como si se estuviera mirando al espejo.

—*Thank You!*—exclamó cuando tomó conciencia de lo fácil que había resultado obtener la ganancia.

Ahora fui yo quien recordó una reflexión de la obra de monsieur Malraux: «Cuanto más heridos hay, cuanto más se acerca la insurrección, más se copula.»

Nada más entrar en el hall de mi casa, recibí un fuerte golpe en la cabeza que me hizo perder el sentido durante unos instantes.

Cuando recuperé la conciencia, Nube Perfumada hacía esfuerzos por sostenerme entre sus brazos. Pero le costaba tanto trabajo que parecía que estuviese tratando de aprehender con los dedos agua derramada. En uno de los vaivenes a los que fue sometido mi cuerpo vi que en el suelo había depositada una sartén. Entonces comprendí que había sido ella quien me había golpeado. Traté de decir algo, pero tanto mi lengua como mi paladar seguían vibrando por efecto de la sacudida del golpe. Luego, cuando abrí la boca para respirar, se llenó con el sabor salobre y pegajoso de la estación que estaba a punto de acabar.

—Creí que eras un ladrón. ¡Lo sieeento! —se excusó.

—No podía dormir. He salido a tomar una copa —pude decir al fin.

Recordé que había olvidado hacer el pedido de hielo a la Roo Ching Kee Ice Company, así que tendría que conformarme con fabricar una compresa con un trapo húmedo para restañar la sangre que había empezado a emanar de mi cabeza.

—Hace quince minutos había alguien en la casa —dijo Nube Perfumada.

—¿Estás segura?

—Completamente. Me despertó un ruido. Creí que eras tú, de modo que salí a ver qué pasaba. Entonces vi una sombra al final del pasillo. Luego fui a tu dormitorio y comprobé que no estabas. Eso me alarmó, así que cogí una sartén y me parapeté aquí, detrás del biombo de la entrada.

—Ayúdame a levantarme —le solicité—. Veamos si el ladrón se ha llevado algo.

Tras efectuar un somero reconocimiento de las estancias principales, todo parecía estar en su sitio.

—No se han llevado nada. Cabe la posibilidad de que el ladrón haya huido al oír que te levantabas. O tal vez lo que has visto no sea nada más que la sombra de un árbol proyectada sobre el pasillo. Hoy la luna está casi llena —apunté.

Y le señalé la miríada de sombras con forma de abanico de las hojas del ginko, que descansaban sobre el suelo del salón como una alfombra en movimiento llena de topos.

—Si no era un ladrón entonces tal vez fuera el espectro de Herr Blumenthal —se descolgó Nube Perfumada.

Para los chinos, las almas de los difuntos tenían la capacidad de regresar a la tierra como fantasmas, ya fuera para terminar algún asunto pendiente o para tomarse venganza contra aquellos que les hubieran infligido alguna clase de mal en vida. Había fantasmas inmortales que se convertían en semidioses, y también los había que podían ser condenados al infierno. Incluso los fantasmas podían morir una segunda vez, convirtiéndose entonces en «fantasma de un fantasma».

—¿Para qué diablos iba a querer venir el espíritu de Blumenthal a esta casa? —me interesé.

—Tal vez guarde algún secreto en la casa y haya venido a llevárselo —sugirió.

La conversación con Nube Perfumada me hizo recordar que Leon me había pedido permiso para guardar ciertos documentos en una pequeña caja fuerte que había encastrada en el suelo del dormitorio principal, es decir, el mío, debajo de la cama. Yo, naturalmente, había accedido, y no había vuelto a acordarme de la existencia de aquella caja fuerte, de la que ni siquiera conocía la combinación.

Subí raudo hasta la segunda planta y me arrojé al suelo del dormitorio. Desde esa posición pude comprobar que, en efecto, la caja fuerte había sido desvalijada, si bien el ladrón no había forzado la puerta.

Cuando me reincorporé, Nube Perfumada permanecía expectante en el umbral del dormitorio:

—¿Qué ocurre? —me preguntó.

—Creo que tenías razón. El fantasma de Herr Blumenthal ha venido a llevarse lo que guardaba en una pequeña caja fuerte que hay debajo de mi cama.

Luego, ya a solas, completé el cuadro de aquel robo. El ladrón había aprovechado mi salida para dirigirse directamente a mi dormitorio, y eso suponía que conocía la combinación de la caja fuerte, y también que me había estado vigilando. En cuanto al autor, tenía que tratarse de la prostituta o del proxeneta del que me había hablado el agente del Kempei Tai. Posiblemente habían torturado a Leon con el propósito de sonsacarle la combinación de la caja fuerte. Una vez obtuvieron la información, se deshicieron de él. El siguiente paso había consistido en aguardar el momento oportuno para entrar en la casa. De modo que el móvil del crimen no había sido pasional, sino que tenía que ver con el contenido de aquella caja de seguridad. Claro que en la casa había otros muchos objetos de valor. El ladrón ni siquiera se había llevado los ceniceros o los marcos de plata. ¿Por qué despreciarlos? ¿Qué había en aquella caja fuerte? ¿Bonos? ¿Valores bursátiles? Nada de eso tenía valor en aquellos días, y difícilmente podría tenerlo una vez terminada la guerra. En conclusión, el asesinato de Leon Blumenthal estaba lleno de ángulos muertos.

4

La historia de los judíos en Shanghai se remontaba al año 1844, cuando un miembro de la familia judía de origen iraquí de los Sassoon llegó a la ciudad para hacer negocios. A los primeros judíos llegados de Bagdad, le siguieron otros procedentes de España, Portugal y la India y, por el origen sefardí de la mayoría, eran conocidos como «Sephardim». A este selecto grupo de pioneros no sólo pertenecían los Sassoon, sino también los Hardoun y los Kadoorie, tres de las familias más ricas e influyentes de la ciudad.

A comienzos del siglo XX, con la revolución rusa, había llegado a Shanghai una segunda oleada de emigrantes judíos procedentes de Rusia. Eran los llamados «rusos blancos», por cuanto que estaban en contra de los comunistas, que se identificaban con el color rojo. En 1939 conformaban una comunidad de aproximadamente cinco mil miembros. La mayoría trabajaba en negocios de poca monta y copaban algunos trabajos, como el de conductores de autobús.

La tercera oleada comenzó en 1934 y se prolongó hasta 1941, coincidiendo con las leyes antisemitas promulgadas por los nazis y con la entrada de Italia en la guerra.

A los judíos llegados durante ese período se les conocía como «asquenazíes».

Sólo entre los meses de agosto de 1938 y 1939, habían llegado a Shanghai diez mil judíos «asquenazíes» procedentes de Alemania, Austria y Polonia, entre los que se encontraban Leon y Norah Blumenthal. Algunos de ellos habían tenido que huir sin tiempo siquiera de poder hacer las maletas.

La aglomeración de refugiados llegó a ser tal que los propios representantes de la comunidad hebrea pidieron a las autoridades japonesas que prohibieran la entrada de nuevos refugiados, puesto que la capacidad económica de las instituciones que prestaban ayuda financiera y material estaban al borde de la quiebra. Con todo, otros tres mil judíos habían logrado entrar en Shanghai después de que las autoridades cerraran las fronteras.

Lo más curioso era que muchos de estos judíos se habían establecido por su cuenta en el distrito de Hongkew, puesto que se trataba de gente humilde con escasos recursos económicos, el mismo que los japoneses habían elegido para crear el «área determinada para apátridas». Allí, al norte del canal de Soochow Creek, en el espacio que iba desde Gonsping Street hasta Zhoushan Road, habían erigido un centro de negocios que era conocido como «Little Vienna». Aunque ni siquiera la presencia de los judíos había bastado para lavarle la cara a la zona, una de las más afectadas por los enfrentamientos entre chinos y japoneses del año treinta y siete. Muchos edificios, los *lilong* característicos de Shanghai, grupos de casas de vecindad con patios interiores, aún conservaban las huellas de aquel episodio en forma de trozos de fachadas desmoronadas, hileras de ventanas sin cristales, mazos de cables que colgaban como serpientes sin cabezas y tuberías que el frío o el calor hacían gemir y el viento ulular, y que servían de madriguera a toda clase de roedores. Los estudiosos de este tipo de arquitectura aseguraban que los *lilong* de Hongkew y de otros barrios de Shanghai representaban la confrontación entre la cultura china y la occidental. Las bombas japonesas habían acabado con dicha confrontación, y también con el modo de vida y de organización de esta clase de espacios.

Después del edicto que obligaba a los judíos sin pasaporte a recluirse en el «área determinada para apátridas», los lugares para vivir o establecer comercios quedaron restringidos a Chaofoong Road, Muirhead Road y Den Road por el oeste; el río por el este; East Seward Road y Wayside por el sur, y el límite de la Concesión Internacional por el norte.

Desde el punto de vista administrativo, existía una asociación (llamada SACRA) encabezada por judíos rusos que se encargaba de la intendencia del gueto, pero estaba controlada de facto tanto por el oficial Ghoya como por el director general de la Oficina Japonesa para Asuntos de los Apátridas, un tipo llamado Tsutomu Kubota.

Entrar en el gueto de Hongkew era lo mismo que adentrarse en un zoco donde el espacio parecía no existir y el abigarramiento no te dejaba respirar ni pensar con claridad. Claro que en Hongkew no había fruslerías que comprar. De hecho, no había casi nada que comprar o vender en las actuales circunstancias. Al menos, legalmente. A pesar de lo cual, seguían abiertos algunos cafés al aire libre, como el Corso Garten, el Thal's o el Mascot Roff Garden, en la azotea del antiguo Broadway Cinema, donde todavía se celebraban bailes nocturnos. Los judíos «apátridas» preferían pasar el día sentados en una terraza antes que hacerlo en las habitaciones que tenían asignadas.

En un espacio que no superaba los dos kilómetros cuadrados, habían sido recluidos veinte mil judíos «apátridas» entre cien mil residentes chinos. En total, más de mil familias judías habían sido repartidas en ochocientos once pequeños apartamentos, que a su vez sumaban un total de dos mil setecientas sesenta y seis habitaciones. Eso equivalía a que en cada estancia vivían una media de entre siete y ocho personas. Las habitaciones eran pequeñas y sucias, y carecían del equipamiento más elemental, de modo que conforme las condiciones de vida fueron empeorando, se agudizó el hambre y se propagaron la viruela, el tifus y el cólera, que se cobraron la vida de trescientas personas durante los primeros meses de confinamiento.

Todas las mañanas, justo antes de que el sol saliera, un carromato recorría las calles del gueto para recoger los cadáveres de quienes habían muerto durante la noche. Algunos eran depositados en las aceras envueltos en papel de periódico y atados con cuerdas.

Para colmo, la propia solidaridad entre los judíos se había deteriorado, y cuando uno de ellos cometía un robo era linchado por su propia gente sin ninguna conmiseración.

No fui verdaderamente consciente de lo que estaba ocurriendo en el «área determinada para apátridas» hasta que, tras superar el control de entrada al gueto, comencé a cruzarme con gente desnutrida y sucia que, cuales fantasmas errantes, imploraban algo que echarse a la boca, mientras los más pequeños vigilaban ojo avizor las basuras de los puestos de comida chinos. Niños a los que los comerciantes locales trataban de ahuyentar al grito de: «¡Fuera de aquí, *Tiu-Kiu-Tao*!» *Tiu-Kiu-Tao* era el nombre por el que se conocía a los judíos entre la comunidad china, y la expresión significaba literalmente: «Extractores de tendones», en alusión a los sacrificios sangrientos que practicaban los hebreos con los animales.

Me vino a la memoria el recuerdo del Gólem, pues quienes allí vivían semejaban criaturas artificiales, autómatas despojados del alma que vagaban sin rumbo ni esperanza por entre los abarrotados callejones.

En la Ward Road me encontré con el tendero Pikarski, otrora propietario de una próspera tienda de comestibles en esa misma calle, pero fuera de los límites del gueto, y a quien yo le había comprado salami y otros embutidos en numerosas ocasiones. Ahora que se había visto obligado a desprenderse de su negocio, los efectos de la desnutrición empezaban a ser evidentes en su organismo, así que le propuse que me acompañara al Corso Garten, justo detrás de la comisaría de Muirhead Road. Allí le invité a dos vasos de «Obi», un zumo de manzana envasado muy popular en aquellos días, le entregué una cuarta parte del dinero que llevaba encima y le di una cajetilla de cigarrillos My Dear.

—Me gustaba más fumar Capital A —señaló con añoranza.

Se refería a que prefería fumar tabaco americano o canadiense, como la marca Capital A, antes que fumar los cigarrillos My Dear, que eran fabricados en Shanghai por los japoneses.

—Otro día le traeré una cajetilla de Capital A. Se lo prometo. Se siguen encontrando en el mercado negro.

—No malgaste su dinero en cigarrillos, y la próxima vez que venga a visitarnos traiga algunas medicinas —se desmarcó.

—¿Cuánto hace que no prueba bocado? —le pregunté para hacerme una idea de cuál era la situación.

—No es una cuestión de tiempo, sino de cantidad —me respondió—. Existe una fundación caritativa llamada «Kitchen» que sirve comida a los refugiados. El problema es que sólo pueden darle de comer a cuatro mil personas cada día, y en el gueto vivimos cinco veces esa cantidad. No obstante, ayer conseguí una rebanada de pan de nueve onzas y un plato de sopa caliente. Todo un logro. Ahora, gracias a su dinero, podré comprar comida para dos semanas.

A la altura de la sinagoga Oihel Moishe, ya había decidido que haría todo lo que estuviera en mi mano para sacar a Norah Blumenthal de aquel lugar. No en vano, contaba con la autorización del propio Leon para enajenar los bienes de la casa en caso de que fuera necesario. De hecho, no comprendía por qué no me lo había pedido él mismo. Le hubiera bastado con hacerme llegar una nota. Pensé como posible comprador en algún miembro prominente de la comunidad judía rusa o en un hombre de negocios francés, pero dado que mi propuesta no dejaba de comprometer a quien la aceptara, decidí que lo mejor sería ir directamente a la raíz del problema, y eso pasaba por entrevistarme de nuevo con el coronel Yukio Fukuda.

El inmueble en el que residían los Blumenthal era de los últimos de la Ward Road, a una manzana escasa de donde finalizaba el «área determinada para apátridas». Unos números más adelante, se abrían paso los cinco edificios de hormigón de la cárcel de la ciudad, en cuyo recinto habían sido internados más de ocho mil presos, la mayoría de ellos chinos.

En la escalera, me crucé con dos docenas de alumnos de la Yeshiva de Mir (aunque el grueso residía en las antiguas dependencias del Ejército de Salvación), una escuela de rabinos cuyos miembros iban tocados con un solideo. Uno de los jóvenes portaba una *menorah* cuyos siete brazos emitían destellos dorados. Al parecer, el candelabro era de oro y, por temor a que fuera robado, un miembro de la Yeshiva se encargaba de llevarlo todas las mañanas hasta la sinagoga acompañado de una nutrida guardia pretoriana. Como el de otros muchos judíos asentados en Shanghai, el viaje de esta comunidad de estudiantes, que incluía a docentes y familiares y que sumaba más de cuatrocientos elementos, había sido toda una odisea: la ciudad de Mir, en Bielorrusia, Lituania, Siberia, Manchuria, Japón y, finalmente, Shanghai. Ahora habían encontrado el valor para proseguir con sus estudios incluso en aquellas terribles condiciones en la sinagoga Beth Aharon.

Me sorprendió comprobar que muchas de las habitaciones carecían de puertas, por lo que se podía ver el interior desde el descansillo de la escalera. La lógica indicaba que el hacinamiento de personas fuera parejo al de enseres, pero no era así. Cualquier objeto que no resultara estrictamente necesario para la supervivencia había sido vendido. A lo sumo, se veían estanterías repletas de cazos y de otros utensilios de cocina, colchones, perchas, algún infiernillo con su lámpara de alcohol y alguna que otra silla suelta. En algunos casos, una simple cuerda servía para tender la ropa y también para compartimentar la estancia.

En el gueto de Hongkew todo se alquilaba y todo tenía un sobreprecio, desde el derecho a usar el baño o la cocina hasta una manta o el bacín de los excrementos.

Cuando me encontré con Norah, me impresionó su deterioro físico. Había perdido media docena de kilos (ella, que era de por sí una mujer delgada), tenía la tez demacrada, y el brillo de sus ojos era el propio de alguien con fiebre. Además, gotas de sudor perlaban su frente, y le habían brotado erupciones rojizas en el rostro, los brazos y las piernas. Supuse que se trataba de tifus. Golpeé en la puerta abierta antes de atreverme a entrar.

—*Kadima*—dijo en hebreo.

—Hola —dije, al tiempo que franqueaba el umbral de la puerta.

—No te acerques, Martín. Tengo piojos —me dijo.

Y sin darme tiempo siquiera para reaccionar, añadió:

—¿Está muerto, verdad?

Nunca me había sentido más lejos de ella, a pesar de la cercanía. Era como si hubiera levantado un muro entre ambos. La misma pared que le servía para aislarse, para disponer de su propio espacio dentro del gueto. En mi cabeza resonó una frase de Leon: «Norah ha decidido vivir dentro de una ficción, y para lograrlo ha creado un mecanismo para interpretar y dar sentido a su vida.» Viéndola ahora estaba claro que había sido atropellada por el mundo real, donde los antiguos salones de baile del Hotel Majestic eran utilizados actualmente para celebrar juicios sumarios a espías o traidores.

—Sí —respondí.

De la misma manera que la tortuga reacciona frente a ciertos estímulos externos ocultándose en su caparazón, el rostro de Norah respondió a mi revelación con una expresión de ausencia, como si su espíritu se hubiera replegado a un lugar remoto. Lejos de aquella sórdida habitación donde la tristeza era aún más pesada que el sofocante calor. Luego se pasó ambas manos por el cráneo. Un gesto parecido al que las mujeres realizan cuando quieren escurrir el cabello después de haberlo lavado, y que en el caso de Norah le había servido para volver a la realidad. En ese instante caí en la cuenta de que también había perdido su cabellera ondulada. Me pregunté qué había sido de la «chica de calendario» de unos meses atrás. Ahora ni siquiera tenía la oportunidad de preocuparse por su aspecto. Era como contemplar una rosa a la que le hubieran sido arrancados los pétalos.

Al bajar la cabeza, conté ocho delgados colchones en el suelo, situados en círculo en torno a una pequeña estufa que también servía de hogar.

—¿Dónde han encontrado su cuerpo? —prosiguió el interrogatorio.

—Cerca del hipódromo —respondí.

—¿Cuándo me entregarán su cadáver?

Por alguna extraña razón, pensé que detrás del deseo de Norah por dar sepultura a Leon se escondía su necesidad de constatar que había muerto de verdad.

—Como castigo, será enterrado en una tumba anónima —mentí.

—¿Sabes si lo enterrarán desnudo? —me preguntó a continuación.

Me encogí de hombros. Bastante tenía yo con haber reaccionado a tiempo.

—Los judíos enterramos desnudos a nuestros muertos —aclaró—. Supongo que he de sentir compasión por él.

Ahora fue ella la que inclinó la cabeza.

—Leon tenía una amiguita —añadió—. Una de esas *Shanghai girl* que vuelven loco a los occidentales. Imagino que la muchacha se habrá cansado de él, ahora que no tenía dinero.

Supuse que eso explicaba que el cadáver no hubiera aparecido flotando en el río. Dejar su cuerpo en una de las calles más salubres de Shanghai, a la vista de todo el mundo, indicaba que quien quiera que fuese su asesino, mantenía alguna clase de relación afectiva con Leon, a pesar de la brutal amputación. La existencia de una *Shanghai girl* en la vida de Leon corroboraba mi teoría del robo de la caja fuerte. Ella había sido la autora del hurto. Seguramente había oído hablar a Leon de lo que allí guardaba, y más tarde había conseguido sacarle la combinación a base de favores sexuales. De manera que bajo la apariencia de un crimen pasional, se escondía en realidad un móvil económico.

—¿Desde cuándo? —pregunté sin ocultar mi sorpresa.

—Desde siempre. A los dos meses de llegar a Shanghai.

—¿La conoces?

—No. Todas esas mujeres son iguales: el mismo maquillaje, las mismas pelucas, los mismos vestidos... Es posible que tuviera varias amantes. Esas *Shanghai girls* son tan fáciles de conseguir... No me importaba con quien se acostara, puesto que yo me negué siempre a que me pusiera una mano encima. Yo quería a Leon, pero no le amaba.

Y tras tomar un poco de aliento, repitió la frase de siempre:

—Iba a concederme el divorcio en cuanto finalizara esta locura. Ya lo sabes.

—¿Por qué nunca me dijiste nada? —le reproché.

—Porque como decía Leon era el momento de permanecer unidos, y porque si te lo hubiera contado después no me hubiera quedado otra salida que arrojarme a tus brazos.

¿Acaso yo era eso para ella: un camino de salida? ¿No se suponía que su deseo era precisamente arrojarse a mis brazos?, me pregunté.

—¿Cómo lograba salir del gueto? —me interesé.

—Con un pase.

—¿Firmado por el oficial Ghoya?

—¿Por quién si no?

—¿Te lo enseñó?

—No, pero no hacía falta. Hay patrullas japonesas por todas partes y a todas horas. Y están también los Pao Chia. Nadie puede salir del gueto sin papeles. Y quienes disponen de ellos porque trabajan en Shanghai, han de mostrarlos cuando salen y también cuando regresan.

Con el nombre de Pao Chia, palabra cuya traducción del chino significaba algo así como «los guardianes de la casa», se conocía a un cuerpo especial de la policía creado por los japoneses en 1942, y que estaba formado por judíos en su mayoría de origen ruso. A ellos les correspondía vigilar y controlar la entrada y salida de los judíos «apátridas», bajo la supervisión de la SACRA.

—El coronel Fukuda asegura que Leon no tenía permiso para salir del gueto de noche —observé—. Al parecer, llevaba encima un pasaporte ruso.

A Norah no pareció extrañarle el detalle del pasaporte ruso.

—Leon mantenía buenas relaciones con los japoneses, incluso después de que nos encerraran aquí como animales. Siempre ha sabido cómo contentarles. Les buscaba las mejores piezas... Ellos, a cambio, le proporcionaban papeles para que pudiera visitar a su amiguita por las noches.

Me sorprendió oír en boca de Norah lo que Lerroux había insinuado. Empecé a tener la sensación de que me hablaba de un extraño, y también de que Fukuda no me había dicho toda la verdad.

—Hay algo en toda esta historia que no cuadra con el carácter de Leon —observé—. De acuerdo que un hombre puede perder la cabeza por una mujer, ha pasado un millón de veces y volverá a suceder otras tantas, pero ningún padre abandona a su hija... Y tú eras para él como una hija. Además, para obtener dinero sólo tenía que pedírmelo. Ése fue nuestro acuerdo. Si tenía problemas económicos con esa... mujer... podía haberlos solucionado.

—Tal vez yo no fuera una buena hija —dejó caer.

—¿En qué sentido?

—Me refiero a que mi comportamiento no era el que un padre espera de una hija. Y no lo era, no podía serlo porque yo no era su hija, sino su esposa, aunque tampoco llegara a ejercer como tal. Digamos que manteníamos una relación tan equilibrada como pueda estarlo la mente de un esquizofrénico. Si hubiéramos vivido en la Grecia clásica, nos hubiéramos ganado a pulso ser los protagonistas de una tragedia de Sófocles, Esquilo o Eurípides... La hija adoptiva que se convierte en esposa de su padrastro sin sentir amor... —aclaró.

—Comprendo.

—Un día le reproché nuestra situación —continuó—. Le hice ver que los judíos con dinero viven mucho mejor en el gueto. Incluso pueden permitirse ir a bailar al Mascot Roof Garden. Pero me dijo que por ahora eso no era conveniente, que lo mejor era no llamar la atención. Según me aseguró, los japoneses piensan sacrificar a unos cuantos judíos de vez en cuando para contentar a los nazis, y van a escoger a sus víctimas entre quienes se hayan significado de alguna manera en el gueto. Ya sabes lo que les ocurrió a esos judíos polacos...

Norah se refería a media docena de judíos que, al ser conminados por las autoridades japonesas a recluirse en el «área determinada para apátridas», reivindicaron su condición de ciudadanos polacos. «Nosotros no somos apátridas. Polonia es nuestra patria», argumentaron. La respuesta de Fukuda fue ordenar que les cortaran la cabeza. Una medida que satisfizo sobremanera a los nazis.

—Una cosa más. ¿Sabes qué guardaba Leon en la caja fuerte de vuestro dormitorio?

—¿Guardaba?

—Anoche alguien entró en la casa y se llevó lo que había en esa caja —reconocí.

—Creo que lo que había en esa caja eran documentos. Pero Leon nunca me habló de qué clase de papeles se trataba. Tú lo has dicho, yo era para él como una hija, y hay asuntos de los que un padre no habla con su hija... aunque sólo sea para no preocuparla.

—En cambio, me temo que habló con su amiguita más de la cuenta sobre esa caja fuerte —apunté.

—Primero le robó el corazón y luego le vació los bolsillos —dijo sin amargura—. Como dice un proverbio chino: los hombres se vuelven perversos al hacerse ricos, en cambio, las mujeres tienen que ser perversas para alcanzar la riqueza.

—Voy a sacarte de aquí —me descolgué.

Norah se tomó unos segundos para ordenar sus ideas. Después de todo, yo venía de un mundo que había dejado de existir para ella, y la posibilidad de volver a él se le antojaba remota. Hasta que de pronto cayó en la cuenta de que yo era, en efecto, el único vínculo que le quedaba con ese otro mundo. Pierre, su compañero de baile del Hotel Majestic, había desaparecido de Shanghai sin dejar rastro, el joven Pascal Dagnan-Bouveret se había suicidado, la escritora Emily Hahn y su mono *Mr. Mills* habían sido hechos prisioneros por los japoneses cuando capturaron Hong Kong, el poeta Sinmay Zau había vuelto a hacerse cargo de su mujer e hijos, y Leon acababa de morir. Eso me convertía en la única persona en quien podía confiar.

—Cuando era pequeña, mi padre me contó un día que a las personas les seguían creciendo las uñas después de muertas —expuso—. En cuanto tuve uso de razón, jamás consentí que mis uñas crecieran demasiado, por temor a que ese detalle me acercara a la muerte. Ahora, en cambio, me he dejado crecer las uñas... Tal vez signifique que ya he empezado a morir, que ya es demasiado tarde... De hecho, en ocasiones no sé si estoy viva o muerta. Para mí ya ni siquiera existe el tiempo. La única noción clara que tengo es la del dolor y el sufrimiento.

—Voy a sacarte de aquí —repetí.

—¿Me lo prometes? Aunque ya hace tiempo que he dejado de creer en promesas...

Su voz sonó mucho más grave, como si hubiera perdido la dulzura de antaño.

—Confía en mí. Tengo un plan.

—¿Qué clase de plan?

—Voy a canjear las antigüedades de Leon para comprar tu libertad.

—¿Vas a canjearlas?

—Digamos que pienso sobornar al coronel Fukuda a cambio de que te conceda la libertad. Aunque tal vez tengas que hacer alguna concesión.

—Me encuentro demasiado fatigada para seguir tu razonamiento —reconoció.

—Me refiero a que tal vez tengas que casarte conmigo —le solté de sopetón.

—Creo que esta fiebre me está provocando delirios. ¿Has dicho casarnos?

—Si te casas conmigo te convertirás en ciudadana española. Además, soy el cónsul de mi país en Shanghai. Gozarías de inmunidad.

Norah exhaló un hondo suspiro antes de decir:

—Siempre pensé que terminaría casándome contigo cuando Leon me concediera el divorcio o muriera, pero nunca imaginé que fuera a suceder tan pronto ni en estas circunstancias.

—Ahora recoge tus cosas. Voy a llevarte al hospital del gueto. Tendrás que quedarte allí hasta que consiga el salvoconducto para sacarte de este lugar.

—¡Oh, sí, el hospital! ¡Me pesa tanto la cabeza! —exclamó.

Y tras unos segundos, añadió:

—Hay una pregunta que me atormenta desde que me vi obligada a casarme con Leon. ¿Sólo algunas cosas nos vienen impuestas o, por el contrario, la vida entera es una imposición? Acabas de pedirme que me case contigo, sé que estás enamorado de mí y no dudo de la sinceridad de tus sentimientos, pero detrás de tu petición también hay una imposición, ¿no crees?

—En este caso, la obligación es un mero complemento del amor que siento hacia ti. A veces, las imposiciones de la vida, como tú las llamas, nos perjudican; otras, en cambio, nos ayudan.

—Vivir es sacar el mejor partido, incluso cuando la vida no merece la pena —apuntó Norah.

—¿Qué quieres decir?

—Nada. Es sólo una frase de mi amiga Emily Hahn.

Estaba tan débil que tuve que cargarla en brazos hasta la calle. Luego la acomodé en un *rickshaw* y caminé al lado del vehículo mientras le sostenía la mano.

En algún momento del trayecto elaboré mentalmente una lista de los medicamentos que iba a necesitar para curar su enfermedad: soluciones inyectables de cloranfenicol, antipiréticos, antiinflamatorios y pastillas de cloro para el agua. Además, como no confiaba demasiado en los hospitales de la Concesión Francesa, ahora controlados al cincuenta por ciento por los japoneses, pensé que lo mejor sería preparar una habitación en la casa, donde Norah pudiera estar aislada y reposar.

—¿Sabes? Pase lo que pase, no tengo miedo —me dijo Norah cuando llegamos al hospital.

Volví a apretar su mano, ahora convertida en una frágil pieza de porcelana blanca.

«Yo, en cambio, estoy muerto de miedo», pensé.

Por último, ordené que fuera ingresada en el pabellón de aislamiento, donde los enfermos de tifus compartían espacio con los de difteria.

Después de dejar a Norah en el hospital, fui a buscar a un judío ruso llamado Sherenchevsky, miembro de la policía del gueto, la Pao Chia. Yo había curado a su hija, una pequeña rubicunda de ojos grandes y azules llamada Mania, aquejada de neumonía, y a él de una gonorrea, y desde entonces Sherenchevsky se sentía en deuda conmigo.

Conseguí dar con él en el Chaoufoong *«heim»* (palabra alemana que hacía alusión a las antiguas casas de refugiados fundadas por las asociaciones sociales que prestaban ayuda a los judíos) de Alcock Road, adonde había ido a realizar un registro rutinario.

Como le había oído decir a alguien, Sherenchevsky tenía cara de tú y cuerpo de usted. En su cara de tú sobresalía un entrecejo surcado de arrugas que le confería el aspecto de una persona profunda y reflexiva, siempre a punto de decir algo de capital importancia. Pero bastaba que abriera la boca para que esa imagen se derrumbara como un castillo de naipes. Entonces su cara de tú se hacía tan visible como una luna llena en un cielo sin estrellas. En algunos casos, su discurso ni siquiera alcanzaba el capítulo de las conclusiones, como si alguien, tal vez sus profesores en la academia de policía, le hubieran preparado para informar sin más.

Cuando le pregunté qué sabía del caso de Leon Blumenthal, me respondió:

—Sólo puedo decirle que recibía un trato especial de parte de los japoneses, y también que no es usted el primero que se interesa por él.

—¿A qué se refiere cuando dice que recibía un trato especial? —proseguí el interrogatorio.

—A que salía y entraba del gueto a su antojo. A veces ni siquiera venía a dormir. Nosotros llamamos «fantasmas» a esa clase de internos, porque aunque se les ve, es como si no existieran. Tenemos orden de hacer la vista gorda. Y de no formular preguntas, claro está.

—Comprendo. ¿Por qué habla en plural? ¿Acaso existen muchos «fantasmas»?

—Media docena quizá. Tal vez alguno más.

Esta vez fui yo quien frunció el entrecejo antes de pronunciar en plural la palabra que Lerroux había empleado para referirse a la relación de Leon con los japoneses:

—Colaboracionistas.

—Así es. Los judíos ultraortodoxos los llaman «Gólems» con desprecio, porque han vendido el alma al enemigo. Por eso resulta extraño que alguien en nombre de Walter Czollek, todo un héroe de la resistencia anti-japonesa, haya preguntado por Blumenthal. Esta misma mañana —dijo.

Aunque los emigrantes judíos se habían mantenido al margen de toda actividad política, preocupados exclusivamente por sobrevivir en aquella tierra extraña y remota, un pequeño grupo de ideología progresista mantenía una resistencia activa en contra de la ocupación japonesa. Algunos, como el escritor Hans Shippe (quien había muerto en las montañas de Yimeng como un héroe) o el doctor Jacob Rosenfeld, se habían unido directamente al Ejército Rojo; otros, en cambio, vivían ocultos en la ciudad. Czollek, un berlinés que había estudiado comercio, era uno de los líderes judíos de la resistencia anti-nazi y anti-japonesa, y era conocido como «la voz de la Unión

Soviética en Shanghai» por sus alocuciones en una emisora de radio clandestina.

Después de digerir aquella información, pensé que tal vez la organización de Czollek estaba detrás del crimen de Leon y del posterior robo de su caja fuerte, y que, en consecuencia, mis sospechas sobre la implicación de su amiguita eran infundadas, así que pregunté en voz alta:

—¿Un ajuste de cuentas?

—Me temo que no —intervino de nuevo Sherenchesvky—. La persona que ha preguntado por Blumenthal en nombre de Czollek ni siquiera sabía que había muerto. Tenía una cita con él.

El comentario de Sherenchevsky me desconcertó sobremanera. No entendía qué interés podía tener una persona como Czollek por alguien como Blumenthal, salvo que pensara enviarle un mensaje de advertencia. Tal vez Czollek quería decirle a Leon que había llegado la hora de dejar de colaborar con el enemigo. De ahí la cita que al parecer Leon tenía con el emisario de Czollek. Luego la casualidad había provocado la disputa entre Leon y su amiguita, que había acabado con la muerte del primero y solucionado el problema de Czollek. Y para ponerle la guinda al pastel, alguien había desvalijado la caja fuerte de Leon esa misma noche aprovechando que yo había salido. La cuestión era que yo no creía en las casualidades.

Cuando llegué a casa, Nube Perfumada me entregó una factura de la sastrería Chang Seng, firmada por Leon Blumenthal, y otra de la Vienna Beauty Parlor, uno de los salones de belleza más famosos de la ciudad, rubricada por Norah. En Shanghai era corriente ese sistema de pago. Se escribía la dirección y se firmaba un *chit*, un recibo con valor oficial, y cuando finalizaba el mes, la empresa o compañía que había prestado el servicio enviaba a un empleado para cobrar. Al revisar la fecha de ambas facturas, comprobé que acumulaban casi tres meses de retraso, los mismos que los Blumenthal llevaban encerrados en el gueto. Supuse que tanto la sastrería Chang Seng como la Vienna Beauty Parlor conocían la estrecha relación que me unía con el matrimonio Blumenthal, y como la dirección que figuraba en las facturas se correspondía con el que ahora era mi domicilio, pretendían que fuera yo quien se hiciera cargo de la deuda.

Me lavé a conciencia y me dirigí caminando a las oficinas del consulado, sitas en el número 1149 de la Avenue Joffre, a diez minutos escasos de la mansión de los Blumenthal. Tras poner en orden algunos papeles, que tenían que ver con la reapertura de la oficina comercial de España en su antiguo emplazamiento, un trabajo que estaba resultando arduo por la falta de medios materiales, le escribí una nota al coronel Fukuda solicitándole un encuentro. Para conferirle un carácter oficial a mi petición, utilicé el papel con membrete del consulado.

Le ordené a uno de mis subalternos que sellara los documentos, y en cuanto estuvieron listos me monté en el coche y puse rumbo a Nanjing para entregarlos personalmente en las dependencias del Ministerio de Asuntos Exteriores chino. Cada cierto tiempo, me veía obligado a salir de Shanghai para resolver asuntos consulares, aunque procuraba que mis ausencias no fueran demasiado prolongadas. Además, en Nanjing tenía su sede el gobierno chino, así que tenía que ir una o dos veces al trimestre para tomarle el pulso a la situación política. Nunca me habían gustado los chismes, pero estar al tanto de lo que ocurría formaba parte de mi trabajo. Afortunadamente, Nanjing estaba a tan sólo trescientos kilómetros de distancia de Shanghai, por lo que en un par de días podía estar de vuelta. Que España recuperara su oficina comercial (puesto que ya la había tenido antes de que comenzara la guerra) suponía una nueva prueba de amistad para con el gobierno títere impuesto por los nipones. La orden que había recibido desde Madrid era la de complacer a los japoneses, pero sin comprometer la postura de España de país no beligerante. Lavar y guardar la ropa, como suele decirse. De modo que activar las relaciones comerciales encajaba perfectamente con esa estrategia política. Claro que intensificar mi compromiso (aunque fuera a través de una decisión del gobierno al que representaba) podía resultarme muy beneficioso ahora que había decidido sacar a Norah Blumenthal del gueto.

Por un lado, yo adoraba viajar a Nanjing, pero por otro lo detestaba. Ciudad de un verde intenso, con un bosque en el mismo corazón de su centro urbano, era un lugar tranquilo y suave como las pendientes de sus tejados ondulados. Las flores abundaban por doquier, y un sinfín de encantadoras casas de té miraban con ojos de humildes ventanas hacia el canal del río Qinhuai, de cuyas aguas emanaba la fragancia de las plantas perfumadas. Desde mi punto de vista, Nanjing era el paradigma de la ciudad confuciana, levantada sobre unos principios morales y no religiosos. Cada cosa y cada cual ocupaban su sitio sin molestar, como en un puzzle donde todas las piezas encajan, creando un ambiente de apacible armonía. El problema era que los japoneses habían decapitado la moral como si se tratara de una de sus víctimas. Ahora, el rojo encarnado que envolvía la Montaña Púrpura cada vez que el sol se ponía recordaba la sangre de las cientos de miles de víctimas masacradas. Nanjing se había convertido en una ciudad poblada de fantasmas, tanto vivos como muertos, después de los trágicos acontecimientos acaecidos en 1937. No importaba que hubieran transcurrido cinco años, la muerte había impregnado cada rincón de aquella tranquila ciudad. Incluso el trayecto por carretera se había vuelto harto desagradable, ya que la resistencia china había pintado cifras que hacían alusión al número de personas detenidas y ejecutadas por el ejército invasor durante la represión: «6.830» «3.096» «1.657» «7.200» «2.350» «6.670», así hasta sumar más de doscientos mil. En algunos casos, los guarismos eran sustituidos por los nombres de los héroes que habían preferido sacrificar la vida antes que rendirse a los japoneses. Por ejemplo, Tang Shengzhi, el comandante que se negó a entregar la ciudad. Su nombre estaba escrito por todas partes, incluso grabado en la corteza de algunos árboles.

Como cuando llegué a Nanjing ya era demasiado tarde para iniciar los trámites burocráticos, tuve que quedarme un día más de lo que tenía previsto. Me instalé en el Hotel Cathay y fui a cenar al Oriental, un restaurante cuyo chef pertenecía a la escuela culinaria de Huaiyang, una de las más famosas de China. Pedí sopa picante y agria y langostinos de nube blanca (langostinos rellenos de huevo salado de pato), pero en cuanto me sirvieron la comida, empecé a recordar mi paseo matutino por el «área determinada para apátridas». Tuve que fingir una repentina indisposición para que el chef me dejara marchar sin haber probado bocado. Otro tanto me ocurrió durante el sueño. Tuve que pelear con una docena de imágenes llenas de desesperación y de desnutrición, que incluía a niños, mujeres y ancianos tanto chinos como judíos. Por la mañana estaba tan cansado y aturdido que tuve que beberme cuatro tazas de café.

Después de pasar casi tres horas entregando papeles y entrevistándome con funcionarios del Ministerio de Asuntos Exteriores, que terminaron de extenuarme, entré a comer en un restaurante donde estaba almorzando la cúpula del partido nazi en Nanjing. Me invitaron a sentarme con ellos. Tuve que aceptar, a pesar de que no tenía humor para las relaciones sociales. El tema principal de conversación giró en torno a John Rabe, un empresario alemán miembro del partido nazi que había salvado a miles de chinos de las ejecuciones masivas llevadas a cabo por el ejército nipón, y que había acabado siendo interrogado por la Gestapo debido a que tuvo la ocurrencia de escribirle al mismísimo Adolf Hitler rogándole que detuviera la masacre. Al parecer, Rabe, con la ayuda de una profesora de escuela llamada Minnie Vautrin y de varios médicos y misioneros estadounidenses, había creado una «zona de seguridad» de cinco kilómetros cuadrados, donde pudieron refugiarse miles de chinos. El Führer jamás recibió la misiva de Rabe. Y en caso de haberla recibido tampoco hubiera podido hacer nada, pues su intervención hubiera puesto en peligro las relaciones con el socio más valioso de Alemania en Asia. No obstante, aseguraron aquellos hombres, si el III Reich tenía algo que reprocharle a los japoneses era que no hubieran cumplido el verdadero propósito que les había llevado hasta China: utilizar el país como puente para atacar e invadir la URSS por oriente, algo que hubiera fortalecido la posición del ejército alemán en el frente ruso.

Pasé la tarde y la noche en la habitación del hotel reflexionando sobre la situación de Norah y mirando mi reloj de pulsera, como si al hacerlo el segundero fuera a correr más deprisa. Al menos, eso era lo que deseaba. Temía que su salud pudiera empeorar, de ahí que me urgiera reunirme con el coronel Fukuda lo antes posible.

En cuanto se levantó el toque de queda a las cinco de la madrugada, me subí al coche y tomé de nuevo la carretera de Shanghai, que a esa hora ya estaba atestada de tráfico. Durante el camino de regreso, pensé que nadie escribiría el nombre de Blumenthal en una carretera o grabaría su nombre en la corteza de un árbol. Ni siquiera Norah. Ni siquiera yo.

5

Pasé el resto de la mañana elaborando una lista de los objetos que, según mi criterio, podían interesarle al coronel Fukuda, para lo cual tuve a su vez que consultar un inventario elaborado por el propio Leon.

Se trataba de un grueso cuaderno de tapas encuadernadas en piel roja, y a cada objeto le correspondía una hoja. Estaba escrito en lengua alemana, aunque en los márgenes había anotaciones en hebreo. En la parte inferior del margen izquierdo de cada hoja aparecía una cifra, por lo general astronómica, si bien no se especificaba el tipo de moneda. Supuse que se trataba de una estimación del precio de cada pieza en el mercado.

Como la única cosa que entendía en aquellas hojas eran las cifras, las tomé como referencia para hacer una selección que satisficiera la avaricia del coronel Fukuda.

Acababa de terminar un posible lote compuesto por un biombo de Coromandel, una estatua de piedra de Bodhisattva, tres bronces y otras tantas figuras de porcelana de la dinastía Han, cuando comprendí que la avaricia era un saco sin fondo, y que la única manera de conformar a Fukuda era entregándole hasta el último objeto.

Además, no me parecía apropiado conservar aquellas antigüedades una vez que Norah y yo nos hubiéramos casado. Después de todo, cada pieza era como una atadura con el pasado. Por no decir que un minuto de la vida de Norah valía para mí más que los cientos de años que sumaban aquellas reliquias. De modo que el oficial Fukuda iba a convertirse en mi coartada por partida doble. Lo necesitaba para sacar a Norah del gueto y también para que se quedara con los tesoros de Leon Blumenthal.

Después de vestirme elegantemente para dirigirme a la oficina, escribí en un tarjetón del consulado los nombres de Leon Blumenthal y Walter Czollek entre interrogaciones, lo introduje en un sobre y le dije a Nube Perfumada que lo llevara hasta el Club Judío de la Route Pinchon, donde debía entregárselo al rabí Meir Ashkenazi, el líder espiritual de la comunidad judía de origen ruso. Aunque el rabí Meir era cualquier cosa menos comunista, sabía que seguía con atención las alocuciones radiofónicas de Czollek, a quienes los judíos con pasaporte ruso, es decir, con patria, consideraban un auténtico toca pelotas. No en vano, el propio Czollek se había arrogado el papel de vocero de los bolcheviques en Shanghai, y eso comprometía seriamente la neutralidad de los rusos judíos que no querían significarse políticamente frente a los japoneses. De modo que si había una persona dispuesta a aumentar la presión sobre Walter Czollek, era el rabí Meir Ashkenazi. La pregunta era si Czollek estaría dispuesto a entrevistarse conmigo, el cónsul de un país fascista interesado en saber más sobre la muerte de un judío colaboracionista, de un Gólem.

—Si el rabí Meir no está en el Club Judío, pregúntale al portero dónde puedes encontrarlo, toma un *rickshaw* y que te lleve hasta allí. Desde luego, no has de salir de los límites de la Concesión Francesa —le dije—. Y recuerda que sólo has de entregarle el sobre al rabí Meir en persona.

A Nube Perfumada le entusiasmaban las misiones que incluían un viaje en *rickshaw* y la posibilidad de contemplar las largas y rizadas guedejas flotando en el aire como fideos de un viejo rabí. De manera especial, le llamaban la atención las patillas con forma de columna salomónica que colgaban de sus sienes, pues nada atraía más a una mujer china que una cabellera rizada. En cierta forma, no entendía cómo se distinguía un judío occidental de un occidental a secas, de modo que tratar con un judío con un aspecto tan particular le aclaraba muchos conceptos erróneos que tenía sobre el pueblo judío y la raza caucásica.

Mientras Nube Perfumada estaba fuera, me dediqué a descifrar el *Journal de Shanghai* para ver cómo iba la guerra. Según el periódico, las diecinueve zonas liberadas por el Ejército Rojo de Mao Tse-tung estaban a punto de ser reconquistadas por el Ejército Imperial Japonés, después de haberles infligido una docena de severas derrotas en distintos frentes. Tras darle la vuelta a la noticia, concluí que los japoneses estaban perdiendo la guerra en el interior de China, donde el poder de los comunistas no dejaba de crecer. La frase de Chiang Kai-shek de que China carecía de espíritu nacional no podía aplicarse a los chinos comunistas.

Cuando Nube Perfumada regresó después de dos horas, le pregunté:

—¿Has encontrado al rabí Meir?

—Sí —respondió sin ocultar el júbilo que le embargaba—. Me ha dicho que has de encontrarte con él en el Club Judío dentro de dos días.

Supuse que ese era el plazo que el rabí Meir necesitaba para encontrar a Walter Czollek, transmitirle que yo andaba buscándole y obtener una respuesta.

Luego me vino a la memoria un malentendido que había tenido como protagonistas precisamente al rabí Meir y a Norah, quien había asistido a un baile en el Hotel Majestic en sábado, el día de descanso de los judíos.

—Si Shanghai es como bailar un «Lindy Hop», el viejo Meir es como escuchar una canción lenta y aburrida —se quejó Norah por el revuelo que había originado su comportamiento.

Al día siguiente, Leon, siguiendo su costumbre de que fuera yo quien saliera en defensa del honor de Norah, tal vez por una mera cuestión de empuje y de fuerza física dada mi juventud, me encargó mediar con el rabí. La respuesta del religioso me dejó aún más perplejo que la nimiedad que me había llevado hasta la sinagoga:

—Vivir es un acto espontáneo, un don que Dios nos concede; matar, en cambio, requiere intencionalidad —me espetó, como si Norah le hubiera clavado un puñal en el corazón a Yahvé al no respetar el Sabbat.

Una semana más tarde, Molmenti me puso al tanto de la visita del coronel Josef Meisinger a Shanghai y su propuesta de aplicar la «solución final» a los judíos de la ciudad. Entonces comprendí que el rabí Meir no me había hablado de Norah, sino de la visita del jefe de la Gestapo en Tokio y de su preocupación por las posibles consecuencias. Corría el verano de 1942. Ahora, un año más tarde, las «consecuencias» ya eran visibles.

Todos estos recuerdos me llevaron a reflexionar sobre la paradoja de que en Shanghai existiera al mismo tiempo un gueto judío y un Club Judío. ¿Acaso cabía imaginar algo más absurdo?

Me sorprendió que el coronel Fukuda me citara en el antiguo Shanghai Club y no en el Tun Wen College, el centro donde los japoneses entrenaban a los agentes secretos que luego operaban en el interior de China. Supongo que haciendo uso del Shanghai Club, los japoneses tenían la impresión de encontrarse en el corazón de Londres, de haber conquistado y sometido al Imperio Británico. No en vano, los nipones sentían una conspicua fascinación por la civilización occidental, a pesar de que no lo reconocieran, y lugares como el Shanghai Club les servían de conducto para tocarla, para acercarse a ella. Incluso habían mantenido en su puesto al portero chino que trabajaba con los ingleses. Un hombre menudo y sibilino que atesoraba alguna jugosa anécdota fruto del celo que ponía en el desempeño de su trabajo. En una ocasión, una dama llamó por teléfono a la portería para preguntar por su marido. Antes de que la señora tuviera siquiera ocasión de dar el nombre del caballero, el portero respondió: «Su marido no está.» La réplica de la mujer no se hizo esperar: «Si aún no le he dado su nombre, ¿cómo sabe que no se encuentra allí?» A lo que el portero respondió: «El nombre no importa, señora. Ningún marido está nunca aquí, a ninguna hora.»

El Shanghai Club (irónicamente también se le conocía como el «Club Regulations» por la cantidad de normas) era un edificio de estilo neoclásico de techos altos, mármol por doquier, paredes aterciopeladas y una decoración suntuosa. A primera vista, lo único que había cambiado era el retrato de Jorge VI, que había sido sustituido por otro de Hirohito. Aunque si uno se fijaba, las patas de las seis mesas de billar de la sala de estilo isabelino habían sido cercenadas para adecuarlas a la altura de los japoneses, muchos más bajos que los británicos. Por lo demás, todo seguía más o menos igual, un *boy* chino se encargaba de planchar todas las mañanas el *Shanghai Times* (cuya línea editorial era ahora pro-nipona), y el Long Bar conservaba el rancio y vetusto aspecto de antaño.

Fukuda me esperaba en el restaurante de la segunda planta, bebiendo un «pink gin» (ginebra con angostura bitter). A su lado, un barman chino vestido con chaqueta blanca aguardaba un gesto de aprobación. Mantenía la cabeza inclinada, tal y como exigía el trato entre chinos y japoneses.

En el otro extremo del comedor reconocí al señor Kodama en compañía de uno de sus socios, un tipo llamado Ryochi Sasakawa, un admirador confeso de Benito Mussolini que se pasaba la vida viajando de un lado a otro de China. Sasakawa estaba convencido de que yo era italiano, así que siempre que se cruzaba conmigo, exclamaba en una lengua que pretendía ser la de Dante:

—*Calo amico! Evviva Il Dolce!*

Que Sasakawa no pudiera pronunciar la «r» era algo corriente entre los orientales; en cambio, no entendía por qué Il Duce era para él Il Dolce.

Me llamó la atención que cada cual ocupaba un lugar predeterminado en el comedor. Pensé que tampoco en eso eran muy diferentes los japoneses de los británicos, que tenían asignada un área del restaurante según el rango. Los *british* (ahora los japoneses) *taipans*, es decir, los gerifaltes, a un lado; los *griffins*, jóvenes oficiales o funcionarios, en el opuesto.

Cuando estuve frente a Fukuda, hice una reverencia inclinando la cabeza y parte del tronco, dando a entender el respeto que me merecía su persona. Fukuda me correspondió con un saludo mucho menos protocolario.

—Recibí su *meishi* —se refería a la tarjeta de visita que le había enviado—, doctor. Dígame: ¿qué es eso tan urgente que tiene que contarme? —me interpeló.

Puse cara de preocupación antes de decir:

—Se trata del gueto de Hongkew…

—En Shanghai no hay ningún gueto, doctor Niboli —me corrigió Fukuda, siempre atento a las formalidades.

—Está bien, he detectado un brote de tifus en el «área determinada para apátridas» —solté.

Fukuda me dedicó ahora una mirada cansina. Luego, tras agitar las manos en el aire, añadió:

—Ya se lo dije el otro día, tengo las manos atadas. No puedo hacer nada por los judíos.

Aproveché para pedirle al barman otro «pink gin».

—He localizado el foco de la infección. Bastará con sacar a esa persona del «área determinada para apátridas» y que desinfecten el edificio con DDT —expuse a continuación.

—¿A qué persona se refiere, doctor? —se interesó.

—A la viuda de Leon Blumenthal. Tiene fiebre, dolores de cabeza y erupciones en la piel…

—Debí haberlo imaginado. Así que quiere que le dé permiso para sacar a la señora Blumenthal del «área determinada para apátridas» por una cuestión de salud pública, ¿no es así?

Oír ironizar a Fukuda era lo mismo que escuchar un violín desafinado.

—En efecto.

—Mi respuesta es no. Me causaría problemas con los alemanes. Me harían preguntas, y no sabría qué responder. Incluso tendría que dar más explicaciones de las necesarias a mi gente, a los oficiales Ghoya y Kubota.

No estaba dispuesto a dejarme disuadir por Fukuda. Japón le debía un gran favor a España, y eso era lo mismo que decir que él me lo debía a mí. Así que decidí mostrar el as que guardaba en la manga.

—¿Y si me caso con ella? —sugerí—. Esta misma tarde o mañana. Entonces pasaría a tener mi nacionalidad y dejaría de ser una apátrida. Hitler y Franco son amigos. Los alemanes no se meterán con la esposa del cónsul de España.

—¿De verdad quiere casarse con la viuda del señor Blumenthal? —me preguntó sin ocultar su asombro.

—Sí.

—¿No le parece que no es el momento apropiado para comportarse como un adolescente romántico? —me reprochó—. Si tiene ganas de acostarse con una mujer, vaya a una Casa del Singsong.

—¿Y si contribuyo con una aportación a las arcas del imperio japonés? Le compré la mansión a Leon Blumenthal repleta de antigüedades. Porcelanas de celedón, biombos de Coromandel, budas de oro... Lo donaré todo.

No había encontrado una manera más sutil de proponerle el soborno, pero la situación empezaba a antojárseme desesperada.

Fukuda, que como la otra noche había estado bebiendo a pequeños sorbos, apuró el combinado de un trago. Luego dijo:

—Está bien, si se trata de una cuestión de salud pública, le tramitaré ese permiso, pero con la condición de que la señora Blumenthal permanezca bajo su custodia, aislada. No queremos que «contagie» a nadie. ¿Entendido? Se casará con ella para que yo pueda cubrirme las espaldas frente a los alemanes, pero no quiero verla pasear por Shanghai. Al menos por el momento.

—Así lo haré.

—Más tarde le daré la dirección a la que ha de enviar todas esas antigüedades que dice poseer. En cuanto las reciba, le remitiré la autorización para que la señora Blumenthal, ¿o quizá debería decir la señora Niboli?, pueda abandonar el «área determinada para apátridas».

—Muchas gracias, coronel.

—No me tiene que dar las gracias. No lo hago por usted, sino por la amistad que une a nuestros dos países —se desmarcó.

A continuación, el camarero nos hizo entrega de sendos *oshibori* húmedos y templados para que laváramos nuestras manos, antes de servirnos un almuerzo frugal a base de sopa de miso y de pescado crudo en láminas. No me costó imaginar a Fukuda limpiando sus manos con una de esas toallitas calientes mientras se preparaba para decapitar a un hombre. A veces, el refinamiento daba lugar a su vez a refinadas crueldades.

—Espero que le guste el fugu —dijo a continuación.

Supuse que, invitándome a comer pescado venenoso, pretendía resarcirse de mis comentarios irónicos de nuestro último encuentro.

—¿Se refiere al pez globo del que me habló el otro día en el bar del Hotel Cathay? —le pregunté.

—No tema. Le he dicho al cocinero que limpie el pescado a conciencia. El principal peligro del fugu está en el hígado y en los órganos sexuales —me respondió sin inmutarse.

— ¿Y qué ocurre si no ha cumplido su orden?

—Que usted y yo moriremos. El fugu contiene una sustancia tóxica llamada tetrodotoxina, capaz de matar a quince hombres. La tetrodotoxina hace que los músculos se paralicen, al tiempo que el corazón sigue latiendo a buen ritmo. Eso significa que uno es consciente de todo lo que está ocurriendo. Finalmente, uno no puede respirar y, en consecuencia, muere por asfixia. Una muerte verdaderamente terrible. Si lo prefiere, le diremos al camarero que pruebe un poco..., como hacían los antiguos romanos. Aunque eso sería un desperdicio...

—¿Acaso trata de intimidarme? Comeré si usted lo hace —le repliqué.

Fukuda esbozó una tenue sonrisa antes de cumplir con el protocolo.

—*Itadakimasu*—me deseó.

—Buen provecho —correspondí.

Como yo no tenía la costumbre de comer con palillos, le pedí permiso a mi anfitrión para utilizar tenedor y cuchillo.

—Naturalmente, tiene mi consentimiento. Si he de serle sincero, casi lo prefiero, porque eso me hace recordar cuán bárbaros son ustedes, los occidentales. Nosotros utilizamos los *ohashi* para comer desde hace miles de años, mientras que el tenedor es un artilugio que apenas cuenta con tres siglos de antigüedad.

Luego el coronel me sirvió a mí y yo le serví a él.

Tras ingerir cada uno un trozo de pescado, Fukuda añadió:

—Comer fugu es lo mismo que jugar a la ruleta rusa. Hemos apretado el gatillo y ambos hemos resultado ilesos.

—Si tanto detesta todo lo occidental, ¿por qué me ha citado en este lugar? Podíamos habernos encontrado en el Club Japonés —dije en un intento por cambiar de conversación. Era incapaz de comer si pensaba que equivalía a disparar sobre mi sien con una pistola con una bala en el tambor. No soportaba que Fukuda me recordara el peligro que corría cada vez que ingería un trozo de pescado.

—Digamos que los británicos esconden su barbarismo bajo una pátina de buenos modales —argumentó—. Pero poner tanta atención en los pequeños detalles les ha llevado a descuidar lo más importante: el conjunto. Es cierto que los detalles forman parte del todo, pero no son el todo. Lo que los británicos han querido transmitir al crear lugares como éste, es la idea de que el tiempo no corre, de que es tan inmutable como lo son sus costumbres y tradiciones. Inmutable como su imperio. Un grave error, porque el mundo cambia a diario. Y si el planeta está sujeto a continuas modificaciones, eso significa que el tiempo es un factor importante. Si uno se obceca en los pequeños detalles, sobre todo cuando se está librando una guerra, acaba preocupándose más por las víctimas o por la evacuación de los heridos que por el resultado de las acciones militares. Y eso es exactamente lo que les ha ocurrido a los británicos. Su costumbre de congelar el tiempo les ha llevado a perderlo irremisiblemente... No sé si me estoy expresando con la suficiente claridad.

Empecé a pensar que a Fukuda le entusiasmaban los argumentos vacíos, y que tratando de establecer una analogía entre el declive del imperio británico y el paso del tiempo, pretendía justificar la pujanza de Japón sobre la zona. No me equivoqué.

—A lo largo de la historia, siempre ha habido naciones hegemónicas: los griegos con Alejandro Magno, el imperio romano, el imperio mongol, ustedes, los españoles, y también los británicos... —añadió—. Ahora ha llegado el momento de Japón, y la prueba que confirma mis palabras está en el hecho de que usted y yo estemos manteniendo esta reunión en el que fue, por decirlo así, el corazón de los británicos en Shanghai, que es a su vez el corazón de China.

Cuando terminó su discurso, me percaté de que Fukuda apenas había probado bocado. Pero tras observar la expresión de su rostro, que rezumaba contención, llegué a la conclusión de que no era por falta de apetito o porque sintiera aprensión a la hora de comer fugu, sino por una razón ascética. Tal vez comer frugalmente formaba parte de un entrenamiento, por si algún día se veía obligado a pasar hambre en alguna de las junglas que los japoneses controlaban tanto en las islas del pacífico como en el sudeste asiático. No en vano, los soldados nipones estaban acostumbrados a luchar con un solo plato de arroz al día.

—No me cabe duda de que son ustedes unos rompecorazones —ironicé—. Pero olvida que también se han convertido en dueños del bar más grande del mundo. Toda una hazaña comparable a robarle el corazón a una hermosa dama como China.

El Long Bar del Shanghai Club era considerado el bar más grande del mundo, con una barra que superaba los treinta metros de longitud.

—Otro detalle absurdo. ¿Para qué necesitaban los ingleses una barra tan larga? —reflexionó en voz alta Fukuda.

—Supongo que por una cuestión de tamaño. Ya sabe, «yo la tengo más grande que tú», y ese tipo de razonamientos a los que somos tan proclives los hombres… —divagué.

Fukuda me dedicó una mirada de desaprobación antes de concluir:

—Un proverbio de mi país reza: Ganar primero, combatir después, lo que dicho en dos palabras es ganar antes. Nada es imposible para una mente dispuesta.

Yo también tenía mi propio proverbio chino, uno que decía: puede que un hombre sea malo y buenos sus modales. Pero preferí tragármelo con la última lámina de pescado crudo.

6

El rabí Meir era un hombre de aspecto trasnochado, que hablaba un inglés con un marcado acento ruso mezclado con yiddish. Una sorprendente combinación cuyo resultado era un discurso átono, carente de musicalidad. A lo sumo, uno tenía la impresión de estar escuchando el monótono zumbido de una abeja. Sólo de vez en cuando el rabí Meir se permitía soltar un aguijonazo, que pillaba desprevenido a su interlocutor. Entonces su voz chirriaba como los goznes mal engrasados de una puerta. La larga barba plateada que cubría buena parte de su rostro ayudaba a crear un efecto hipnótico, como si las palabras que salían de su boca levantaran un aire suave que hacía vibrar las guedejas como hilos de alambre, que el propio rabí mesaba con furia de vez en cuando. Por no hablar de los bucles que colgaban de sus sienes y que se movían como péndulos de un reloj de pared. Tampoco su vestimenta ayudaba a suavizar su aspecto de hombre severo y anticuado, pues siempre vestía un *talif katan* de franjas azules encima de un traje oscuro, e iba tocado con el *shtraiml*, el sombrero con adornos de piel característico de los judíos de la Europa Oriental.

—He conseguido que Walter Czollek acepte reunirse

con usted, pero antes me gustaría que mantuviéramos una breve conversación sobre el segundo nombre que había escrito en el tarjetón que me hizo llegar a través de su criada —me dijo a modo de saludo.

—¿Quiere que hablemos de Leon Blumenthal? —pregunté sorprendido.

—Si no tiene inconveniente, me gustaría exponerle el punto de vista de la comunidad a la que represento con respecto al asunto del asesinato de Herr Blumenthal. Sé que su muerte está envuelta en el misterio, y que han circulado ciertos rumores malévolos que nos señalan como responsables. Evidentemente, se trata de un mero pábulo que no se ajusta a la verdad, aunque, para serle del todo franco, la muerte de Herr Blumenthal ha causado entre nosotros cierto alivio.

—Los japoneses creen que se trata de un crimen pasional —intervine—. No le voy a negar que yo, en cambio, pensé seriamente en que ustedes pudieran estar detrás de su asesinato.

—Desde luego Herr Blumenthal merecía morir, aunque esté mal que yo lo diga —señaló a continuación, como si estuviera entonando un salmo.

Y tras tomarse unos segundos, añadió:

—Todo judío ha de ser un buen judío, con independencia de que sea o no creyente. Y su amigo era un «*go*». En hebreo la palabra «*go*» significa literalmente «nación», pero también se trata de una expresión que empleamos cuando queremos decirle a otro judío que carece de compromiso religioso, como le ocurría a Herr Blumenthal. ¿Ha oído hablar del rabino Yehuda Löw ben Bezalel?

—No —reconocí.

—Vivió en Praga, en tiempos del emperador Rodolfo II. Llegó a ser muy famoso por dos motivos. El primero porque fue el creador de un famoso Gólem que fabricó con barro del río Moldava. El segundo porque su sagacidad e ingenio eran tan grandes que durante muchos años fue capaz de darle esquinazo a la muerte. La primera vez que vio el rostro de la parca fue precisamente en el cementerio de la judería de Praga. La ciudad estaba siendo asolada por la peste, y la muerte leía en un papel los nombres de aquellos a quienes tenía que arrebatarles la vida esa misma noche. Yehuda Löw se dio cuenta de que su nombre figuraba el primero en la lista y, en un acto reflejo, le arrebató la hoja a la muerte y la hizo añicos. Sorprendida, la parca le dijo al rabino Löw: «Esta vez te has escapado, pero cuídate de volver a encontrarte conmigo.» Desde entonces, el rabino Löw trató siempre de evitar encontrarse con la muerte, poniendo todo su empeño e ingenio en esa misión. Incluso inventó una especie de reloj que sonaba cuando la muerte se le aproximaba. Hasta que un día el rabino Löw decidió celebrar su fiesta de cumpleaños, a la que invitó a todos sus amigos. La última en llegar fue su amada hija Lena, que le regaló una hermosísima rosa. El rabino Löw, con el corazón rebosante de amor paternal, aspiró la fragancia de aquella flor. Al hacerlo, cayó al suelo fulminado. La muerte se había ocultado en una de las gotas de rocío que impregnaban la rosa.

—¿Qué tiene que ver esta historia con Herr Blumenthal? —me interesé.

—La historia del rabino Löw y de Herr Blumenthal están llenas de paralelismos. Herr Blumenthal era un Gólem que trabajaba para los nazis, que traicionó a su pueblo. Eso le granjeó numerosos enemigos que, en no pocas ocasiones, planearon acabar con su vida. Sin embargo, Herr Blumenthal tenía la habilidad de eludir siempre su cita con la muerte, entre otras razones porque contaba con la información que le proporcionaba el Servicio de Inteligencia Japonés.

—En pocas palabras, Blumenthal disponía de un reloj parecido al del rabino Löw, que le avisaba de la presencia de la muerte, es decir, cada vez que ustedes iban a atentar contra él. Supongo que por ese motivo no iba a dormir al gueto —elucubré.

—Puede expresarse de esa manera. Hasta que finalmente la muerte encontró la forma de camuflarse...

—Se vistió de prostituta y le sajó el sexo de un tajo...

—Da igual el disfraz que adoptara. También la muerte tiene su propio reloj. Lo importante es que se ha hecho justicia. Existe entre nuestra gente un movimiento llamado Betar. No se trata de un movimiento político, sino ideológico. A través de este movimiento estamos tratando de inculcarles a los jóvenes judíos la idea de un sionismo fuerte que nos conduzca a la creación de un Estado propio. Durante un tiempo, Herr Blumenthal participó en la financiación de una revista para jóvenes llamada *El Tótem*. Una publicación que perseguía inculcar los valores del sionismo puro entre la juventud hebrea de Shanghai. Un día descubrimos que Herr Blumenthal informaba de nuestros planes a Hermann Kriebel, el cónsul de Alemania en Shanghai, a cambio de dinero y de protección. La noticia nos causó una profunda decepción. En cualquier país, alguien que hiciera algo así sería fusilado por traición. Desgraciadamente, los judíos aún no tenemos un Estado propio con leyes que puedan defendernos incluso de nuestra propia gente...

—Comprendo.

—Verá, un buen betarí cree en el monismo, es decir, lo reduce todo a una sola idea: el sionismo ha de ser lo más puro posible. El sionismo ha de tener una sola bandera, *jad-nes*, como decimos en nuestra lengua. De modo que quienes creemos en el movimiento Betar, opinamos que el sionismo no se debe mezclar con otros ideales que interfieran en la creación del Estado judío del que le he hablado. Desgraciadamente, existen judíos como Walter Czollek que creen en el socialismo como camino para todos los pueblos del mundo. El problema es que mientras el sionismo de Betar es nacionalista, el socialismo tiene una clara proyección internacional, con lo que sionismo y socialismo son incompatibles. Los judíos tenemos una antigua expresión que define a la perfección lo que estoy tratando de explicarle: *Shatnez*. Se trata de un término que se refiere a la prohibición de mezclar lana con lino. Por eso los movimientos como el Betar no pueden estar de acuerdo con aquellos judíos que «practican» el comunismo, porque la lana y el lino no son materiales que casen bien.

—¿Está comparando a Walter Czollek con Herr Blumenthal? —le pregunté.

—En absoluto. Czollek no es un traidor. Todo lo contrario. Como comunista, es un héroe entre su gente. Su problema es que antepone su ideología política al destino de su pueblo. No tiene sentido de *«go»*. No piensa en la posibilidad de tener nuestra propia nación. Sólo se mira en un espejo: el de los bolcheviques rusos. Para colmo, lo hace con demasiado ruido, vociferando desde una emisora de radio clandestina. Sus alocuciones nos perjudican a quienes estamos tratando de construir un Estado judío basado en la pureza del sionismo, y llevamos a cabo nuestro trabajo en silencio.

—De modo que mientras a Czollek le falta desarrollar su sentido de «*go*», de la nación judía como tal, Blumenthal era un «*go*», alguien descreído capaz de traicionar a su propia gente —resumí.

—Así es. La falta del sentido de nación, y quien no cumple con ella traicionándola, ésa es, en efecto, la diferencia entre Walter Czollek y Herr Blumenthal. Lo más curioso es que en hebreo la misma palabra, «*go*», sirve para referirse a situaciones tan antagónicas.

—¿Adónde quiere ir a parar? —le pregunté a continuación.

—Me temo que es usted quien debe formularse esa pregunta a sí mismo. Escribir en un mismo tarjetón el nombre de un judío colaboracionista y el de un judío comunista es lo mismo que mezclar lana con lino. *Shatnez.* Algo que no casa, que está prohibido.

—Sólo quiero saber por qué Walter Czollek quería entrevistarse con Leon Blumenthal —reconocí.

—Me temo que con su insistencia sólo conseguirá enredar aún más la madeja —dijo. Y me hizo entrega de dos publicaciones escritas en caracteres cirílicos.

—Ni hablo ni leo el ruso —reconocí.

—El periódico se llama *Nas Put,* y se publica en la ciudad de Harbin, la capital de la provincia de Heilongjiang, al norte de Machuria. La revista, en cambio, se publica aquí, en Shanghai —me aclaró—. Ambas publicaciones están financiadas por el Partido Fascista Ruso, cuyos miembros cuentan con el apoyo de los japoneses. Los rusos fascistas se oponen al liberalismo, al socialismo y, por supuesto, también están en contra del pueblo judío. Pero no sólo hemos de preocuparnos de los fascistas rusos. También están los miembros del Bund o federación de trabajadores judíos de Lituania, Polonia y Rusia, un movimiento político de ideología socialista contrario al sionismo que defiende que la emigración a Palestina de nuestro pueblo sería una forma de huir. Ni siquiera admiten la lengua hebrea como lengua nacional de nuestro pueblo. Czollek es uno de estos socialistas judíos que se oponen a nuestro traslado a Palestina. Aunque no es el único. En Shanghai hay varios cientos de militantes del Bund, sindicalistas judíos venidos de la Europa Oriental. Así que los seguidores del movimiento Betar y los miembros de la federación de trabajadores judíos somos incapaces de ponernos de acuerdo. En resumen, judíos contra judíos. Un desastre se mire por donde se mire. La división política de nuestro pueblo sólo tiene un beneficiario: el fascismo internacional. ¿Comprende ahora por qué es necesario crear un Estado de Israel? Todo el mundo quiere acabar de una forma u otra con nosotros, de manera que si al menos dispusiéramos de una tierra, podríamos defendernos por nuestros propios medios.

—Defenderse de tipos como Leon Blumenthal y Walter Czollek, quienes son un estorbo para la causa judía.

—Sólo queremos un pedazo de tierra en Palestina donde poder vivir en paz. No tendría sentido crear el Estado de Israel en la Guyana Británica, Madagascar, África Central o Alaska, tal y como propusieron las grandes potencias en la Conferencia Internacional celebrada en Evian. Los judíos somos descendientes de los israelitas que vivían en Oriente Medio, en Judea, de modo que no se nos ha perdido nada en la Guyana Británica, en Madagascar, en África Central o en Alaska.

Le pedí a Nube Perfumada que me ayudara a embalar las antigüedades que me había comprometido a enviarle a Fukuda. Naturalmente, la dirección se correspondía con la de su casa, un hermoso *lodge* en uno de los distritos residenciales de Shanghai.

Viendo a Nube Perfumada moverse por la casa, daban ganas de envolverla también a ella, como un objeto delicado.

—¿Por qué quieres deshacerte de tantos objetos bonitos? ¿Se los regalas a una mujer para conquistar su corazón? Cualquier hombre que me regalara cosas hermosas como éstas tendría derecho a poseer mi corazón… Al menos una larga temporada…

Y se rió como una muchacha que acabara de descubrir su capacidad para coquetear.

—No, éste es el regalo que le hago a un hombre a cambio de salvar la vida de una mujer —aclaré.

Mi respuesta consiguió ensombrecer su rostro de magnolia blanca.

—¿Acaso quieres cambiarme? ¿He hecho algo malo? ¿No soy una buena criada?

—¡Claro que eres una buena criada! ¡Y claro que no quiero cambiarte! Pero la señora Blumenthal está muy enferma y necesita que le preste mi ayuda.

—*Cumshaw.*

«*Cumshaw*» era la palabra que en inglés pidgin se empleaba para referirse a aquello que era gratuito, por ejemplo, un regalo.

—Yo también estoy enferma —añadió.

—Lo sé. La cuestión es que para poder sacar del gueto a la señora Blumenthal, he de casarme con ella —le hice ver.

—¿Casarte? ¿Vas a casarte con la señora Blumenthal?

—En cuanto obtenga el permiso de la Oficina para Asuntos de los Apátridas.

Para Nube Perfumada, el concepto de «apátrida» era tan incomprensible como el limbo o la misma Europa.

—No creo que la señora Blumenthal sea una buena esposa para ti —se desmarcó.

—¿Puede saberse por qué crees eso? —le pregunté intrigado.

—Porque el primer matrimonio de un hombre nunca ha de ser con una viuda. Ella ya está usada y tú no. En China, un soltero vale más que una viuda.

—Eso son supersticiones —le repliqué.

Claro que en China las supersticiones formaban parte de la vida cotidiana. El mismo Leon había tenido que dar un paso atrás cuando quiso levantar un pequeño puente que cruzara el estanque del jardín de la casa, sin tener en cuenta que los malos espíritus sólo podían caminar en línea recta.

—¿Te casarás en la *Joss-house* delante de un *Joss-houseman*? —me preguntó a continuación.

Se refería a la iglesia y al oficiante.

—Sí, me casaré con ella en la *Joss-house*.

—Pero tú y la señora Blumenthal sois de diferente *Joss-Pidgin* —observó a continuación.

—Así es. Pero pertenecer a diferentes religiones no es un impedimento para que dos personas puedan casarse.

¿No lo era? Ni siquiera había pensado en eso. Al día siguiente tendría que ir a la catedral de San Ignacio para hablar con el padre Faury. En mi condición de cónsul, yo tenía atribuciones para oficiar matrimonios, aunque en ningún caso el mío propio. Según el código civil español, si me declaraba apóstata podía casarme con Norah por lo civil. El problema era, por una parte, que no existía un vicecónsul que pudiera oficiar la ceremonia, y por otra que si me convertía en apóstata, el gobierno surgido del nuevo régimen, de confesión ultracatólica, me destituiría fulminantemente, con lo que Norah perdería la oportunidad de dejar de ser una apátrida. En cambio, el matrimonio eclesiástico llevaba implícito el matrimonio civil, de manera que la única forma de llevar a cabo mis planes pasaba por una boda por la iglesia.

Cuando terminamos de embalarlo todo, salí a la Avenue Joffre y contraté media docena de *rickshaws* para transportar la mercancía. Nube Perfumada se ocupó de que todo fuera convenientemente colocado, y luego, como si se tratara de la dama encargada de dar la salida en un Grand Prix, gritó en inglés pidgin:

—¡*Chop-chop*! ¡*Chop-chop*!

«En efecto, rápido, todo va demasiado rápido», pensé.

—Hay un coche *melican* aparcado en la puerta —me advirtió Nube Perfumada al cabo de unas horas.

—¿Un coche americano? ¿Estás segura?

—Sí, hay un coche *melican*, con un hombre dentro fumando.

Me asomé a la ventana y, en efecto, un «prisionero», un flamante Packard de color crema, estaba aparcado delante de nuestro jardín.

Después de unos segundos, el coronel Fukuda se apeó del automóvil, aplastó el cigarrillo con la suela de su zapato y se dirigió a la verja de la casa.

Bajé a su encuentro.

—¿De dónde ha sacado ese Packard? Creía que ustedes los japoneses odiaban los coches americanos —observé.

—Nos han informado de que la resistencia tiene controladas las matrículas de nuestros vehículos, de modo que hemos decidido utilizar coches americanos. Tenemos cientos confiscados. Y nadie que los conduzca —se justificó.

En Shanghai, la resistencia tenía su centro de operaciones en el distrito de Chapei, al norte del gueto de Hongkew, donde los japoneses se habían ensañado en el año 37. Entre 1941 y 1942 los insurgentes habían logrado acabar con la vida de doscientos cuarenta miembros del ejército de ocupación. Ahora, periódicamente, los disidentes eran decapitados y sus cabezas expuestas en el Bund para desalentar a los rebeldes. Así que supuse que detrás del comentario de Fukuda se escondía en realidad su deseo de conducir uno de aquellos coches de lujo. Después de nuestro encuentro en el Shanghai Club, había llegado a la conclusión de que sus excéntricas ideas sobre las costumbres occidentales ocultaban una admiración sin límites por aquello que aseguraba deplorar.

—Comprendo.

—He venido a traerle personalmente el salvoconducto, firmado por los oficiales Ghoya y Kubota, y a comprobar que ha cumplido su parte del trato. ¿Me invita a pasar?

Le indiqué el camino con la mano.

—Una hermosa casa, ya lo creo. Es usted una persona

afortunada al haber podido adquirirla a precio de saldo, ¿no le parece?

Y antes de que tuviera ocasión de replicarle, añadió:

—Realmente, se parece mucho a la mansión de monsieur Lucien Basset. ¿La conoce?

Basset era uno de los mayores magnates de la Concesión Francesa, donde se había hecho construir una casa de estilo ecléctico, con una techumbre holandesa, un porche semicircular cubierto, decorado con columnas neoclásicas, y un jardín chino.

—El proyecto es del mismo arquitecto, aunque esta casa es mucho más modesta —observé.

Ya en el interior, Fukuda pudo comprobar que había cumplido con mi palabra. La profusa ornamentación había desaparecido, dejando desnudas las paredes de color amarillo lechoso.

Viendo a Fukuda moverse de un lado a otro de la casa, llegué a la conclusión de que era un verdadero kurowaku. Tradicionalmente, los kurowaku estaban ligados al teatro kabuki. Se trataba de personajes que, vestidos siempre de negro, se desplazaban sigilosamente por el escenario cambiando los accesorios de lugar, y supuestamente eran invisibles para el espectador. Ahora el término kurowaku se empleaba también para aludir al carácter de los dirigentes poderosos que actuaban siempre a la sombra, sin dejarse ver.

En el reloj de pared del salón vi que eran las seis y media pasadas. Supuse que no era casual que Fukuda hubiera aparecido a aquella hora.

—¿Ha cenado? —le pregunté.

—No. Y tampoco he comido nunca con cuchillo y tenedor. Pero acepto su invitación.

Busqué a Nube Perfumada, que se había quedado clavada en un rincón de la habitación como una estatua, con la cabeza gacha. En su semblante se podía leer la tensión que experimentaba siempre que intuía una amenaza. Y Fukuda era para ella el máximo exponente del peligro.

—*Put another naiffo and catchee the chow-chow* —le dije.

—*¿Dlinkee?* —me preguntó con un tono de voz servil, más propio de una «mujer de confort» que de una criada convencional.

—Yo me ocuparé.

—Si el pidgin inglés no sonara tan ridículo podría pasar por el idioma de los espías —observó Fukuda.

—Le he dicho que ponga otro cuchillo y que sirva la comida. Y ella me ha preguntado qué vamos a beber.

—He entendido lo que han dicho.

—¿Entonces habla también inglés pidgin?

—No, no lo hablo, pero sí lo comprendo.

—Va a utilizar por primera vez un tenedor para comer, ¿por qué no prueba a hablar en inglés pidgin? —le sugerí.

—No me interesa el inglés pidgin. Me parece una pérdida de tiempo.

No sabía cómo contentar a un invitado tan «especial» como el coronel Fukuda, máxime cuando todavía no me había entregado el salvoconducto para sacar a Norah del gueto, así que decidí improvisar un menú que le impresionara.

—¿Le gusta el Chardonnay? —le pregunté.

—Por supuesto.

—Descorcharé una botella.

Y dirigiéndome a Nube Perfumada, añadí:

—*Catchee the caviar.*

—¿Cena a menudo caviar y bebe Chardonnay, doctor? —me preguntó como si me estuviera interrogando.

—Se trata de una remesa de latas y de botellas que pertenecían a Leon Blumenthal. Estaban incluidas en el lote cuando compré la casa. No creo que la viuda de Blumenthal tenga ganas de comer caviar después de todo lo que ha pasado. Y tampoco creo que se presente una mejor ocasión.

Dije esto último con el propósito de halagarlo, y acto seguido me sentí tan sucio como si me acabara de zambullir en las enlodadas aguas del Wangpoo.

—El caviar sí lo he probado. En una ocasión lo comí sobre blinis untados en nata amarga —comentó Fukuda.

—Aquí tendrá que tomarlo con cuchara de carey. Y no me diga que no sabe comer con cuchara porque el otro día tomó una sopa de miso con una cuchara en el Shanghai Club.

A falta de blinis, le ordené a Nube Perfumada que preparara una tortilla francesa con abundante mantequilla, y que picara cebolla muy fina. Y yo fui a buscar la botella de Chardonnay a la bodega.

—Louis Jadot. Beaume —anuncié a mi regreso.

Los destellos de pálido dorado se reflejaron en las pupilas del oficial del Kempei Tai que, tras contemplar con fruición la etiqueta de la botella, dijo:

—Voy a hacerle una pregunta y quiero que me responda con toda sinceridad. ¿Cuántas latas de caviar y cuántas botellas de Chardonnay tiene almacenadas en la despensa?

Me pregunté si mi subconsciente no había provocado aquella situación. A estas alturas, yo sabía que el punto débil de Fukuda era su avaricia. De manera que alardeando de poseer aquellos productos exclusivos pretendía consolidar mi posición. Sí, el caviar y el vino eran la propina que completaría su soborno.

—Guardo una docena de latas de caviar y otras tantas cajas de Chardonnay —reconocí como si me hubiera pillado en una falta.

—Siempre sospeché que Blumenthal se dedicaba al estraperlo además de a las antigüedades —expuso a continuación—. Pero lo que hiciera el señor Blumenthal en vida ya carece de importancia... Ahora hemos de preocuparnos por el presente, por las relaciones entre nuestros dos países, entre nosotros... como socios que luchan contra el mismo enemigo...

—Desde luego había pensado entregarle toda esa mercancía... —me adelanté a sus conclusiones.

—No esperaba otra cosa de usted, doctor Niboli —respondió a mis palabras empleando un tono contemporizador.

—Mañana le haré llegar el caviar y el vino a la dirección que me proporcionó.

—¿Para qué esperar a mañana? El Packard tiene un maletero muy amplio. He de reconocer que los americanos saben fabricar buenos automóviles...

A continuación, Nube Perfumada sirvió la cena.

Fukuda dio cuenta del caviar ignorando la cebolla y después devoró la tortilla con fruición.

—¿Qué le parece? —me interesé tratando de mantener vivo mi papel como anfitrión.

—¿Se refiere a comer con tenedor?

Asentí.

—Es una costumbre tan horrible que hasta resulta

fascinante. Es como comer mientras el dentista hurga en el interior de tu boca. Pero he conocido torturas peores que tener que comer mordisqueando un instrumento metálico, aunque sea plata de ley.

El comentario de Fukuda me hizo recordar que me encontraba en compañía de un asesino de la peor calaña. Pero se resistía a entregarme el documento que liberaba a Norah, por lo que tenía que seguir mostrándome amable.

—En realidad, en esta cena sobra un cubierto. El huevo nunca se ha de cortar con cuchillo —le hice ver.

—¿De veras? Curiosa costumbre. ¿Sabe lo que verdaderamente me llama la atención de ustedes, los occidentales?

—No.

—El valor que le dan a la vida y, en consecuencia, su apego a la misma.

—Todos los seres humanos sienten apego a la vida —observé.

—En términos individuales, sí. Pero una vez que el individuo es socializado convenientemente, el individualismo pierde su significado. Ustedes, en cambio, han sufrido una involución a cambio de desarrollar la conciencia individual. Le pondré un ejemplo. Usted va a casarse con una mujer no porque la ame, sino porque actuando de esa manera cree estar obrando bien. Mi pregunta es: ¿Qué es lo que tiene más importancia en su relación, el amor o el peso de su conciencia?

—El amor, por supuesto. Lo que sucede es que no se puede amar sin conciencia.

—Si me permite decirlo, a su «civilización» le falta una palabra en el diccionario. Una palabra que no han conseguido reunir ni siquiera con ese idioma mestizo del inglés pidgin.

Esperé durante unos segundos a que pronunciara la palabra de marras, pero al cabo comprendí que no saldría de su boca hasta que no fuera yo quien se interesara.

—¿Qué palabra es ésa, coronel Fukuda? —pregunté al fin.

—Kamikaze.

—¿Kamikaze?

—Kamikaze significa «viento divino», y fue un viento divino el que libró a Japón hace setecientos cincuenta años de caer en manos de Kublai Khan. En dos ocasiones, el kamikaze logró dispersar la flota de los mongoles, frustrando sus ansias expansionistas. Actualmente, cada japonés lleva dentro de sí ese «viento divino». Sé que para ustedes, los kamikazes no son más que fanáticos suicidas, pero detrás de cada uno de ellos hay un hombre convencido de que el fin supremo de la vida es precisamente sacrificarla. Y cada vida que se sacrifica sobre este principio fortalece a Japón y debilita a sus enemigos. El kamikaze es un símbolo de lo social frente a lo individual. En una sociedad que se precie, la cooperación ha de ser más importante que la competencia.

Cuando ya me disponía a rebatirle, me di cuenta de que, tal y como yo había hecho minutos antes, Fukuda trataba de llevarme a su terreno. Me estaba poniendo a prueba. Quería que discutiera con él. Que le proporcionara una coartada para no tener que entregarme el salvoconducto. Para un japonés, la meta de la comunicación en público era lograr la armonía entre los participantes, así que manifestar una opinión contraria o desairada se consideraba descortés. De ahí que los japoneses tendieran a no mostrar su desacuerdo en público.

—Es innegable que están realizando un buen trabajo en China y Corea —respondí a su desafío asegurando algo que no se correspondía con la verdad.

La ocupación japonesa de Corea había estado marcada por tres acontecimientos: el asesinato de la emperatriz Mun, a la que unos esbirros violaron, despedazaron y quemaron; la anexión del país en agosto de 1910; y la conversión de miles de coreanas en esclavas sexuales, a las que las fuerzas de ocupación habían bautizado como *Chosen pi*, es decir, vaginas coreanas.

Shanghai estaba llena de esas *Chosen pi*. Y todo el mundo sabía lo que pensaban sobre los japoneses y sobre lo que éstos habían hecho en su patria.

Otro tanto ocurría con la China ocupada. Si uno cogía un mapa y marcaba con un lápiz los territorios bajo el control del ejército japonés, descubría que las zonas bajo la dominación nipona semejaban la figura de un ahorcado con el vientre fláccido y el miembro erecto.

Mi respuesta provocó que Fukuda desistiera. Tal vez se daba por satisfecho con el botín obtenido.

—Dígame, ¿cuándo quiere casarse? —me interrogó a continuación, después de apurar su copa de Chardonnay.

—Lo antes posible. Mañana por la tarde o pasado mañana a lo más tardar.

—Aquí tiene el salvoconducto.

Y, tras entregarme el documento en mano, añadió:

—Supongo que tendré que felicitarle.

—Gracias.

Por último, me ocupé de trasladar el vino y el caviar desde la alacena hasta el maletero del Packard.

En cuanto Fukuda se marchó, le eché un vistazo al salvoconducto, que estaba escrito en japonés, y lo guardé entre las páginas de un libro. Se trataba de una obra de Joseph Conrad titulada *El corazón de las tinieblas*, que aún no había tenido ocasión de leer. En un párrafo elegido al azar, leí: «La conquista de la tierra, que más que nada consiste en arrebatársela a aquellos que tienen un color de piel diferente o la nariz ligeramente más aplastada que nosotros, no posee tanto atractivo cuando se mira desde muy de cerca.»

Llevaba un rato durmiendo cuando noté que un cuerpo se pegaba a mi espalda. Durante unos instantes, creí que formaba parte de un sueño, pero al cabo una mano se coló por entre la braqueta de mi pijama, me agarró el pene y comenzó a masajearlo con suma delicadeza, hacia delante y hacia atrás. La falta de artificiosidad de la operación me hizo comprender que estaba experimentando algo real. Tras revolverme en la cama, me di de bruces con Nube Perfumada. Un aliento dulce y agitado me golpeó en pleno rostro. Al poner mis manos sobre su cuerpo para apartarla, comprobé que estaba desnuda, y que las palpitaciones de su corazón tenían reflejo en las venas del cuello y en las sienes, agitadas por la excitación. Sin embargo, su desnudez en vez de incitar a la pasión acentuaba su desvalimiento, como si se tratara de un pajarillo recién nacido que se hubiera caído del nido. Incluso el vello de su pubis parecía el incipiente bigotito de un adolescente que todavía no ha empezado a afeitarse a diario.

—¿Puede saberse a qué viene esto? —le dije a modo de reproche, pero sin alzar la voz.

—Cuando te cases con la viuda de Herr Blumenthal necesitarás una amante —razonó.

Evité seguir la senda de aquella línea argumental, consciente de que para Nube Perfumada, como para otras muchas jóvenes chinas, el reconocimiento social, y por extensión la felicidad, se lograba por medio de la acumulación. El camino del matrimonio conducía indefectiblemente al concubinato, de la misma manera que un armario no se llenaba con un solo vestido.

—¿Acaso tengo una amante ahora que estoy soltero? No, ¿verdad? Pues tampoco pienso tenerla cuando me case —me desmarqué.

—¿Es que no te gusto?

Vi en sus ojos que tenía el orgullo herido. Tal vez era la primera vez en su vida que se desnudaba para un hombre que la rechazaba. Algo tan inusual para ella que, instintivamente, se cubrió con la sábana, como si de pronto se sintiera avergonzada.

—Eres una joven preciosa, pero si me acostara contigo, no podría volver a mirarte a los ojos —le expliqué.

—¿Por qué? Ningún hombre me ha mirado a los ojos mientras se acostaba conmigo.

Las palabras de Nube Perfumada eran tan descorazonadoras que me conmovieron.

—Si me acostara contigo me pondría a la altura de todos esos hombres que han abusado de ti. Y yo no quiero parecerme a ellos. Además, olvidas que soy tu médico. Ni siquiera has completado tu tratamiento contra la sífilis, de modo que no deberías pensar en acostarte con nadie.

—Si no te acuestas conmigo, la señora Blumenthal me echará de la casa y buscará una criada vieja —reconoció.

La ingenuidad y la inocencia de sus comentarios acabaron por enternecerme.

—Te prometo que eso no ocurrirá jamás —le aseguré agarrándole la mano—. Ahora haz el favor de ponerte algo.

—No quiero dormir sola. Tengo miedo.

Supuse que se refería al coronel Fukuda. Los chinos temían sobremanera a los espectros malignos. Para Nube Perfumada el alma del oficial del Kempei Tai moraba en el reino de las tinieblas, a pesar de que estuviera vivo. Fukuda era un kurowaku que movía los hilos en la sombra, que hacía y deshacía a su antojo. En el fondo, yo también le temía.

—Aquí no corres ningún peligro. En esta casa siempre estarás a salvo.

—¿Puedo contarte algo que me atormenta desde hace mucho tiempo? —me preguntó.

—¡Claro que puedes! ¡Habla!

—Yo tenía una compañera en la «casa de consuelo». Se llamaba Jiaodi. Un día cometió una indisciplina al negarse a satisfacer los deseos de un oficial japonés, que se empeñó en defecar en su cara. Como consecuencia de aquello, nos tuvieron sin comer durante tres días a todas las muchachas del prostíbulo. Al cabo de ese plazo, nos dieron una abundante ración de carne a cada una. Era tanta nuestra hambre que todas comimos con voracidad. Entonces el oficial que había sido desairado nos confesó entre carcajadas que acabábamos de comernos a Jiaodi.

Jamás había escuchado una historia tan terrible, así que la abracé y la apreté contra mi pecho.

—Está bien, si quieres puedes dormir conmigo —le dije a continuación—. Pero primero ponte un camisón.

Cuando Nube Perfumada regresó a la cama ya vestida, se acostó a mi lado con la fidelidad de una mascota. Se quedó inmediatamente dormida, sin importarle los truenos que retumbaban en el cielo y la luz espectral de los relámpagos que, cuales fogonazos del flash de una cámara fotográfica, inundaban la habitación. Acto seguido, su respiración se convirtió en un susurro incesante, un rumor que se parecía al de las olas cuando rompen con suavidad contra la orilla. Para entonces el *smellum water* de Norah ya había inundado la habitación. Antes de dormirme recordé un nuevo proverbio chino: en la naturaleza no hay castigos, ni premios, sólo consecuencias.

Esa noche soñé que el Wangpoo se desbordaba y que la ciudad se llenaba de cadáveres a los que les habían crecido las uñas.

7

La catedral de San Ignacio, con sus novecientas vidrieras y los cincuenta y seis metros de sus dos campanarios, era el máximo exponente de la presencia de los jesuitas en Shanghai. Diseñada por el arquitecto inglés William Doyle y construida por jesuitas franceses entre 1906 y 1910, la Xuijiahui Cathedral, como también se la conocía, tenía capacidad para albergar a dos mil quinientos feligreses. Aunque en su explanada tenían cabida muchos más. El solar había sido donado por un rico mandarín al jesuita Matteo Ricci, a finales del siglo XVI. Poco a poco, la orden había levantado en torno a la primitiva misión un conjunto de edificios, entre los que destacaban la biblioteca Zi-Ka-Wei, con más de doscientos mil volúmenes, un colegio, un seminario y hasta un observatorio astronómico.

Desde 1937, la catedral de San Ignacio se había convertido en un refugio de fieles cristianos, de comunistas y nacionalistas chinos, y también de mendigos. Mezclados los unos con los otros, y bajo la protección de los jesuitas franceses, formaban un ejército desarmado, pero siempre bullicioso. La masa les proporcionaba la impunidad que muchos buscaban. Mientras unos confesaban, otros conspiraban; mientras unos mendigaban, otros vendían cualquier cosa que tuviera valor, sobre todo información. El ambiente político se había enrarecido tanto en los últimos años, que hasta los sacerdotes habían sucumbido frente al poder de las ideologías, de manera que los había colaboracionistas, pro-gaullistas, pro-maoístas y pro-chiankiaichieistas.

El padre Faury pertenecía al grupo de los pro-maoístas. Físicamente parecía un agricultor más que un sacerdote, pero debajo de su rudo aspecto y de su sotana, se escondía un hombre que amaba la justicia social por encima incluso de la divinidad en la que creía. Según él, Dios era comunista, Jesucristo había sido comunista y todos los seres humanos nacíamos comunistas. Una virtud original, lo llamaba, para compensar el estigma del pecado también original. Al fin y al cabo, todos nacíamos desnudos y, en consecuencia, iguales ante los ojos del Creador. Claro que el comunismo en el que creía el padre Faury era mucho más terrenal y humano que el de marxistas o maoístas, y podía resumirse en dos principios fundamentales: que todo el mundo dispusiera de un cuenco diario de arroz con el que saciar el hambre, y que cada persona fuera indulgente con el prójimo.

En cierta forma, el caso del padre Faury era parecido al de Saulo, luego Pablo de Tarso. La fe le había llegado a modo de fogonazo mientras combatía contra el ejército alemán en una trinchera, en la batalla de Verdun, durante la primera guerra mundial. Después de recibir un disparo en la cabeza, había perdido la vista transitoriamente durante medio año, tiempo suficiente para hacer examen de conciencia y reconciliarse con la fe cristiana. Según le gustaba decir, cuando volvió a ver lo hizo con los ojos del corazón.

Su formación teológica, por tanto, dejaba mucho que desear, y cuando se veía abrumado por alguna clase de vacío existencial, cosa que le ocurría con frecuencia, se encerraba en el observatorio astronómico, donde había un telescopio con el que contemplar las estrellas. En la inmensidad del firmamento creía encontrar la respuesta a sus preguntas (o plegarias): el universo era demasiado vasto y complejo para que pudiera ser comprendido por un solo hombre. De modo que, con independencia de que uno fuera religioso o científico, había que tener fe.

Cualquiera que hubiera seguido su trayectoria, como era mi caso, se percataba de inmediato de que Faury había perdido la cabeza por la política. En ese sentido, se había vuelto tan irresponsable y descuidado como Leon Blumental al echarse una amiguita. El problema era que en Shanghai perder la cabeza por la política conllevaba el riesgo de poder perderla de verdad. Incluso si quien estaba implicado era un sacerdote católico.

Desde marzo de 1942, el Estado Vaticano mantenía relaciones diplomáticas con Tokio, aunque la amistad entre ambos Estados se remontaba a primeros de siglo, cuando los japoneses derrotaron a los rusos primero y luego se hicieron con el control de Manchuria. Para la Iglesia Católica, el enemigo que podía poner en peligro sus intereses en China era el mismo que hacía peligrar la hegemonía japonesa en Asia, es decir, el comunismo, y teniendo el mismo enemigo, lo mejor era apoyarse mutuamente. Gracias a la amistad entre Japón y el Estado Vaticano, los sacerdotes y monjas católicos habían permanecido libres e incluso habían sido ayudados por las fuerzas de ocupación japonesas en China. El hecho de que pocos meses más tarde el Estado Vaticano llegara a un acuerdo diplomático con Chiang Kai-shek, el líder del nacionalismo chino, había enturbiado las relaciones entre católicos y japoneses. De modo que la actitud del padre Faury hacía que la herida abierta fuera aún más profunda.

De la docena de chinos que aguardaban turno para confesarse con el padre Faury, la mitad eran pecadores deseosos de lavar sus ofensas, y la otra mitad eran soplones, que informaban al sacerdote de todo lo que ocurría en la ciudad.

Me senté a esperar a que «cerrara» el confesionario, algo que sucedió veinte minutos más tarde. Faury no sólo tenía el aspecto de un labriego, sino que se movía como si estuviera arrojando simiente a la tierra mientras la roturaba, con el tronco parcialmente inclinado hacia delante y las piernas semiabiertas.

—Hola, padre —le saludé.

—¡Mi querido doctor Niboli! Puedo entrar de nuevo si ha venido a confesarse...

También su voz sonaba fuerte y dura.

—No hace falta. Estoy aquí por otro motivo —me desmarqué.

—Lo imaginaba. ¿Qué puedo hacer por usted?

—Necesito un sacerdote para casarme —fui directo al grano.

Faury encajó mi confesión como si le acabara de lanzar un golpe por sorpresa al rostro.

—Eso está muy bien —dijo sin ocultar su desconcierto—. Pero llevará un tiempo, hasta que haya completado un curso de catequesis. ¿Cuánto hace que no viene por la iglesia? Ni siquiera creo que se haya confesado una sola vez desde que vive en Shanghai.

—Me temo que no dispongo de tiempo. La novia padece tifus y es judía.

Ahora me miró con asombro, como si contemplara una nueva estrella desde el telescopio del observatorio astronómico.

—¿Quiere casarse por la iglesia con una judía?

El eco de la catedral repitió varias veces la pregunta.

—Deseo casarme para sacarla del gueto. Mi gobierno sólo reconoce los matrimonios eclesiásticos.

—¿Puedo preguntarle quién es la afortunada?

—Norah Blumenthal.

—¿La viuda de Leon Blumenthal?

—Así es.

—¡Vaya, eso sí que es una sorpresa! ¿La ama?

—Sí, la amo.

—Quiero decir si la amaba en vida de su marido. Ya me entiende.

—¿Cambiaría eso las cosas? No, no hemos cometido adulterio.

—Comprenda mi preocupación. Blumenthal apenas lleva muerto cuarenta y ocho horas. A veces, guardar las apariencias es más importante que lo que uno haya hecho. La Iglesia es un rebaño de feligreses, ya me entiende —dijo.

—Ahora sólo me preocupa lo que pueda sucederle a su viuda. Y que su enfermedad tenga o no cura también es una cuestión de tiempo —me desmarqué.

—Necesitará un permiso especial de los japoneses si quiere sacar a una judía apátrida del gueto.

—Ya lo tengo.

—Veo que se mueve usted rápido.

Me encogí de hombros.

—Desde luego, he de reconocer que es usted un buen comunista —añadió.
—¿No le parece que tendría que decir, en todo caso, que soy un buen cristiano?
—Cristianismo y comunismo... vienen a ser la misma cosa.
—Yo pensaba que los comunistas eran ateos —observé.
—Y creen serlo. Pero es más cristiano no creer en Dios y procurar la igualdad social entre los hombres, que creer en Dios y no mover un dedo por el prójimo. A los ojos de Dios, cuentan más las acciones que las intenciones. El primer comunista chino fue un cristiano, Hung Hsiu-Ch'uan, el líder de la rebelión de los Taiping. Ya en 1851, apeló a los principios igualitarios del cristianismo primitivo, al mismo tiempo que promovía una revolución agrícola en toda regla. Abogaba por distribuir la tierra en función al tamaño de cada familia, sin consideración de sexo y sin título de propiedad, y pretendía crear un granero público donde almacenar los excedentes.
—Sin embargo, los Taiping no llevaron a cabo su revolución agraria, y eso provocó que el campesinado se volviera contra ellos —le recordé.
—Instigados por las clases reaccionarias, por la oligarquía, y también por las potencias extranjeras. En esa época, el mercantilismo europeo había dado su paso decisivo para transformarse en capitalismo en lugares como China, que ofrecía nuevos mercados y la posibilidad de obtener materias primas en abundancia. Ni siquiera la intervención directa de Jesucristo hubiera conseguido que triunfara la rebelión Taiping.
—Su forma de entender la religión se parece mucho

a ese aserto chino que dice: «Sólo si declaras la guerra a todas las religiones, estarás en paz con Dios.»

—Esas palabras sólo tienen sentido en un mundo invertido como el que nos ha tocado vivir. El otro día un feligrés chino me preguntó si Dios estaba en todas las cosas. Naturalmente, le respondí que así era. Entonces me dijo que si Dios estaba en todas las cosas, también formaba parte de la bomba que había destruido su casa y matado a su mujer e hijos. Incluso fue más lejos. Aseguró que era Dios quien había lanzado aquella bomba y dirigido su mortífera carga hasta su casa. Hecho este razonamiento, me volvió a formular dos nuevas preguntas: ¿Por qué Dios ha asesinado a mi familia? ¿Y por qué para hacerlo ha empleado una bomba japonesa?

—¿Y cuál fue su respuesta?

—Que mirara a la realidad de frente y luchara para sobreponerse a la pérdida de sus seres queridos y también para liberar a China del yugo japonés. Eso le respondí a aquel hombre que lo había perdido todo. Sólo soy un maldito sacerdote que desconoce casi todas las respuestas. ¿Qué otra cosa podía decirle? Desgraciadamente, las cosas no son como deberían ser, y eso incluye también a Dios. El premio Nobel de literatura Romain Rolland dice en su obra *Jean Christophe* que hay que amar apasionadamente la verdad, y que a veces las religiones no favorecen la verdadera verdad.

—Es la primera vez que escucho a un sacerdote citar a un escritor laico y no un texto de las Santas Escrituras —le hice ver.

—Tal vez se deba a que yo también amo apasionadamente la verdad. Las Santas Escrituras son las Santas Escrituras y las ideas modernas son las ideas modernas.

—Y la verdad está más próxima a las ideas modernas que a las Santas Escrituras —sugerí.

—Digamos que hay una verdad celestial, que está reflejada en las Santas Escrituras, y otra verdad terrenal, que es reconocible en los hechos de la vida cotidiana. La verdad plena es, por tanto, un compendio de ambas: fe y pragmatismo.

—Comprendo.

—En cuanto a su boda, será mejor celebrarla en un lugar más discreto que éste —sugirió—. Los japoneses y los alemanes tienen espías por todas partes.

Que el padre Faury considerara la catedral como un lugar poco apropiado para impartir el sacramento del matrimonio era desde luego paradójico.

—Había pensado en mi casa —propuse.

—Por mí no hay inconveniente. Además de la novia doliente, necesitará también un par de testigos. Póngase en contacto conmigo en cuanto lo tenga todo preparado.

Cuando salimos a la explanada, había comenzado a llover. A pesar de lo cual, la multitud continuaba allí plantada, como un ejército que aguardase instrucciones de su cabecilla. La presencia del padre Faury provocó un repentino silencio, que no se rompió hasta que el sacerdote efectuó un movimiento con la mano. Un gesto brusco y al mismo tiempo determinante, más propio de alguien familiarizado con las tareas agrícolas que con las labores pastorales.

—¿Qué ocurre? ¿Por qué se calla de repente toda esa gente? —le pregunté.

—Digamos que el cáliz de la desesperación está rebosante. Esperan una señal —me respondió.

—¿Una señal de quién? ¿Acaso de usted?

—De cualquiera que les muestre el camino de la liberación. Los japoneses sembraron la semilla del odio en un surco que atravesaba China de norte a sur y de este a oeste. Ahora la simiente ya ha dado sus frutos, y sólo espera que alguien haga la recolección.

—¿Mao y sus hombres?

—Sí, Mao y sus hombres.

Volví a echarle un vistazo a la explanada. Entonces comprendí que los japoneses necesitarían mil años y un ejército de mil millones de soldados para asolar aquel campo sembrado de hombres.

Pasé la tarde realizando preparativos para la boda y reclutando testigos, en compañía de Nube Perfumada. Como la colonia de Norah estaba casi agotada, nuestra primera parada la efectuamos en una perfumería, donde compré dos frascos, uno para la novia y otro para mi acompañante. Cuando Nube comprendió que una de las redomas era para ella, me dijo:

—Primera regla: dos mujeres que vivan en la misma casa no pueden usar el mismo perfume. Sería motivo de disputa entre ellas, y el hombre podría confundirlas.

—No si una mujer es occidental y la otra oriental —le hice ver.

—El amor no se guía por las razas, le da prioridad a los sentidos, sobre todo al tacto y al olor —me replicó con su sabiduría inocente.

La siguiente parada la hicimos en una floristería, donde compré varias docenas de magnolias blancas, símbolo oriental de la delicadeza y la belleza femenina, para decorar las estancias principales de la casa. Antes de marcharnos, le coloqué una rosa roja en el cabello a Nube Perfumada. Su respuesta no se hizo esperar.

—Segunda regla: nunca le regales rosas rojas a una mujer a la que no amas.

—¿Por qué no?

—Porque, entre otras muchas cosas, la rosa roja simboliza el amor carnal.

Más tarde conseguí arrancar a Molmenti del Jazz Club del Hotel Cathay para que nos acompañara hasta el Didi's Café. Allí estuvimos bebiendo vodka ruso junto con Stein y Friedman. Durante dos horas, logramos burlar el desconsuelo que se había instalado en la ciudad como un parásito. El primer brindis fue *Budem zdorovky* (por nuestra salud), el segundo *Za udachu* (por la buena suerte), el tercero *Daj Bog ne v poslednij raz* (espero que no sea ésta la última vez que bebemos juntos, con la ayuda de Dios), y el cuarto *Na dorozhku* (por el camino de regreso a casa). Para entonces, las expresiones duras y cansadas de nuestros rostros, el maquillaje que la guerra había pintado en cada uno de nosotros, se habían suavizado, como si el alcohol tuviera el poder de devolvernos al pasado. Fueron tan sólo unos instantes, pero vívidos.

Una hora y media antes del toque de queda disolvimos la reunión, algo que molestó sobremanera a Molmenti. Por las noches, el peligro se disfrazaba de silencio, se agazapaba entre las sombras e inundaba las calles de un miedo sordo.

—¡Una ciudad replegada sobre sí misma como un acordeón cerrado! ¡Por la mañana suelta el fuelle, por la noche contiene el aire para que no se escuche su música! ¡En eso han convertido los japoneses a Shanghai! ¡Mañana elevaré una protesta formal al alto mando militar japonés! —exclamó el italiano.

Al llegar a la Avenue Joffre, Nube Perfumada, que había pasado la noche sonriendo y contemplando cómo nos emborrachábamos, me dijo:

—Tercera regla: si el día de la boda bebes demasiado, no se te empinará.

Cuando abrí los ojos a la mañana siguiente, Stein y Friedman se carcajeaban a los pies de mi cama, al tiempo que mecían entre los brazos sendas botellas de alcohol como si se tratara de recién nacidos. En ese momento alcancé a comprender el significado de un chiste que habían contado la noche anterior, que aludía a lo mucho que les gustaba beber a los rusos, al que yo no le había encontrado ninguna gracia:

(Éste es el diario de un trabajador extranjero residente en Rusia.)

22 de junio

Estuve bebiendo con unos amigos rusos. Casi me muero.

23 de junio

Por la mañana vinieron mis amigos rusos y me dijeron que deberíamos tomar *opokhmelitsya* (un lingotazo de alcohol para la resaca). Mejor me hubiera muerto ayer...

8

Tuve que valerme de mis contactos para implicar a la Cruz Roja Internacional en la «operación rescate» de Norah. La Cruz Roja no tenía competencias en el gueto judío, pero a pesar de esa circunstancia su personal estaba mucho más cualificado que el que trabajaba para la SACRA, la organización que se ocupaba de la dirección del «área determinada para apátridas». Su responsable, el doctor Louis Calame, era un suizo con vocación de misionero, siempre dispuesto a ayudar a quien lo necesitara, a pesar de que los japoneses no le facilitaban su trabajo. Japón no había ratificado el convenio de Ginebra de 1929 relativo al trato debido a los prisioneros de guerra, de modo que sólo había autorizado una delegación de la Cruz Roja en todo el territorio de la China ocupada, cuya sede estaba precisamente en Shanghai. Eso multiplicaba por cien el trabajo de Calame y de su equipo, que se las veían y se las deseaban para poder visitar los campos de prisioneros en lugares como Nanjing y Hong Kong. La razón por la que los japoneses daban tan poca importancia a los prisioneros de guerra tenía que ver con su sentido del honor. Para los soldados nipones la rendición era una ignominia, caer prisioneros equivalía a perder la dignidad, así que preferían quitarse la vida. La consecuencia de esta forma de proceder había supuesto que los campos de internamiento controlados por los japoneses estuvieran atestados, mientras que el número de prisioneros nipones en manos de los aliados era simbólico.

Obviamente, para que la Cruz Roja tomara cartas en el asunto, tuve que hablarles del caso de Norah y de la posibilidad de que el tifus acabara extendiéndose por todo el «área determinada para apátridas».

Me sorprendió encontrar en la ambulancia al doctor Calame en persona.

—Le debo un favor, Calame —le dije a modo de saludo—. Cuente conmigo para lo que necesite.

—Sólo trato de hacer bien mi trabajo —me respondió—. Quiero sopesar las posibilidades de que el brote de tifus que ha detectado no se convierta en una epidemia que afecte a toda la ciudad.

Se trataba de un hombre espigado con aspecto de estar siempre cansado, como si aún no se hubiera repuesto del periplo de más de diez mil kilómetros que se había visto obligado a realizar por las provincias del norte de China, con motivo de las inundaciones del río amarillo de 1938. No obstante, la palabra rendición no formaba parte del vocabulario de monsieur Calame. En las tres o cuatro ocasiones que habíamos tenido la oportunidad de mantener una conversación como colegas, siempre acababa por asegurarme que no era médico para luchar contra la enfermedad, sino contra el azar. Según Calame, Dios también tenía un Dios, y ese no era otro que el azar. De modo que en su tesón no había un ápice de humanitarismo o de conmiseración para con los enfermos. Trabajaba a destajo porque mantenía una guerra encarnizada contra el azar, que era donde anidaba la raíz de todo. El azar lo barría todo como si se tratara de un viento huracanado, contra el que poco o nada podía hacerse. El bien y el mal no existían para el azar. Simplemente, las cosas eran o sucedían sin más. La existencia de los seres humanos, por tanto, estaba sujeta —o quizá sería más preciso decir sometida— a las caprichosas leyes del azar, y lo mismo sucedía con todas y cada una de nuestras actividades. Incluso la guerra que el mundo estaba librando formaba parte del engranaje del azar. Una maquinaria prodigiosa que se alimentaba de hechos sin importarle las consecuencias. Tratar de cambiar el curso de esta corriente era, por tanto, como intentar contener la avalancha de agua de una presa cuyos muros han cedido: algo inútil.

Aunque yo no compartía su visión del mundo, había algo en lo que estaba de acuerdo con él: el azar había hecho que los dos olvidáramos el camino de vuelta a casa, pues China nos había subyugado a ambos.

—Deberían ser los japoneses quienes se ocuparan de prevenir las epidemias —apunté.

—Deberían, pero no lo harán. Así que tendremos que proporcionarles DDT a la SACRA si la situación es grave.

—En cualquier caso, hay que tratar este asunto con suma delicadeza. De lo contrario, los japoneses prohibirán la entrada y salida de judíos del gueto, con lo que éstos perderán sus puestos de trabajo y, en consecuencia, en vez de morir por las infecciones lo harán por causa del hambre. Un gueto en cuarentena puede provocar a la larga miles de muertos —le hice ver.

—Lo sé. Con los japoneses hay que obrar siempre con suma cautela. Por eso, en caso de que sea necesario, le entregaremos el DDT a la SACRA, cuyos miembros son judíos. Y si no bastara con eso, introduciremos el DDT a través del mercado negro. Sobornaremos a las mafias que operan en el gueto.

Afortunadamente, la situación médica que encontramos en el gueto resultó delicada, aunque no tan grave como yo había pronosticado. Tal vez el celo había cegado mi diagnóstico, pero incluso el supuesto tifus exantemático epidémico de Norah no resultó ser tal, sino fiebre tifoidea, una variante de la enfermedad más benigna. Con todo, urgía que se tomaran medidas rociando los inmuebles más «sensibles» con abundante DDT. En especial el «heim» de Alcock Road. Para que el insecticida no acabara en manos de contrabandistas sin escrúpulos, Calame se lo entregó a los miembros de la Pao Chia, advirtiéndoles de que una mala distribución o un mal uso podían acarrear graves consecuencias para la salud de todos, sin excepciones.

—Si yo les hiciera entrega de un lingote de oro y ustedes lo vendieran, el resultado de ese acto sería que se enriquecerían, pero si lo que venden es DDT, la consecuencia será la muerte de sus hijos, pues ellos serán las víctimas de las infecciones. El tifus no distingue entre inocentes o avaros. Ataca a todo el mundo por igual —explicó Calame.

—Como el sonido de un reloj de cuco —bromeó uno de los miembros de la Pao Chia, en alusión a la nacionalidad de Calame.

—Un reloj de cuco es algo más que un simple reloj, su sonido sirve también de recordatorio, y eso es lo que deberían hacer ustedes, no olvidar que si optan por vender el DDT, el beneficio que obtengan tendrán que invertirlo en el sepelio de sus familiares —argumentó el médico suizo.

En la calle, a escasos veinte metros del puesto de la guardia donde estábamos celebrando la reunión, una muchedumbre de judíos aguardaba paciente su turno para salir del gueto. Otros, los que no disponían de pase para salir del «área determinada para apátridas», contemplaban el mundo exterior abrazados a los barrotes de la verja. En algunos casos, se trataba de madres que portaban consigo a sus hijos. Daba la impresión de que aguardaban un descuido de los Pao Chia para entregar las criaturas a alguien que estuviera al otro lado. ¿Acaso los cucos no depositaban sus huevos en los nidos de otras aves para que fueran éstas quienes los incubaran?, me pregunté. Sí, los cucos carecían de nidos propios y, en consecuencia, buscaban un hospedero. Desde luego, nadie podía considerar el gueto de Hongkew como su propio hogar, de modo que era legítimo que aquellas mujeres trataran de poner a salvo a sus hijos. Sin embargo, todo eran imaginaciones mías. Lo único que hacían aquellas mujeres era observar con detenimiento, casi con fruición, lo que ocurría al otro lado, en el «Shanghai libre». Vistas desde el lugar donde yo me encontraba, una atalaya que me permitía una visión cenital de la escena, parecían una compañía de actrices que, subidas al escenario, aguardaban a que el público tomara asiento y guardara silencio para poder iniciar la representación de la obra. Como los relojes de cuco de los que había hablado Calame, estaban condenadas a repetir los mismos movimientos, la misma canción, una y otra vez, sin poder abandonar jamás sus cajas de música, que no era otra cosa más que el nido de un pájaro que en realidad carecía de él.

Comparada con la boda entre Chiang Kai-shek y la señorita Mei-Ling Soong, celebrada en el Hotel Majestic, y a la que habían asistido trescientos invitados y miles de curiosos, la nuestra resultó una ceremonia íntima. No obstante, estuvo llena de detalles que convirtieron el enlace en un acto singular. Para empezar, la novia recibió el sacramento del matrimonio en la cama, vestida con un vistoso camisón que parecía una hopalanda, y debajo de una mosquitera que hacía las veces de velo nupcial. Los demás, es decir, el padre Faury, como oficiante, Stein, Friedman y Molmenti, en calidad de testigos, y Nube Perfumada y yo mismo, en mi condición de novio, permanecimos junto al marco de la puerta, pero sin traspasar el umbral. Sin querer dramatizar en exceso, daba la impresión de que se trataba de una boda en artículo de la muerte, a pesar de que la salud de la novia no corría peligro. Quizá por esa razón, los esponsales resultaron más emotivos que de costumbre. Nube Perfumada se encargó además de decorar la casa con flores, magnolias blancas en su mayoría, y siguiendo las indicaciones de la propia Norah, cocinó unos *crêpes* a la Gundel, sin flambear, para que el relleno de nueces y chocolate supieran a ron. También preparó una receta autóctona: *kumquat*, naranjas enanas confitadas, el único cítrico cuya cáscara era comestible. Stein y Friedman se encargaron de la bebida, y hasta encontraron una grabación de la rapsodia de Béla Bártok titulada *Verbunkos*, una extraña y evocadora música de origen zíngaro que los húsares del ejército austrohúngaro utilizaban como reclamo para el reclutamiento de jóvenes. A una sección lenta le seguía otra más rápida y aparentemente desenfadada. Al susurro de los violines, le seguía el sonido tónico del cimbalom húngaro. Unos cambios de ritmo que acabaron contagiando la conversación. Los efluvios del alcohol hicieron el resto. El padre Faury predijo la caída del mundo capitalista de la misma forma que se había hundido el imperio austro-húngaro. Stein confesó que aquella melodía le había traído a la memoria el recuerdo de otro mundo ya extinto: el de los zares bajo las cúpulas doradas de San Petersburgo. Friedman habló de la sangre de su padre derramada sobre la nieve: un ruso blanco masacrado sobre la blanca nieve; sangre roja escanciada como vino caliente por rusos rojos. Todo un alegato lleno de colorido: nieve blanca, rusos blancos; sangre roja, rusos rojos. Molmenti añoró con aullidos de lobo solitario la ausencia de su amante, el sijk del turbante de color índigo. Curiosamente, aquella música peculiar que nada tenía que ver con ninguno de nosotros consiguió que afloraran emociones que permanecían enquistadas en nuestros corazones. Incluso nuestras voces adquirieron una extraña reverberación. Parecíamos reclutas contando sus últimas impresiones antes de incorporarse al ejército, del que posiblemente nunca regresaríamos con vida. Y en el supuesto de que alguno lo consiguiera, lo haría convertido en otra clase de persona. En el fondo, todos clamábamos cambios.

Pasé mi primera noche de casado en la habitación contigua a la de Norah, ocupándome de suministrarle las medicinas a su hora y de mantenerla hidratada en todo momento. En una de mis visitas, tras sobreponerse a una insoportable sensación de asfixia fruto de la fiebre y del calor, me dijo:

—Estaba soñando que me crecían las uñas.

—Te hiciste la manicura ayer, para la boda. Yo mismo te proporcioné la lima y el esmalte para las uñas. Empleaste más de una hora —le recordé.

—Pero ahora temo que me hayan podido crecer durante el sueño, y que eso signifique que estoy a punto de morir.

—Tu vida no corre peligro. Ahora trata de descansar. Dentro de cuatro o cinco semanas todo habrá pasado.

Yo ya no pensaba únicamente en la fiebre tifoidea, sino en los evidentes síntomas de desnutrición.

—Me gustaría oír de nuevo el disco de Béla Bártok. Me trae recuerdos de mi infancia en Budapest. ¿Me llevarás a Hungría cuando todo esto termine? —dijo a continuación.

—Te lo prometo.

—Es curioso, pero Hungría se ha convertido en mi nueva Sefarad. ¡Añoro tanto el delicado sabor de la carpa del Balatón! ¡Qué extraños son los recuerdos! ¿No te parece? ¿Por qué recordamos unas cosas y otras no? ¿Por qué esas cosas y por qué en ese momento? Emily Hahn decía que las personas tenemos cuerpo, alma y memoria, y que cada una era independiente de la otra. Emily siempre tenía ideas muy originales.

—Ahora procura descansar.

—¿Crees que formamos una pareja adecuada? —preguntó a continuación.

—Si no fuera así, ya sería demasiado tarde. Acabamos

de cumplir nuestras primeras seis horas de casados —bromeé.

—Lamento no haber estado en forma. Cuando me casé con Leon, en cambio, me encontraba en perfectas condiciones físicas y mentales, y sin embargo no era verdaderamente consciente del paso que estaba dando. ¡Era tan sólo una chiquilla!

—¡Basta de charla! —exclamé.

—¡Me has hecho tan feliz! Creo que dividiré toda esta felicidad en porciones, como si se tratara de un delicioso pastel, y las esconderé en distintos lugares, que sólo yo conoceré, por si algún día hay racionamiento...

—Me parece una idea estupenda. Así podrás comer pastel de felicidad todos los días.

—¿Puedo pedirte una última cosa?

—Naturalmente.

—Si muero quiero que me incineres y esparzas mis cenizas en el Danubio. Has de arrojarlas desde el puente de las Cadenas de Budapest. ¿Lo harás?

—No vas a morirte —dije—. Sólo tienes unas fiebres tifoideas. Y ahora procura descansar. Yo estaré en la habitación de al lado por si me necesitas.

—Prométeme que lo harás —insistió.

—Lo prometo. Pero haremos algo mejor. En cuanto te repongas, te llevaré a cenar a Friker.

Me refería al mejor restaurante de cocina centroeuropea de Shanghai, especializado en cocina húngara y vienesa.

—Friker era un restaurante de «apátridas», así que todos sus empleados están en el gueto, desde el chef al pianista —dijo con tristeza.

—Pero sigue abierto.

—Seguro que el cocinero es un ruso —observó con desdén.

—He oído decir que el *gulash* sigue siendo extraordinario.

—Sólo un cocinero húngaro sabe preparar un buen *gulash*, porque hay que estar muy familiarizado con las distintas clases de páprika. Si me llevas a Friker pondré el grito en el cielo.

—Está bien, si lo prefieres te llevaré a cenar a otro restaurante. Uno de cocina francesa. Así no tendrás que examinar al chef.

—¿Sigue abierta Casa Vostak?

Vostak era un pastelero ruso, cuyo local estaba situado en la Avenue Dubail, dentro de la Concesión Francesa.

—Creo que sí.

—Entonces prefiero que me traigas unos pasteles de crema y frutas de Vostak. Leon odiaba la repostería y siempre que le encargaba que me trajera pasteles de Casa Vostak, se olvidaba.

—Yo no me olvidaré.

Acabé preguntándome si aquello era el matrimonio: una sucesión de pequeñas concesiones que ahondaban el compromiso, un ejercicio de condescendencia cuya primera y fundamental premisa consistía en estar dispuesto a complacer a la persona amada.

A las ocho de la mañana, me aseé, me vestí y me dirigí al consulado. Allí inscribí a Norah Revesz como ciudadana española y di las instrucciones para que el cuerpo administrativo formalizara la documentación, que incluía un pasaporte en regla.

9

Según las instrucciones que me había dado el Rabí Meir Ashkenazi, tenía que reunirme con Walter Czollek en la Wang Tsung Lee Curio Store, en el número 543 de la Min Kuo Road, junto a la North Gate del distrito de Nanshi.

No me extrañó que Czollek me citara en la antigua ciudad china, habida cuenta de que se trataba de un dédalo de intrincadas callejuelas atestadas de comercios por los que fluía incesante un torrente humano que ninguna policía del mundo hubiera podido controlar. Cada callejón era un afluente que desembocaba en un río más caudaloso, como la Renmin Lu y la Zhonghua Lu, las dos arterias principales de Nanshi. Un dicho aseguraba que en el distrito chino se podía comprar cualquier cosa menos un ataúd.

En cuanto hube avanzado unos metros por la Min Kuo Road, recordé unas palabras de mi antecesor en el cargo cuando tuvo que referirse al distrito de Nanshi: «En la ciudad china, la muchedumbre se mueve como gusanera en carroña.»

No le faltaba razón, pues cada movimiento resultaba lento y sinuoso, y la presión era tan grande que tenía la sensación de haber sido tragado por una corriente subterránea que me arrastraba a su antojo.

Como era de suponer, la Wang Tsung Lee Curio Store era una tienda donde se vendía de todo, desde instrumentos musicales hasta piezas de marfil y jade. Cuatro hombres jugaban al maj-hong en la entrada, mientras que una anciana cocinaba en la trastienda una sopa de judías dulces, bolas de masa hervidas y mazorcas de maíz.

El sahumerio con olor a comida me hizo recordar que apenas había probado bocado desde la boda. Pero en vez de despertarme el apetito, me provocó una náusea.

Como no conocía el procedimiento que debía seguir para anunciarme, entré en el establecimiento y cogí un bonito *guqin* que descansaba encima de una mesa junto a otros instrumentos. Luego rasgué una de las cuerdas de la cítara para llamar la atención de los hombres, que parecían abstraídos en el juego.

—No encontrará en toda la ciudad un *guqin* que produzca armonías más etéreas y tonos más expresivos. El *guqin* que tiene entre manos puede considerarse como el padre de la música china. Su precio, naturalmente, es muy elevado —se dirigió a mí uno de los hombres. Un tipo robusto, de estatura elevada y una tosca prótesis por mano derecha.

Miré el instrumento como quien se enfrenta a un problema de matemáticas abstruso. El hombre no terminaba de hablar claro, y yo tampoco sabía cómo abordar el asunto que me había llevado hasta allí.

—Creo que no es lo que ando buscando —dije.

—Si me dice qué busca, tal vez pueda ayudarle.

El jugador que ocupaba el asiento del «viento del

Este» consiguió colocar sus «tejas» hasta completar el maj-hong, y eso provocó cierto revuelo contenido entre sus compañeros de partida. Las fichas estaban tan gastadas que parecían piezas dentales deslucidas.

—Busco un aparato de radio. Uno especial, donde pueda oír con nitidez la voz del locutor leyendo el parte de noticias.

A mí mismo me sorprendió la sutileza de mi exposición.

—En este local no tengo ningún aparato de radio, pero si me concede un minuto, le diré a mi sobrino que le acompañe hasta un lugar donde podrá encontrar lo que busca.

Luego mi interlocutor se dirigió en su lengua al más joven de los jugadores, quien a su vez salió del local y volvió a entrar en compañía de otros tres muchachos.

—Ya está arreglado. Sólo tiene que seguir a estos jóvenes —añadió.

Obedecí.

La marea humana volvió a engullirme en cuanto pisé de nuevo la calle. Por unos instantes perdí el contacto visual con mis guías, hasta el punto de que uno de ellos tuvo que rescatarme.

Después de atravesar varias callejas llenas de pequeños comercios y comedores, llegamos a un pabellón conocido como Huxinting —el de las cinco estrellas—, situado en mitad de un estanque, al que sólo se podía acceder a través de un puente trazado en zigzag para ahuyentar a los malos espíritus.

Pensé que aquel lugar, un antiguo salón de té, era el idóneo para burlar a los japoneses, ya que justo a sus espaldas se encontraban los jardines de Yuyuan. Un recinto de dos hectáreas que daba solar a cuarenta pabellones que incluían otros tantos ambientes distintos. Un verdadero laberinto de caminos sinuosos repleto de escondites y recovecos. De modo que la casa de té tenía un solo acceso, mientras que, por el contrario, disponía de numerosas salidas si se atravesaban los jardines de Yuyuan en la dirección opuesta. Además, observé que tres equipos de vigías oteaban todo lo que ocurría en los alrededores desde las atalayas de la Torre de las Vigilantes Olas, la Torre de la Permanente Claridad y la Torre de las Nubes Retornantes, las cotas más elevadas del complejo.

Nada más poner los pies en el interior del pabellón Huxinting, cada uno de mis cuatro acompañantes tomó asiento en una mesa distinta, formando una especie de cordón de seguridad. Luego una joven me indicó con la mano que la siguiera hasta una sala contigua. Allí fui invitado a tomar asiento en uno de los dos taburetes vacíos en torno a la única mesa que había en la estancia. Un mueble tradicional chino sobre el que descansaba todo lo necesario para la ceremonia del té.

Dos minutos más tarde hizo acto de presencia Walter Czollek. Pese a que era más bajo y robusto de lo que había imaginado, su rostro irradiaba una luz viva y su porte era increíblemente sereno. Czollek luchaba contra «los cortadores de cabezas» arriesgando su propia testa, por así decir, y eso le confería cierta superioridad moral que tenía su reflejo en el brillo de sus pupilas. Vestía prendas azules de algodón, típicas entre los campesinos chinos, que acentuaban la forma oriental de sus ojos, ligeramente rasgados y profundos. Daba la impresión de que trataba de mimetizarse para pasar desapercibido.

—Espero que lo que tenga que decirme sea lo suficientemente importante. No dispongo de mucho tiempo, así que procure ir al grano —se dirigió a mí a modo de saludo.

Como suele ocurrir con los buenos locutores de radio, su voz tenía el tono firme de las personas que están acostumbradas a llevar la iniciativa en la conversación. Por un instante, me sentí intimidado.

—Como ya sabrá, Leon Blumenthal fue asesinado la otra noche —intervine—. Luego uno de sus hombres preguntó por él en el gueto judío, ya que, al parecer, tenían una cita. Estoy tratando de esclarecer la causa de su muerte, así que me gustaría conocer el motivo de esa reunión.

La joven que me había indicado el camino volvió a entrar en la estancia y comenzó a realizar la ceremonia del té, vertiendo abundante agua hirviendo en una tetera de barro especial. Luego sumergió varias briznas de té de la variedad Oolong, y volteó el recipiente para completar la llamada «limpieza con té». La diminuta cascada de agua clara y fragante terminó por mojarlo todo.

—Me da la impresión de que se ha producido un malentendido. Fue Blumenthal quien solicitó reunirse con nosotros —se descolgó Czollek—. En realidad, quería hablar directamente conmigo, pero, dadas las medidas de seguridad que debo contemplar cada vez que doy un paso, no lo creímos aconsejable. Por eso le envié a uno de mis colaboradores. De hecho, si he accedido a reunirme con usted ha sido precisamente porque pensé que tal vez sabía qué mensaje quería transmitirme Herr Blumenthal.

Esta vez el tono de su voz sonó distinto. Ya no era el locutor de radio, sino el activista que no admitía trivialidades, pues como había dado a entender se jugaba la vida a cada paso.

—Comprendo.

La muchacha sirvió por fin el té, y ambos lo bebimos de un trago. Un sabor a fermentación y a flor de azahar me atravesó la garganta como un sable al rojo vivo.

—Tengo que reconocer que no siento lástima por Herr Blumenthal. Era un hombre de la peor calaña —apuntó Czollek.

La segunda taza de té me dejó un regusto áspero que me hizo recordar las palabras de Norah cuando quiso justificar la filia de Leon para con los nazis: «Incluso el más suave té de jazmín deja un poso amargo en el paladar.»

—¿Sabe a qué se dedicaba exactamente? —le pregunté.

—Naturalmente que lo sé. Lo que me sorprende es que no lo sepa usted también. Trabajaba para Ryochi Sasakawa y su ejército de ladrones recolectando antigüedades chinas que, a través del Kodama Kikan, envían a Manila para ser almacenadas primero y luego enajenadas. Con la venta de los tesoros artísticos chinos expoliados los japoneses están sufragando la guerra contra China. Es decir, China está costeando las bombas que los japoneses están arrojando contra los chinos.

Ahora recordé a los señores Sasakawa y Kodama sentados en el Shanghai Club, departiendo amigablemente.

—Siendo así, no deja de ser curioso que Blumenthal fuera asesinado precisamente la noche previa a la cita que tenía con su hombre —observé.

—Lo que le tiene que llevar a pensar que fueron los japoneses quienes acabaron con su vida —completó mi reflexión.

Czollek apuró un nuevo cuenco de té antes de añadir:

—Ya le he dicho que esperaba que usted pudiera arrojar un poco de luz.

—La viuda de Blumenthal asegura que su marido tenía una amiguita. Y a Blumenthal le arrancaron el sexo de un tajo. Yo mismo vi su cadáver en la morgue. Esa misma noche, alguien entró en mi casa y desvalijó una caja fuerte cuya combinación sólo conocía Leon —expuse.

—El Kempei Tai es experto provocando incendios, y la historia que acaba de contarme no es más que humo —argumentó—. Piénselo. Tal vez su amigo pretendía entregarme algún documento que comprometía a los japoneses, y por eso le asesinaron primero y luego desvalijaron su caja fuerte. Cabe incluso que la amante de Blumenthal trabajase también para el Kempei Tai. Si Blumenthal colaboraba con los japoneses, ¿por qué no pensar que también lo hacía su amiguita? Es una práctica común. Pero existe una manera fácil de comprobar si estoy o no en lo cierto: encuentre a la *Shanghai girl* con la que su amigo mantenía una relación.

—¿Cómo puedo dar con esa mujer?

La expresión del rostro de Czollek me indicó que acababa de formular una pregunta ingenua.

—Meta una foto de Blumenthal en su cartera y muéstrela en las Casas del Singsong —me recomendó.

La idea de recorrer los burdeles de Shanghai en busca de la amiguita de Leon, ahora que me había casado con Norah, no me agradaba en absoluto.

—¡Hay más de ciento cincuenta prostíbulos en Shanghai! —le hice ver.

—Desde luego sería mucho más cómodo poner un

anuncio en el *Shanghai Times*, pero no creo que diera resultado.

—Si está en lo cierto, ¿qué motivos podía tener Leon para querer entregarle unos documentos a usted?

—Tal vez le remordió la conciencia y decidió cambiar de bando. Quizá los japoneses hayan modificado sus planes para con los judíos... ¿Quién puede saberlo?

Aunque Czollek lo ignoraba, su argumentación explicaba en parte el extraño comportamiento de Leon en el «área determinada para apátridas», al menos en lo concerniente a Norah. La indiferencia y la desatención que había mostrado hacia Norah desde que fueron recluidos en el gueto formaban parte de un plan para no involucrarla en sus asuntos. De modo que ignorándola lo que perseguía era protegerla. Cualquier padre o marido hubiese obrado de esa forma. Lo que no explicaba la teoría de Czollek era la razón por la que Leon había accedido a colaborar con los japoneses, salvo que se hubiese enamorado de verdad de la *Shanghai girl*. En ese supuesto, las piezas del rompecabezas encajaban a la perfección. Por una parte, Leon había mantenido al margen a Norah, como correspondía a un padre responsable. Por otra, había accedido a colaborar con los japoneses a cambio de poder gozar de cierta libertad para reunirse con su amante. En algún momento del camino, Leon había decidido dar marcha atrás, y eso le había costado la vida. Ahora faltaba encontrar los motivos por los cuales Leon había decidido cambiar de rumbo, y averiguar el grado de implicación de su amante en todo lo ocurrido.

Czollek me dio instrucciones para localizarlo en caso de que mi investigación diera algún fruto. Si los japoneses estaban detrás de la muerte de Leon como creía, la información que éste pensaba trasladarle a su emisario tenía que ser importante.

Cuando me quedé solo, vagué durante un rato por entre las callejuelas de la ciudad china, dejándome llevar de nuevo por aquella marea humana. Dos días de lluvias veraniegas habían rellenado las grietas de la tierra y enlodado el suelo. Un velo de calina se enredaba a nuestros pies como serpientes transparentes. Luego mi estómago vacío me devolvió al mundo real. Pensé en Norah y en lo mucho que necesitaba de mis cuidados para restablecerse. Las carpas doradas que había visto en el estanque del pabellón Huxinting, me llevaron a recordar las carpas del Balatón de las que me había hablado Norah la noche anterior. Entonces caí en la cuenta de que no sólo no había probado bocado, sino que tampoco le había dado instrucciones a Nube Perfumada con respecto a la comida. Antes de regresar a casa me detuve en una pescadería y compré varios cangrejos crisantemos para el almuerzo.

Aquella noche, después de atender a Norah, sintonicé la emisora de radio clandestina desde la que Walter Czollek arengaba al pueblo chino y a los residentes extranjeros para que se sublevaran contra los japoneses.

Czollek leyó en el transcurso de su alocución una historia titulada *El nido*, de un autor alemán llamado Ernst Toller. Una fábula que hablaba de un preso y de unas golondrinas que anidaron en su celda, y de cómo las autoridades carcelarias, haciendo gala de una refinada crueldad, intentaron por todos los medios acabar con aquellos pájaros que no eran otra cosa que la representación de la libertad. Pese a que Czollek intercalaba palabras o incluso frases en alemán, ruso o chino en su relato, lo que me impedía comprenderlo en su totalidad, el mensaje parecía claro: el hombre debía salir renovado al romper el férreo corsé de la opresión del omnipotente invasor. El pueblo chino era el preso, mientras que los nidos de golondrinas simbolizaban el comunismo, el camino hacia la liberación. Por último, Czollek hizo hincapié en la necesidad de que los ciudadanos de Shanghai tomaran conciencia y se unieran a la lucha contra el invasor porque hasta la fecha «los campesinos obligados a comer las cortezas de los árboles habían demostrado mucha más disposición y aptitudes para el combate que los obreros de la ciudad».

Por momentos, la voz de Czollek adquiría un tono metálico que, unido a las interferencias de la emisión, recordaba la carga de un cañón cuando salta la vaina y una nueva bala es colocada en la recámara, dispuesta para ser disparada. Escuchándole, uno tenía la impresión de que en cualquier momento podía caerle un obús sobre la cabeza.

10

Norah y Nube Perfumada congeniaron a las mil maravillas. Ambas tenían en común el elemento más aglutinante de cuantos pueden darse entre dos personas: el sufrimiento. Ni siquiera el amor une tanto como el hecho de haber padecido alguna clase de vejación moral o física. Y, aunque de distinta manera y por diferentes circunstancias, las dos habían sido humilladas. No en vano, detrás de la Norah reina de los bailes del Hotel Majestic, se escondía una joven judía indefensa sujeta al albur del destino. Primero se había quedado huérfana en una tierra que no era la suya, luego se había visto obligada a huir de Alemania en compañía del socio de su padre convertido en su marido, para acabar finalmente encerrada en un gueto controlado por el Ejército Imperial Japonés. El caso de Nube Perfumada era aún más sangrante. No sólo había tenido que ejercer de «mujer confort», sino que encima había sido obligada a comerse a una compañera.

Un detalle que ponía de manifiesto la buena marcha de la relación entre las dos mujeres que ahora vivían bajo mi mismo techo, fue el hecho de que Norah compartiera con Nube Perfumada los secretos de las recetas húngaras que, a la postre, era lo único que había heredado de su madre junto con unas cuantas fotografías y unos cuantos anillos y pendientes. Cada día, cuando regresaba del consulado, me encontraba con un nuevo platillo elaborado por Nube Perfumada siguiendo las indicaciones de Norah: gulash a la Csángó, judías a la Jókai, Marhpörkolt (un guiso picante de ternera), Tokány de «los siete caudillos», etc.

A veces, se unían a nosotros Stein y Friedman, quienes hicieron de la búsqueda de música húngara un asunto de amor propio. Después de movilizar a buena parte de su clientela, lograron encontrar sendas obras de Ferenc Liszt, la *Rapsodia Húngara* y la *Sonata en si menor*. Algo que colmó de felicidad a Norah. De modo que, entre la música y la comida, la casa se llenó de sonidos y de aromas centroeuropeos, donde la única nota exótica la ponía Nube Perfumada. Era como oír de repente un *guqin* chino en una taberna húngara, en cuyo interior un pianista excelso estuviese interpretando con maestría una pieza de Liszt.

Aquella complicidad sincera y espontánea, unida al celo que Nube Perfumada ponía en el cuidado de la enferma, cuya mejoría se hizo pronto evidente, me permitió iniciar las pesquisas que me había recomendado Czollek. Cada tarde acudía a dos o tres Casas del Singsong, pero lo único que obtenía eran evasivas de los propietarios. Nadie conocía a la amante de Leon por el simple hecho de que tampoco recordaban haber visto a Blumenthal en sus locales. Al cabo de una semana, decidí buscar la ayuda de alguien más acostumbrado a moverse en aquellos ambientes. Naturalmente, pensé en Lerroux, dada su necesidad de dinero para costearse el opio y la calidad de sus contactos en el mundo del hampa.

Cuando me planté de nuevo delante de él y conseguí reanimarlo lo suficiente, abrió la boca con sumo esfuerzo y me formuló la misma pregunta que la otra vez:
—¿Ha sido usted quien me ha hecho esto?
—No, no he sido yo —respondí.
Esta vez no hizo referencia al opio. Clavó sus diminutas pupilas sobre mi camisa, hasta que, poco a poco, fueron recobrando la capacidad de percibir aquello que había a su alrededor. Ver a un opiómano despertar es lo mismo que ver cómo un recién nacido contempla por primera vez el mundo que le rodea: todo es asombro y vacilación, miedo y emoción.
—¿Es posible que haya oído que se ha casado? —me preguntó al fin.
Saqué la foto de Leon de la cartera y se la mostré.
—Realmente es guapa la novia —ironizó.
—¿Reconoce a este hombre?
—Herr Leon Blumenthal. El judío «apátrida».
—Sé que tenía una amante y quiero que me ayude a encontrarla.
—¿No hemos tenido ya esta conversación? Nunca he ejercido de consejero matrimonial. Esos asuntos suelen llevarlos los detectives privados. Francamente, no creo que pueda servirle de ayuda —trató de desmarcarse.
—No se haga el listo conmigo, Lerroux. O tal vez la próxima vez que me pregunte si he sido yo quien le ha roto los dientes, recibirá un sí por respuesta. Me he casado con la viuda de Leon Blumenthal, quien a su vez tenía una amante que puede estar relacionada con su muerte. Por eso la busco. Le hablé del asunto la última vez que vine a visitarlo —aclaré.
—Oh, sí, la última vez que vino a visitarme… En rea-

lidad, es usted la única persona que ha venido a verme. Ni siquiera estoy seguro de que eso sea algo bueno. ¿Lo es? ¿A usted qué le parece? En cualquier caso, por si sus intenciones son honestas, le daré un consejo. No le recomiendo que busque a la amante de su amigo ahora que se ha casado con la viuda de su amigo.

—¿Por qué? —me interesé.

—Porque tal vez acabe liado con ella. Entonces se convertiría usted en el amante de la amante de su amigo y en el marido de la mujer de su amigo.

La sonrisa hueca y oscura de Lerroux me recordó una de esas grutas vacías y malolientes que uno encuentra en determinadas montañas o en playas desiertas.

—¿Acaso la conoce?

—La conocí.

—¿Cómo era?

—¿Que cómo era? Joven, bonita y china.

—Joven, bonita y china, hay un millón de muchachas así en Shanghai.

—Ya le he dicho que la conocí hace mucho tiempo. Si utilizo el tiempo pasado es porque si la viera ahora no la reconocería. El opio ha hecho muy bien su trabajo. Cabe incluso que en algún rincón de mi memoria guarde su dirección…

—¿Por qué no me lo dijo el otro día? —le reproché a continuación.

—Porque entonces no habría venido hoy a visitarme… —volvió a ironizar—. ¿Qué quiere que le diga? Tal vez usted no me formuló la pregunta correcta. Quizá, simplemente, yo no estuviera lo suficientemente en forma… ¿Quién puede saber por qué no le dije entonces lo que le estoy diciendo ahora?

—Me gustaría que hiciera un esfuerzo y tratara de recordar. Tengo una buena suma de dinero que ofrecerle.

—¿Cree que en mi estado podría llegar caminando siquiera hasta el control de la Concesión Francesa? Le aseguro que no. Tendría que emplear el dinero que me ofrece en comprar unos pulmones nuevos —se desmarcó.

—Dúchese, aféitese, y bébase un litro de café —le recomendé—. Le pagaré un *rickshaw* durante las veinticuatro horas del día. No tendrá que dar un solo paso a pie.

—Ése es el problema, para mí el día tiene más de veinticuatro horas. Para mí, hoy es todavía ayer, o mejor dicho, tal vez hoy sea la semana pasada. En resumen, no sé en qué día vivo, y no es algo que me preocupe demasiado. Si le parece, haremos otra cosa. Usted me da un poco de dinero y consigue que venga a visitarme una pedicura. Lo único que verdaderamente me incomoda de mi nueva vida son las uñas de los pies. No alcanzo a cortármelas. Yo, a cambio, trataré de recordar lo que pueda sobre la *Shanghai girl*.

Oír a Lerroux hablar de las uñas de sus pies, me hizo acordarme del discurso de Norah relativo al crecimiento de las uñas y la muerte.

—Tumbado ahí no logrará recordar nada. Se fumará el dinero que le dé y yo no obtendré nada a cambio —argumenté.

—Tiene razón. Yo conseguiré fumarme unas cuantas pipas a su costa y también que me corten las uñas de los pies… Pero tendrá que correr ese riesgo.

—Al menos sé que no huirá a ninguna parte —admití resignado.

—Aunque no lo crea, los opiómanos gozamos de períodos de gran lucidez. No son frecuentes, y no duran demasiado, pero los tenemos. Por ejemplo, recuerdo perfectamente que es usted el cónsul de un país fascista amigo de los japoneses...

Instintivamente, le dediqué a Lerroux una mueca de desaprobación.

—Aunque también sé que no es usted un fascista —añadió—. Me refiero a que usted representa a un Estado fascista sin serlo. Claro que si fuera el representante de un Estado comunista, tampoco militaría. De modo que no es fascista ni comunista. Y no es ninguna de las dos cosas porque no cree en el Estado. Lo que a usted le interesa de verdad son las personas, una por una: Herr Blumenthal, su esposa, su amante... La suya es la historia del elefante y la hormiga...

—¿Qué historia es ésa? —me interesé.

—Ahora no la recuerdo bien, pero sé que hay una historia así para establecer una analogía entre las dimensiones gigantescas que separan al Estado del individuo. Un elefante nunca podrá cuidar de una hormiga, por mucho empeño que ponga en no aplastarla. De hecho, un adagio africano dice: «Cuando los elefantes salen a pasear, las hormigas se quedan en casa.» La verdad es que los elefantes ni siquiera ven a las hormigas... Soy armenio, es decir, una hormiga que ha sido pisoteada por muchos elefantes. ¿Entiende adónde quiero ir a parar?

—Le entiendo perfectamente. Armenia es una pequeña nación parte de cuyo territorio está en manos de las naciones vecinas, que son más grandes. Le daré ese dinero y le enviaré una pedicura antes de que decida volver a encerrarse en este hormiguero.

—¿Se da cuenta de que Shanghai era hermosa precisamente porque daba cobijo a un montón de hormigas que habían decidido abandonar la senda de los elefantes? —reflexionó—. Cuando yo llegué a esta ciudad, Shanghai era una especie de Babel amurallada, una ciudad ideal, casi perfecta, pues sólo entre murallas les está permitido a los hombres poner en práctica las utopías. Luego Hitler y sus socios japoneses destruyeron la utopía de un manotazo, y el sueño de Shanghai se esfumó como humo de opio...

—Oyéndole hablar se diría que el mundo le necesita, Lerroux, pero en cuanto cierra la boca, le veo tal y como era en ese mundo antes de que se recluyera en este antro. ¿Desea saber qué es lo que veo? A un canalla sin escrúpulos, a un vulgar proxeneta y traficante de toda clase de cosas —intervine.

—Tiene buena vista. Aunque olvida una cosa. El mundo no me necesita, pero usted sí.

—El mundo no nos necesita a ninguno de los dos. De lo contrario, no estaríamos manteniendo esta conversación en un lugar como éste.

Lerroux dibujó un perfecto arco con la ceja derecha antes de decirme.

—Sus respuestas empiezan a parecerse a las de un opiómano, así que procure encontrar a esa mujer antes de que sienta la tentación de tumbarse en el camastro de al lado.

En la puerta del Monk's me di de bruces con Mr. Chow, el propietario. Vestía una túnica blanca, como si acabase de regresar de un funeral. En esta ocasión, me adelanté lanzándole el adagio de Lerroux como si se tratara de un gancho en la mandíbula.

—Elefantes, hormigas... Es usted un hombre muy profundo, monsieur Niboli —observó—. Pero si me permite decirlo, a su historia le falta un dragón. A los chinos nos gustan más los dragones que los elefantes. Por eso decimos: «Cuando parece que las montañas están bailando y girando, nacen dragones.» Es decir, el dragón alude al poder de la tierra... Aunque este detalle no le resta profundidad a sus palabras.

—No creo que mis palabras alcancen la profundidad de su fumadero. Estoy seguro de que alguno de sus clientes no ha vuelto a encontrar la salida —dejé caer.

—Así es, monsieur Niboli. Algunos de los que han entrado han salido con los pies por delante. Pero la culpa no es de mi local, sino de lo que mis clientes hacen en él. El opio es cualquier cosa menos una habitación con las puertas cerradas. Si me permite calificarlo de una manera literaria, el opio es una habitación con vistas... ¿Recuerda esa novela de E. M. Forster? Vendí un centenar de *Una habitación con vistas* cuando el Monk's era una librería. Forster era un autor muy popular, sobre todo entre las damas británicas. ¡Cuánto echo de menos a esas viejas cotorras empingorotadas! ¡Son tan... exóticas las damas inglesas! ¡Oh, pero qué descortesía la mía! ¡He olvidado felicitarle por su matrimonio! ¿Aceptaría que le invitara a una botella de *champagne* en mi humilde club?

—Tal vez acepte su invitación cuando la señora Niboli se encuentre mejor.

—Naturalmente, lo primero es la salud. Espero que su dolencia no sea demasiado grave.

—Se está recuperando de unas fiebres tifoideas.

—Comprendo. Tanto hablar de dragones, de elefantes y de hormigas, nos hemos olvidado de las pulgas y de los piojos, quienes se han convertido en los amos de Shanghai desde la ocupación japonesa. Sí, desgraciadamente, Shanghai se ha transformado en una ciudad de parásitos... Naturalmente, no me refiero a mis clientes, sino a quienes le chupan la sangre a mi pueblo...

Y tras sorber un poco de aire como si se tratara de una sopa, me preguntó:

—¿Sabe quién va a ganar esta guerra?

—No, pero está claro que usted sí cree saberlo —respondí.

—En efecto. Yo sí lo sé. Basta con leer entre líneas. Todo el mundo cree que los vencedores serán los japoneses o, en su defecto, los nacionalistas del Kuomitang. Pero los ganadores de esta guerra serán los comunistas. Y le diré por qué. Los nipones creen que la libertad es algo que se administra; los nacionalistas, por el contrario, están convencidos de que la libertad es algo que se adquiere, que se encuentra al final de un camino que está representado por la lucha armada; los comunistas, en cambio, son los únicos que se han dado cuenta de que la libertad es una pedagogía, un anhelo que habita dentro del propio ser humano, de modo que no hay que correr detrás de ella como podenco tras su presa, basta con enseñarla. Los comunistas están enseñando la pedagogía de la libertad entre el campesinado hambriento como quien entrega un cuenco rebosante de arroz, y eso les hará ganar la guerra. Para un campesino, la libertad consiste en poder comer todos los días. Algo que, desgraciadamente, no ha ocurrido siempre en este país. China no es Pekín o Shanghai, sino sus campesinos. La inserción de los comunistas entre el campesinado es ya un hecho. Como ha dicho Chu Teh, uno de los líderes del Partido Comunista Chino: «Mientras que el Ejército Rojo es como el pez, el pueblo chino es como el agua.»

Mr. Chow era un batracio, Lerroux era una hormiga a punto de ser aplastada por un elefante del tamaño de cualquier Estado, China estaba representada por un dragón en plena agitación, el Ejército Rojo era un pez nadando en una corriente que simbolizaba al pueblo chino, los japoneses eran parásitos, de modo que sólo faltaba averiguar qué animal se correspondía con mi personalidad. Por lo pronto, decidí regresar cuanto antes a mi madriguera.

11

Le di a Norah el alta médica cuatro semanas y media después de nuestra boda. Aunque le dije que, a pesar de estar ya curada, convenía que siguiera guardando reposo hasta que ganara algunos kilos de peso. Pese a que dirigía desde la cama a Nube Perfumada para que cocinara manjares húngaros, luego apenas probaba bocado. Cataba un poco para dar su aprobación, y no volvía a comer. Su estancia en el gueto, decía, le había quitado el hambre para siempre. Además, le recomendé que recorriera el pasillo de la segunda planta varias veces al día, para que sus músculos se tonificaran y fueran recobrando la elasticidad de antaño.

Esa misma noche se coló en mi cama mientras trataba de conciliar el sueño.

—¿Qué haces? —le pregunté.

Nada más formular la pregunta comprendí que estaba fuera de lugar.

—Ahora sólo deseo olvidar el pasado. Sólo me interesa el presente. Este momento. Tú y yo —me susurró.

Luego tapó mi boca con su mano derecha. Sentí cómo me traspasaba la soledad infinita que le había acompañado durante los últimos meses. Y quedé pegado a la cama, inmóvil, a merced de su furia interior, que ahora hacía por salir con forma de besos y caricias atropelladas. A pesar de mi desconcierto inicial, tuve una erección. A continuación, Norah se sentó sobre mi sexo y comenzó a moverse como si remara en una barca sin rumbo, desesperadamente. Me fijé en sus pechos, que la mala alimentación había hecho menguar. Flotaban delante de mi cara como restos de un naufragio. Había imaginado miles de veces cómo sería hacer el amor con Norah, y, sin embargo, todo estaba resultando demasiado impreciso. Al cabo, el movimiento de vaivén se fue acompasando como el de una biela dentro de un motor de combustión, hasta que nos transformamos en piezas de una maquinaria perfectamente engrasada. Mi pene rotaba dentro de su vagina, y ésta se volvía más y más elástica con cada nueva acometida. Al aumentar el ritmo de las embestidas, Norah comenzó a contraer y elevar los músculos de la pelvis, lo que me produjo un placer indescriptible. Ahora yo era el náufrago, y me asía a sus pechos como a una tabla de salvación. Eyaculé justo un segundo después de que alcanzara un orgasmo que tuvo su reflejo en un grito lastimero, parecido al aullido de una loba que trata de proteger el cuerpo sin vida del animal que acaba de matar.

—Me ha dolido muchísimo —dijo entrecortadamente, al tiempo que se tumbaba a mi lado.

—Lo siento —me excusé.

—Pero también me ha gustado muchísimo.

—Tienes una forma extraña de hacer el amor —observé.

—Has de darme más tiempo, hasta que me acostumbre a la nueva situación.

—También tienes un extraño concepto del amor —insistí.
—¡Tengo veinticuatro años y he vivido en Shanghai! —exclamó—. He tenido que aprender en la calle, por decirlo así.
—¿Qué diablos has tenido que aprender en la calle? —me interesé.
—Leon y yo nunca fuimos amantes, ya lo sabes. Una noche, después de un baile en el Hotel Majestic, me acosté con un hombre —me confesó.

Percibí en su voz cierto tono de desafío, como quien reconoce haber hecho algo a hurtadillas después de mucho tiempo.

En mi fuero interno, le puse nombre y apellidos a aquel hombre: Pascal Dagnan-Bouveret. Claro que de ser él el elegido, ¿por qué entonces se había quitado la vida? Sentí un desgarro en mi interior, a pesar de lo cual traté de que mi curiosidad resultara tan estática como lo era la postura que mantenía en ese momento en la cama. Luego, guiado por la costumbre, pensé en lo que Leon hubiera dicho en caso de encontrarse en mi posición, él que era una persona eminentemente práctica. Supuse que le habría recriminado el hecho de no elegirme a mí, así que dije:

—Podías haber recurrido a mí.
—Entonces nos habríamos convertido en amantes —me respondió—. Y eso hubiera complicado las cosas. Pagué a aquel hombre para que se acostara conmigo, aunque me aseguró que lo haría gratis cien veces.

Durante unos segundos, tuve la sensación de que no hablaba en su nombre, sino embriagada por el influjo de Shanghai, una ciudad hedonista y sin moral. Luego recordé un comentario que Leon me había hecho sobre la personalidad de Norah: «A veces sus razonamientos son tan sencillos y simples que parece un ser extraño.» El hecho de que reconociera haber pagado a aquel hombre me desconcertó sobremanera, al tiempo que eliminó a Dagnan-Bouveret de mi lista de sospechosos, quien desde luego no hubiera aceptado vender su amor a cambio de poseer el cuerpo de Norah, pues era demasiado romántico y caballeroso.

—¿Qué necesidad tenías de pagarle? —proseguí el interrogatorio.

—Mientras más pagues por una cosa, menos valor sentimental tendrá —argumentó.

—¿Eso crees?

—¿Qué más da lo que piense? Si me hubiera acostado contigo, Leon hubiera sufrido, y viceversa. Hubiera sido injusta con los dos. Así que opté por una solución intermedia.

—¿Una solución intermedia...? ¿Cómo la de Salomón, el rey sabio que dictaminó cortar a un recién nacido por la mitad para distribuirlo equitativamente entre dos mujeres que reclamaban ser la madre?

—Mi decisión no tuvo nada que ver con Salomón. Yo sólo quería manteneros al margen. Si hay algo a lo que sois aficionados los hombres es a sentiros agraviados cuando una mujer no os corresponde. Tenía a dos hombres que disputaban por mi virginidad, así que opté por entregársela a un tercero. No creo que haya que darle más importancia que la que tiene. Al fin y al cabo, perder la virginidad es lo mismo que abrir una puerta. Si mantienes una puerta cerrada demasiado tiempo, puede que al final se atranque.

—Esa frase parece salida de la boca de la señorita Emily Hahn.

No pude evitar imprimir a mi voz cierto tono de reproche.

—Es una frase de Emily, en efecto. La mujer más inteligente y cariñosa que he conocido en mi vida. Incluso me ofreció a su amante para que se acostara conmigo.

—Todo un acto de generosidad por su parte —ironicé.

—Lo fue. Aunque no acepté. A veces una ha de tomar las riendas de su propia vida.

—Me temo que lo que hiciste fue cabalgar a lomos de un caballo desbocado —le recriminé.

—Es posible que fuera así al principio, pero te aseguro que logré dominarlo —me replicó.

—¿Te refieres al hombre al que pagaste para que te desvirgara? ¿Era eso, un semental al que conseguiste domar?

—No pienso decirte su nombre.

El hecho de que Norah tratara de imprimir cierto tono de indiferencia al hablar de aquella experiencia, me hacía sospechar que el efecto que había causado en ella era precisamente el contrario. Con todo, no tenía ningún derecho a echarle en cara su pasado, así que me desmarqué diciendo:

—No pensaba preguntártelo.

Era cierto, como también lo era que había recuperado al poeta Pascal Dagnan-Bouveret como sospechoso. No tenía a otro. Tal vez Dagnan-Bouveret había pensado que acostarse con ella le abriría a la larga las puertas de su corazón, pero al comprobar que se equivocaba, había optado por descerrajarse un tiro en la sien.

—Mientes. Estás deseando saber de quién se trata.

—No es cierto. No es su nombre lo que me preocupa, sino que te hayas comportado de manera frívola.

—Tengo la impresión de que estoy oyendo a «papá» Leon. Si te sirve de consuelo, no recurrí a un hombre casado. Yo también tengo principios, y lo último que deseaba era un escándalo. Hace tiempo que esa persona vive recluida en un fumadero de opio.

—¿Lerroux, el armenio? —bramé.

—No insistas, no te voy a dar su nombre —me susurró.

De repente, la cálida oscuridad de la habitación se tornó en un cuerpo denso y pegajoso, como si la gravedad la apretara contra mi pecho.

—No puedo creer que te hayas acostado con Lerroux..., y menos pagándole —le reproché—. Es un tipo de la peor calaña. En cierta ocasión, mi consulta se llenó de pacientes con fuertes diarreas. Los síntomas no eran exactamente los del cólera, pero se parecían. Hasta que descubrí que la causa de aquel falso «brote epidémico» era una partida de leche de magnesia en mal estado. Lerroux se la había vendido a un incauto comerciante de Nanshi como si se tratara de un remedio contra la gripe, cuando en realidad era un potente laxante.

—¿Sabes qué descubrí tras hacer aquello? —dijo pasando por alto mi comentario—. Que acostarte con una persona a la que no amas no tiene ningún efecto en tu interior, no lo cambia. No, no tuve sueños dulces y hermosos después de hacer el amor con ese hombre. Hoy será distino.

—¿Por qué me lo has contado precisamente hoy? —le pregunté.

—Porque es la primera vez que hacemos el amor. Quería que supieras que no soy una casquivana —me respondió.

—Lo que lleva a preguntarme qué eres realmente —reflexioné en voz alta.

—Antes era una joven a la que le gustaba decir y hacer cosas a la ligera siendo consciente de que estaba diciendo y haciendo cosas a la ligera. Ahora no sé quién soy. A veces, cuando me miro en el espejo, no me reconozco.

—¿Y qué me dices de tu temperamento voluble?

—Sólo tengo un temperamento, lo que sucede es que su principal característica son los altibajos. Si veo a un niño moribundo en la calle, me conmuevo y sollozo, y por esa misma regla, si cae en mis manos una copa de champán, me la bebo. La criatura representa la realidad, mientras que el champán es el camino para huir de ella. En todo caso, en estos últimos meses he presenciado muchas más escenas de horror que bebido botellas de champán. Leon siempre decía que la mentira era la gran dama de la guerra, y que yo sólo era una chiquilla espontánea, incapaz de fingir. Tal vez tuviera razón. Aunque ahora empiezo a estar segura de otra cosa: la mentira es la gran dama en todas las situaciones.

Conforme iba avanzando nuestra conversación, se me iban ocurriendo nuevas preguntas que rehusé formular para no parecer demasiado suspicaz. Opté por acariciar su cabello, pero mi mano titubeó cuando lo hice, por lo que más que una muestra de afecto o comprensión, que era lo que pretendía transmitir, resultó un gesto furtivo.

Pasé el resto de la noche en vela, como si me hubieran arrojado un balde de agua helada al rostro. Norah, en cambio, tardó dos minutos escasos en dormirse. Cuando se giró en la cama, me quedé contemplando la blancura nívea de su espalda, que parecía la estela que los barcos dejan tras de sí cuando navegan en las noches de luna llena. Continué vislumbrando el cuerpo de Norah durante un buen rato, hasta que el rastro pareció transformarse en una medusa transparente que, a golpe de impulsos parecidos a los latidos de un corazón, busca las profundidades abisales del océano. Durante unos instantes, tuve la sensación de que se alejaba de mí para siempre.

Cuatro días más tarde tuve que viajar a Singapur por motivos de trabajo. Al parecer, los japoneses habían retenido a dos ciudadanos españoles en la creencia de que viajaban con documentación falsa. Al ser yo el cónsul español más próximo a Singapur, a mí me correspondía aclarar la veracidad o falsedad de los documentos. Obviamente, traté de evitar el desplazamiento sugiriendo a las autoridades militares japonesas encargadas de los asuntos consulares que me enviaran la documentación sospechosa a través de la valija diplomática, pero se negaron argumentando que «a veces los aviones no llegaban a su destino, sufrían accidentes o eran derribados por el enemigo». Estuve a punto de preguntarles si los cónsules estábamos exentos de sufrir accidentes aéreos o de padecer el ataque de los aviones de las potencias aliadas, pero desistí para no entrar en una discusión interminable. Por aquel entonces, Singapur —rebautizada como Syonam—, era la perla de las conquistas militares del Ejército Imperial Japonés. Habían conseguido birlársela a los británicos en poco más de nueve semanas, a pesar de que éstos eran superiores en número y de que la plaza era considerada una fortaleza inexpugnable. Según se vanagloriaba Fukuda, treinta mil soldados japoneses habían doblegado a un ejército de ciento treinta y siete mil hombres, entre los que se encontraban treinta y tres mil soldados británicos y otros diecisiete mil australianos. Al parecer, el ejército de la Commonwealth se había quedado sin agua potable y sin munición. Aunque para ser exactos, también se había quedado sin bebidas alcohólicas, puesto que el general Percival, la máxima autoridad militar de la plaza, había ordenado arrojar al mar veinticinco millones de litros de cerveza, güisqui, champán y todo tipo de licores, para evitar posibles desmanes de los japoneses y de sus propios soldados. De manera que los japoneses eran muy sensibles con todo lo que tuviera que ver con Singapur dada su situación estratégica. Hasta el más mínimo detalle podía tener su importancia, de ahí que me obligaran a tomarme la molestia de viajar hasta la colonia.

Del aeropuerto de Singapur fui conducido directamente a la antigua comisaría de policía de Hill Street, que los japoneses habían convertido en cárcel. Me llevó una tarde resolver el problema. Los sospechosos viajaban, en efecto, con documentación falsa. Aunque opté por asegurar lo contrario. Se trataba de un conocido periodista español y de su esposa. El destino de ambos era algún lugar de América del Sur. «Alfil», que era el pseudónimo que el personaje utilizaba para firmar sus artículos, había sido condenado a muerte por la República primero y por el nuevo régimen al finalizar la guerra civil. Yo había leído algunas de sus crónicas tanto en *El Sol* como en el *Diario España* en Tánger, en números atrasados que encontraba en alguna de las escalas, cuando trabajaba como médico en el *Conte Biancamano*. Antiguo miembro de la Asociación de la Prensa de Madrid, había sido amigo, entre otros, de Ernest Hemingway, John Dos Passos, George Orwell y André Malraux. Luego, contraviniendo la corriente política imperante, se atrevió a criticar el comportamiento matonesco de las checas, y eso le llevó a ser perseguido, juzgado y condenado a muerte por los republicanos. Pero logró librarse de ser ejecutado gracias precisamente a la mediación de monsieur Malraux. Otro tanto le sucedió con el bando vencedor. Al finalizar la contienda, se trasladó a Tánger, donde comenzó a escribir crónicas sobre la batalla de Inglaterra, en las que alababa el comportamiento de los londinenses frente a los bombardeos de la Luftwaffe. Sus artículos resultaban tan realistas que los propios británicos creían que estaban escritos por alguien que residía en las islas. Cuando las autoridades españolas descubrieron la identidad del cronista, fue acusado de ser un agente británico, juzgado y condenado de nuevo a muerte. En esta ocasión, la intervención del filósofo Laín Entralgo resultó decisiva para que le conmutaran la pena primero y le dejaran en libertad más tarde. A partir de ese momento, fue relegado a escribir artículos sobre el clima, el paisaje y las gentes de Tánger. Pero «Alfil» no era un hombre que aceptara vivir amordazado mucho tiempo, así que decidió huir a México o a la Argentina, donde se estaban concentrando gran parte de los exiliados españoles. Pero para cuando quiso hacerlo, cruzar el océano Atlántico se había vuelto una misión imposible. Así las cosas, no tuvo más remedio que viajar hasta el cabo de Buena Esperanza, y desde allí poner rumbo al este para llegar al continente americano a través del océano Pacífico.

El periplo de «Alfil» resultaba tan inverosímil e inútil, que más que el éxodo de un exiliado parecía el viaje de un espía con la orden de recabar información. Lo cierto fue que simpaticé con él, yo que tan acostumbrado estaba a tratar con apátridas. Para utilizar la misma expresión que Norah había empleado y que tanto me había enojado, «Alfil» representaba la «solución intermedia», era como el pequeño al que el rey Salomón había mandado partir en dos mitades para que las madres que lo reclamaban se lo repartieran. Una mitad para el bando republicano; la otra para el bando nacional. De esa forma, «Alfil» se había convertido en un espécimen que había que preservar a toda costa, pues su existencia demostraba el grado de vesania al que habían llegado los bandos contendientes en la guerra civil española. Era, por decirlo así, un monumento vivo a la sin razón. Entregárselo a los japoneses hubiera sido lo mismo que condenarle a muerte por tercera vez.

La llegada de una tormenta tropical me obligó a permanecer en Singapur dos días con sus noches.

Tomé una espaciosa habitación en el Hotel Raffles, aunque pasé gran parte de mi estancia en el Long Bar, apostado sobre la barra. El Long Bar del Raffles competía con el bar del mismo nombre del Shanghai Club, pese a que no se parecían en nada. Mientras que en el Long Bar del Shanghai Club primaba la sobriedad dentro de un marco eminentemente victoriano, la decoración del bar del Hotel Raffles estaba inspirada en las plantaciones malayas de los años veinte, con una docena de paipáis que removían el aire gracias a otros tantos ingenios mecánicos. Los coroneles ingleses se habían reunido aquí para cantar *There will Always Be an England*, después de que el general Percival capitulara ante los japoneses. No obstante, la estrella indiscutible del Long Bar era el Singapur Sling, un cóctel inventado por un barman hainanés que mezclaba ginebra, brandy de cereza, zumo de piña, jugo de lima, Cointreau, Benedictine, angostura *bitter* y una rueda de piña con una cereza confitada. El hecho de que su color fuera rosáceo había convertido al Singapur Sling en la bebida predilecta de las damas de la colonia. Aunque había que tener mucho cuidado, porque el Sling era el camino más rápido para ver la vida de color de rosa, nunca mejor dicho. Debajo de su sabor afrutado, se escondía una marea de alcoholes y azúcares concentrados que te atrapaba en una resaca interminable. A veces, era imprescindible la participación del barman o de alguno de los mozos del hotel, que amablemente se hacían cargo de las víctimas del Sling.

Tras los tres primeros cócteles, comencé a nadar en un mar de aguas empalagosas, pero tras apurar el cuarto, la corriente me arrastró hasta un roquedal de cantos resbaladizos y afilados. Mi cabeza se llenó de oscuros pensamientos, cuyos protagonistas eran Norah y Lerroux. Veía al armenio cabalgando sobre la pelvis de Norah con la habilidad de un mongol sobre su pequeño caballo. Tenía un pene enorme que parecía un *steak* a la tártara, el famoso trozo de carne cruda que los jinetes mongoles maceraban entre la silla y el espinazo del caballo durante horas de galope.

El barman, un chino de origen hainanés, de nariz aplastada y ojos pequeños, me rescató de la zozobra.

—¿Es usted escritor? —me preguntó.

—No.
—Pues tiene usted cara de escritor —aseveró.
—¿De veras? ¿Y qué cara tienen los escritores? —me interesé.
—Los escritores nunca tienen cara de escritores. Somerset Maugham, por ejemplo, tenía cara de inglés distinguido.
—Tal vez se deba a que se puede ser escritor, inglés y distinguido al mismo tiempo. Aunque me temo que todos los ingleses tienen cara de ingleses —observé.
—¿Quiere que le enseñe una foto de mister Maugham?
—¿Guarda una foto de Somerset Maugham? —pregunté lleno de extrañeza.
—¡Por supuesto! Era cliente del Raffles. ¿Ha leído un relato suyo titulado *La Carta*?
—No —reconocí.
—Está basado en el asesinato real de su amante por la esposa de un plantador de caucho. Todo tuvo lugar aquí, en Singapur. También tengo otra fotografía de Joseph Conrad. Conrad, en cambio, tenía cara de marinero. ¿Quiere que le enseñe su retrato?
Ni siquiera me dio la oportunidad de responderle. Debajo de la barra guardaba un viejo álbum de fotos. La primera fotografía que me mostró me dejó perplejo, pues se trataba de un antiguo retrato en el que aparecía el escritor Somerset Maugham en compañía de un hainanés idéntico al hombre con el que estaba hablando. El problema era que la foto podía tener la misma edad que aquel hombre. En el reverso de la fotografía había una nota autógrafa de Maugham, que rezaba: «A mi querido Boom, por haber inventado esta deliciosa mixtura, secre-

ta como el futuro que nos acecha, y cuyo éxito dependerá exclusivamente de la habilidad de quien agite la coctelera: ¿Dios, el azar o un simple barman? De su amigo Somerset Maugham.»

—El que está con mister Maugham es mi tío abuelo, Ngiam Tong Boom, el barman que inventó el Singapur Sling —aclaró—. Desde 1915, todos los bármanes del Long Bar han sido descendientes suyos. Ahora el honor me ha correspondido a mí. Todo el mundo dice que me parezco mucho a él. Cuando venían por aquí los británicos, me llamaban *Drop by Drop*. La primera gota por mi parecido con mi tío abuelo, y la segunda por mi habilidad para mezclar y agitar las bebidas. A los japoneses, en cambio, no le importan los parecidos. En realidad, no les interesa nada que tenga que ver con la gente de aquí. Ni siquiera saben que desde una de las verandas del Raffles se cazó el último tigre de Singapur, en el año 1902. También guardo una foto de ese acontecimiento.

Después de revisar buena parte de aquel álbum, dije:

—Creo que me iré a dormir. He tomado demasiados cócteles.

—No puede irse a dormir con el estómago vacío. Le traeré un plato de fruta.

—De acuerdo.

Cinco minutos más tarde tenía delante de mí un plato de fruta de color amarillo que hedía como un cadáver.

—¿Qué diablos es esto que huele tan mal? —le pregunté.

—Durián —me respondió el barman. Y del interior del álbum de fotos extrajo una fotografía publicitaria de la mencionada fruta, que incluía un pequeño texto de advertencia en inglés. Decía: «Es como comerse una crema de vainilla en una letrina, y su olor se puede describir como excrementos de cerdo, barniz y cebollas, todo mezclado con un calcetín usado.»

—Creo que se me ha quitado el apetito —me desmarqué.

—El sabor del durián es mucho mejor que su olor. El truco consiste en comerlo sin olerlo. ¿En qué habitación está hospedado?

—En la 119.

—Es usted un hombre afortunado. Ésa era la habitación que ocupaba mister Conrad siempre que se hospedaba en el Raffles.

Cuando me tumbé en la cama, volvieron a mi mente las imágenes de Norah y Lerroux en el lecho. El armenio había dejado de cabalgar, y ahora libaba de los pechos de Norah como el jinete mongol bebe sangre de caballo cuando se adentra en el desierto y tiene sed. Luego me vomité encima.

Negros nubarrones nos acompañaron durante el vuelo de regreso. Un presagio de la tormenta que se desató nada más tomar tierra.

12

Una berlina negra aguardaba mi llegada en la pista de aterrizaje del aeródromo de Hungchiao. Un oficial del Kempei Tai me comunicó que tenía orden de acompañarme hasta el Tun Wen College, donde me esperaba el coronel Fukuda.

Al tomar asiento, tuve la sensación de que me sentaba sobre un flan de gelatina. El traqueteo del motor terminó de hundirme en las entrañas de aquella superficie blanda y resbaladiza. A pesar de que el cielo estaba plomizo y amenazaba con descargar una buena cantidad de agua, el calor era sofocante. Cuando el coche arrancó, los oídos me zumbaron como si aún me encontrara a nueve mil pies de altitud. Nada más tomar la carretera principal, nos cruzamos con una cuerda de presos, chinos tuberculosos que, con las bocas tapadas por mascarillas, caminaban bajo la atenta mirada de una columna de soldados japoneses cargando las palas, las antorchas y las latas de combustible con las que cavarían sus propias tumbas y sus cuerpos serían incinerados después de ser fusilados. A la derecha, el río Wangpoo parecía una vena a la que el verano hubiera desangrado. Desde el *quai* de France (la zona francesa del Bund) hasta la desembocadura del canal de Soochow Creek, una gigantesca lengua de lodo había dejado en el dique seco a decenas de sampanes, cuyas estructuras de madera habían sido lamidas por el sol y ahora parecían esqueletos de animales prehistóricos.

Un cuarto de hora más tarde, me encontraba en una habitación acolchada y sin ventanas del Tun Wen College, cuyo único mobiliario era una mesa de madera y dos sillas a juego. Las aspas de un ventilador pegado al techo removían el aire cansinamente. A pesar de lo cual, la habitación estaba cargada de presentimientos. La falta de ventanas los mantenía allí dentro como prisioneros que hubieran consumido el aire de la estancia después de ser torturados. Sobre la mesa descansaba un tablero lacado de goban. A tenor de la disposición de las piedras o fichas, alguien estaba en plena partida de Gô. Tomé asiento en una de las sillas y contemplé el tablero en un intento por descifrar algún posible mensaje en torno a la distribución de aquellas pequeñas piedras blancas y negras, pero mi conocimiento del juego era demasiado rudimentario. Yo sólo sabía del Gô que era un juego de estrategia, muy popular entre los intelectuales chinos, coreanos y japoneses, y también entre los militares niponeses por su parecido y semejanza con el arte de la guerra. Se trataba de ir colocando piedras blancas o negras en torno a las trescientas sesenta y una intersecciones de un tablero que disponía de diecinueve líneas horizontales y de otras tantas verticales. La finalidad del juego consistía en cercar las piedras del adversario hasta dejarlas sin salida. Según se jactaban los jugadores profesionales, la complejidad y el grado de dificultad del Gô equivalía a jugar cuatro partidas de ajedrez simultáneas.

Al cabo de unos minutos, hizo su entrada el coronel Fukuda. A pesar de que mantenía la expresión impasible de siempre, había un síntoma que ponía de manifiesto que las cosas no marchaban bien del todo: la palidez de su rostro se había tornado grisácea.

—¿Por qué me ha hecho venir a esta especie de sala de torturas? ¿Acaso pretende amedrentarme? —me adelanté.

—Detesto tener que trabajar en una habitación con ventanas —se justificó Fukuda—. Y tampoco soporto el ruido, de manera que mandé acolchar las paredes. Una guerra requiere la máxima concentración.

—¿Qué desea de mí? Me gustaría poder reunirme con mi esposa cuanto antes.

Y como el militar se quedó contemplándome en silencio, como si no entendiera el motivo de mi comentario, añadí:

—Ni siquiera he tenido tiempo de disfrutar de una auténtica luna de miel, ya me entiende, coronel.

Fukuda me ofreció un cigarrillo, que rechacé con un gesto. Luego colocó un pitillo en la comisura de sus labios, lo encendió y, tras expulsar una vaharada de humo que acabó convirtiéndose en una gigantesca voluta, dijo:

—Me temo que tengo que darle una mala noticia.

—¿Qué sucede? ¡Hable! —exclamé sin ocultar la impaciencia que se había apoderado de mí.

Durante treinta largos segundos, Fukuda se quedó contemplando la composición que las fichas habían formado en el tablero de goban, al tiempo que inhalaba humo por la boca y lo exhalaba por la nariz. Tuve la sensación de no ser más que una de esas piedras que descansaban sobre el tablero rodeadas por otras piedras. Una piedra cercada por otras de distinto color.

—¿Recuerda que le dije que no investigaríamos la muerte de Herr Blumenthal? —dijo al fin.

—Sí. Para no enturbiar sus relaciones con los nazis —agregué.

Fukuda hizo de nuevo una pausa, si bien en esta ocasión con la intención de que la frase que iba a pronunciar a continuación causara en mí el efecto deseado.

—Por una cuestión de seguridad, no le dije toda la verdad. Herr Blumenthal colaboraba con nuestro ejército, de modo que tras su muerte abrimos la pertinente investigación —reconoció.

—En consecuencia, fueron ustedes quienes le proporcionaron el pasaporte ruso —observé.

—Así es —reconoció Fukuda—. Necesitaba un pasaporte para poder llevar a cabo su cometido.

—¿Elegir y tasar las antigüedades chinas que luego ustedes sacan del país para recaudar fondos con los que sufragar la guerra que mantienen con China?

Conforme fui desgranando la pregunta, la grisácea palidez de Fukuda se fue acentuando. Aunque no parecía probable que fuera a perder la serenidad. Todo lo contrario, la expresión de su rostro se tornó pétrea y su cuerpo fue adquiriendo una inmovilidad amenazadora, como la de una serpiente justo antes de saltar sobre su presa.

—La clase de trabajo que Herr Blumenthal realizaba para nosotros no viene al caso —se desmarcó—. La cuestión es que hemos descubierto por fin a la mujer que andaba detrás de su asesinato. Lamento tener que comunicarle que la amante de su amigo era su criada china.

Por un segundo creí estar oyendo a Lerroux en el fumadero de opio. Después de todo, la atmósfera de aquella habitación estaba tan cargada como la del Monk's.

—¿Mi criada china? ¿Nube Perfumada? —pregunté incrédulo.

—«Lady Warrior» —me corrigió.

—¿Lady qué? Tiene que haber un error.

—No hay ningún error, doctor Niboli. Su criada trabaja para el Partido Comunista Chino. Su nombre en clave es «Lady Warrior». Desgraciadamente, se nos ha escurrido de entre las manos cuando estábamos a punto de capturarla. Ha huido a las montañas de Yenán.

Si Fukuda estaba en lo cierto, Walter Czollek me había mentido. O mejor dicho, todo el mundo lo había hecho: Leon, Nube Perfumada, Czollek, y el propio Fukuda. Pensé en Norah y me pregunté si ella también me habría mentido.

Como si Fukuda tuviera el don de leer mi pensamiento, añadió:

—Ahora resulta de vital importancia que hable con su mujer y trate de sonsacarle todo lo que sepa, hasta la última palabra. En caso de que usted no tenga fuerzas o la voluntad necesaria, entonces intervendremos nosotros.

—¿Qué quiere decir con eso de que intervendrán ustedes? Soy cónsul de un país amigo, y mi esposa goza de inmunidad diplomática. No pueden interrogarla —le hice ver.

—En efecto, eso sería así en el supuesto de que Norah Blumenthal fuera en realidad su esposa.

Desde que ostentaba el cargo de cónsul, había procurado hacer de la moderación uno de mis atributos, pero Fukuda sabía cómo exasperar a cualquiera.

—¿De qué diablos habla? ¿Qué trata de decirme?
—«Lady Warrior» no ha huido sola de Shanghai, lo ha hecho acompañada del padre Faury.
—¿Faury?
—Otro comunista impenitente. El problema radica en que el padre Faury se ha llevado consigo toda la documentación que había en la catedral de San Ignacio. De manera que «técnicamente» no hay constancia escrita, ningún documento, de su boda con la viuda de Leon Blumenthal.
—Mi mujer es una joven de veinticuatro años a la que nunca le ha importado la política. Herr Blumenthal era como un padre para ella, de modo que no creo que sepa nada sobre...
—También «Lady Warrior» tiene veinticuatro años —me interrumpió Fukuda—. La edad no es un impedimento para que uno se tome en serio a sí mismo.
—El nombre de Norah Revesz figura en el registro del consulado como ciudadana española de pleno derecho —insistí en mi reivindicación.
—También aparece el nombre de Norah Blumenthal en el registro de residentes del «área determinada para apátridas» —me replicó—. La fecha de mi documento es anterior a su registro, así que es la que prevalece. No obstante, si lo prefiere, le daremos orden al embajador del Japón en su país para que traslade el problema a su gobierno.
Obviamente, yo no deseaba que en España se supiera que me había casado con una judía después de haberla sacado del gueto. Algo que hubiera comprometido mi situación frente al gobierno para el que trabajaba. Al verme en un callejón sin salida, empezó a faltarme la respi-

ración, como si Fukuda fuera una boa constrictora que llevara rato tratando de asfixiarme con la presión de sus anillos vertebrales.

—¿Cómo puedo saber que está diciendo la verdad? Ya me mintió al hablarme del pasaporte ruso de Herr Blumenthal.

Fukuda dibujó lo que parecía una sonrisa detrás de la nube de humo antes de decir:

—¿Acaso importa la verdad?

—Si Nube Perfumada era la amante de Leon Blumenthal, ¿qué móvil tenía para matarle? —reflexioné en voz alta.

—Seguramente «Lady Warrior» recibió la orden de sonsacar a Blumenthal, puesto que los comunistas sabían que su amigo colaboraba con nuestro ejército. Luego, cuando dejó de serles útil, acabaron con él —elucubró Fukuda.

Ni siquiera le dediqué un segundo a aquel argumento. Después de todo, lo que verdaderamente importaba eran las consecuencias, Norah, yo y la validez de nuestro enlace matrimonial.

—¿Qué quiere que haga? —pregunté a continuación.

—Eso depende de cuánto desee volver a estar casado con la viuda de Herr Blumenthal.

—Sea más explícito.

—¿Ha jugado en alguna ocasión al Gô? —me preguntó señalando al tablero de goban que había entre ambos.

—No. Aunque sé de qué va el juego, más o menos.

—En el Gô se utiliza el término japonés *sente*. Significa iniciativa. De manera que todo jugador está obligado a responder a su oponente. Y eso es lo que quiero de usted, que tome la iniciativa en la partida.

—¿Tomar la iniciativa? ¿Cómo?
—Quiero que hable con su esposa y que averigüe cuál es su grado de implicación en este «complot». Luego, cuando ese extremo se haya resuelto, quiero que se haga pasar por muerto, salga de la ciudad escondido en la carreta que recoge los cadáveres del «área determinada para apátridas» y se dirija hasta las montañas donde se esconden los comunistas. Una vez allí le reclamará a Faury el certificado que demuestra que está usted casado, aunque lo que hará en realidad será reunir planos y tomar fotografías de la zona, que me entregará a su regreso.

Uno de los métodos que tenían los insurgentes para salir de Shanghai consistía en hacerse pasar por muertos entre las decenas de cadáveres, desde indigentes chinos a judíos enfermos, que eran recogidos por carromatos y trasladados fuera de la ciudad por una cuestión de higiene. Como los japoneses estaban al tanto de esta práctica, solían clavar sus bayonetas al azar entre los cuerpos sin vida. En algunas ocasiones, aquellos que lograban librarse de los japoneses haciéndose pasar por muertos sucumbían al cabo de las semanas contagiados por el tifus o por otras enfermedades infecciosas.

—Sin duda, ha perdido usted el juicio —le hice ver.
—Tal vez, pero si no hace lo que le digo, no me quedará más remedio que ordenar que recluyan de nuevo a Norah Blumenthal en el «área determinada para apátridas». En esta ocasión, le diré al oficial Ghoya que le busque una habitación «especial», ya me entiende, un lugar donde corra el riesgo de contraer el tifus que me dijo que padecía y que luego no resultó sufrir. Usted tampoco me contó toda la verdad.

—¿Qué cree que harán los comunistas cuando me

vean aparecer en su territorio reclamando un certificado de matrimonio con una cámara fotográfica en la mano? —le pregunté con el propósito de hacerle entrar en razón.

—Pensarán lo mismo que yo cuando me vino con la monserga de que se quería casar con la viuda de Herr Blumenthal: que es usted un romántico incurable que no quiere ver a su esposa encerrada de nuevo en el «área determinada para apátridas». Además, cuenta con el apoyo indirecto tanto del padre Faury como de «Lady Warrior». Ambos han podido comprobar que el amor que siente por Norah Blumenthal es, digámoslo así, verdadero. De hecho, el propio padre Faury le ha proporcionado la coartada perfecta al huir con todos esos papeles. En cuanto a la cámara fotográfica, no tiene por qué preocuparse. Pondremos a su disposición una verdaderamente pequeña, que podrá ocultar sin levantar sospechas.

—Los carromatos de la muerte están repletos de cadáveres que han fallecido por causa de la tuberculosis o del tifus. Me contagiaré y moriré antes de llegar a las montañas de Yenán —observé.

—Muchos cadáveres son envueltos en papel de periódico. Usted «viajará» dentro de una bolsa de plástico negro, con una mascarilla. Nosotros se la proporcionaremos.

—¿Y cómo respiraré si «viajo», como usted dice, dentro de una bolsa de plástico? —me interesé.

—Los carromatos de la muerte comienzan su recorrido en la Concesión Francesa, luego pasan por la Concesión Internacional y, por último, recogen los cadáveres del «área determinada para apátridas». Desde aquí hasta las afueras de la ciudad hay unos veinte minutos. Justo el tiempo que dura la reserva de aire de una bolsa para cadáveres si ésta es lo suficientemente amplia. Además, le proporcionaremos una mascarilla, de modo que podrá abrir parcialmente la cremallera en caso de necesitar aire. Obviamente, los soldados encargados de reconocer los carromatos de la muerte recibirán la orden de no hundir sus bayonetas en la bolsa que usted ocupe. Así que lo que tiene que hacer ahora es postularse delante de los comunistas y lograr que le permitan unirse a su movimiento.

—¿Quiere que entre en contacto con los comunistas? —pregunté sin dar crédito a su propuesta.

—¿Acaso no lo ha hecho ya? —se pronunció Fukuda imprimiéndole a su semblante una expresión de severidad—. En esta ocasión nos mantendremos al margen, para no levantar sospechas. Dispone de cuarenta y ocho horas.

Saber que Fukuda estaba al tanto de mi encuentro con Walter Czolleck aumentó la sensación de hostilidad que me oprimía el pecho.

—Veo que ha pensado en todo —dije.

—Si quiere que los comunistas confíen en usted, tendrá que salir de Shanghai siguiendo los mismos métodos que ellos emplean, en un carromato de la muerte. Los comunistas no creen en la acción sin sufrimiento. Primero anduvieron durante más de un año desde el sur hasta el norte de China. En el trayecto murieron miles de ellos, y quienes no sucumbieron a la larga marcha, tuvieron que alimentarse con la corteza de los árboles o de las bayas que encontraban en el camino. Incluso ahora que están a salvo en las montañas de Yenán, viven en el interior de cuevas.

—De modo que, según usted, los comunistas sólo confiarán en mí si les demuestro que para llegar hasta ellos soy capaz de sufrir y de pasar calamidades —razoné.

—Más o menos. Aunque si es capaz de captar la filosofía del juego del Gô, entonces estará en disposición de comprender que hay cosas que ni siquiera tienen que existir para ser reales. A veces, la simple apariencia basta para suplir la realidad. Y ésa será la baza principal de su juego. Viajará en un carromato de la muerte, pero lo hará dentro de una bolsa de plástico; fingirá ser un enamorado inconsciente al que mueve la desesperación, pero en realidad será los ojos y los oídos de Japón en las montañas de Yenán...

—El problema es que jamás he jugado una partida de Gô —reconocí.

—Mientras sepa ocultárselo a su adversario, le servirá incluso de ventaja. Como le he dicho, ni siquiera lo verdadero tiene que ser real.

—¿Quién es su oponente? —me interesé a continuación refiriéndome al contrincante de aquella partida.

—Se trata de un oficial de nuestro ejército que se encuentra en el frente luchando contra los comunistas. A pesar de que partió hace más de un año, la partida sigue viva. Todos los días dedico un rato a pensar en mi próximo movimiento, y ahí es donde está la grandeza de este juego, pues las combinaciones que ofrece son tantas que en todo este tiempo no he repetido mentalmente el mismo movimiento una sola vez. En cierta manera, el Gô es un ser vivo por sí mismo, y lo es porque forma parte de la vida. Si tú sufres, él sufre; si tú mueres, él muere...

—Ya que habla de posibilidades, ¿qué será de Norah si me ocurre algo? —me interesé.

—En ese caso, para usted habrá terminado la partida. Pero no le estoy pidiendo que represente el papel de un patriota, sólo quiero que tome unas cuantas fotos de Yenán desde el suelo que nos ayuden luego a bombardear el lugar desde el cielo. Por ejemplo, saber dónde viven los líderes comunistas, Mao Tse-tung y Zhou Enlai, no estaría de más. Y también el emplazamiento exacto de los arsenales y de los depósitos de combustible. Ese tipo de cosas.

Las palabras de Fukuda me recordaron otras de Leon cuando trataba de justificar su atrabiliario comportamiento: «Una guerra es la lucha desesperada por no morir, pero a veces sobrevivir no basta para sentirse vivo. Es necesario tomar partido.»

Salí del Tun Wen Collage convencido de que yo era la única persona de Shanghai que no mentía, al menos deliberadamente. Luego, mientras caminaba de regreso a casa bajo un sol abrasador (en el transcurso de mi entrevista con Fukuda los negros nubarrones habían desaparecido), traté de encajar las fechas que me permitieran establecer alguna clase de vínculo entre Leon y Nube Perfumada. Norah me había dicho que Leon se había echado una amante a los dos meses de llegar a Shanghai procedente de Alemania. Aunque si no me fallaba la memoria, también había insinuado que tal vez tuviera más de una amiguita, algo muy común entre los occidentales. Por otra parte, Nube Perfumada había sido esclava sexual del ejército japonés durante algo más de dos años, desde febrero de 1941 hasta primeros de mayo de 1943. Eso suponía que durante ese tiempo había estado fuera de la circulación, puesto que las «mujeres confort» trabajaban en exclusividad para los militares japoneses y tenían prohibida las relaciones sociales, como medida de seguridad. De hecho, si Nube Perfumada había logrado librarse de la «casa de consuelo» era precisamente porque los japoneses le habían propinado una soberana paliza y dado por muerta después de descubrir que padecía de sífilis. Luego una persona anónima había dejado su cuerpo malherido delante de mi consulta. Como todo esto había tenido lugar hacía unos cuatro meses, veinte días antes de que los Blumenthal fueran confinados en el «área determinada para apátridas», cabía la posibilidad de que la relación entre ambos hubiera comenzado entonces. Desde luego no recordaba haberlos presentado, aunque cuando se trataba de una relación mixta, las presentaciones estaban de más, puesto que se tendía a ocultarla. Pero había algo en esta hipótesis que la echaba por tierra: Nube Perfumada padecía de sífilis, con lo que la probabilidad de que hubieran mantenido una relación bajo esas circunstancias resultaba harto improbable. Nadie en su sano juicio se acostaba con una sifilítica, al menos a sabiendas. De manera que lo más probable era que Nube Perfumada y Leon se hubieran conocido mucho antes, que hubieran mantenido una relación intermitente a lo largo de todos estos años. De lo que estaba completamente seguro era de que Norah no conocía aquella relación, pues de lo contrario jamás hubiera permitido tener como criada a la amante de su marido, aunque sólo hubiera sido por una cuestión de amor propio.

Conforme el sol iba reblandeciendo mi cerebro, me costaba más trabajo creer que Fukuda tuviera razón con respecto a las actividades «delictivas» de Nube Perfumada, «Lady Warrior» o como quiera que se llamase. Aunque si analizaba su biografía con la suficiente frialdad, las piezas del rompecabezas podían encajar. Cualquier persona que hubiese pasado por una «casa de consuelo» y que hubiera sido obligada a comerse a un semejante, tenía motivos suficientes para implicarse políticamente con aquellos que combatían a sus torturadores. Además, yo no conocía todas las facetas del carácter de Nube Perfumada, que al parecer había ocultado bajo una gruesa capa de superficialidad e inocencia, a lo que había que sumar los antecedentes familiares. No en vano, su padre y su hermano llevaban más de tres años en las filas del Ejército Rojo. Con todo, Nube Perfumada seguía siendo para mí una víctima, incluso en el supuesto de que hubiera tomado parte en el asesinato de Leon. Luego estaba el episodio del robo de la caja fuerte. Si como parecía conocía la combinación, le habría bastado con abrir la puerta, coger lo que había en el interior y volver a cerrar la caja. Procediendo así yo no me habría percatado del robo. ¿Por qué entonces me había golpeado con la sartén? ¿Por qué había dejado abierta la puerta de la caja fuerte? Todo parecía indicar que detrás de aquella «teatralidad» había alguna clase de mensaje.

Cuando llegué a casa, me ardían la cabeza y los pies, y en mis sienes retumbaba el nombre de Walter Czollek como un eco.

13

Encontré a Norah durmiendo, con las contraventanas cerradas, pese a que eran más de las dos de la tarde. Cuando logré que se despertara, después de zarandearla con insistencia, tuve la sensación de que estaba tan vacía por dentro como la propia casa.

—*Welch ihr name ist?* —me preguntó.

Los últimos acontecimientos habían modificado el carácter alegre de Norah, que ahora se había vuelto más taciturna y reservada. A veces, simplemente, buscaba refugio en la impenetrabilidad como modo de aislarse del mundo que la rodeaba. Entonces se abstraía, y sus ojos se volvían hacia su interior, como si hubiera perdido todo interés por el mundo exterior.

—Norah, cariño, soy yo —dije empleando un tono que pretendía ser persuasivo y suave al mismo tiempo.

—*Welch ihr name ist?* —repitió la pregunta.

—Amor mío, soy Martín, tu marido.

—Diles que no quiten la música.

Hablaba como si estuviera aturdida, y en el brillo de sus ojos se apreciaba ansiedad y súplica al mismo tiempo. ¿Había fumado opio? Ese pensamiento me hizo recordar a Lerroux.

—Mi vida, estoy yo solo. No hay nadie más conmigo. La música no está sonando. Ahora dime qué has tomado.

Mi explicación pareció espolearla levemente.

—Somníferos. He tomado somníferos. Veronal —reconoció.

—¿Cuántas píldoras?

—No estoy segura, tres, quizá cuatro, las estuve ingiriendo hasta que conseguí dormirme.

—El Veronal es un barbitúrico muy peligroso. Podías haber muerto de una sobredosis.

—Pues para ser tan peligroso tiene un nombre ridículo —se desmarcó.

—La mayoría de los medicamentos suelen tener nombres estúpidos. Se llama así porque uno de los médicos que lo descubrió tomó una dosis de prueba mientras viajaba en tren por Italia. Cuando despertó se encontraba en la ciudad de Verona.

—Verona, Veronal. Es estúpido. ¿Qué hora es?

—Las dos y veinte de la tarde.

Hasta ahora, Norah había sobrellevado las decepciones con entereza, pero estaba claro que este último golpe había resultado demasiado duro incluso para ella.

—De pronto, la casa se llenó de soldados japoneses —comenzó a narrar—. Buscaban a Nube Perfumada. Lo revolvieron todo y me hicieron muchas preguntas. Al frente estaba ese coronel… Fukuda. Dijeron que Nube Perfumada había asesinado a Leon porque habían sido amantes. Aseguraron que tu criada era en realidad una activista del Partido Comunista Chino conocida como «Lady Warrior»…

—Estoy al tanto. Vengo de hablar con el coronel Fukuda —intervine.

—También me dijeron que Nube Perfumada había huido de Shanghai en compañía del padre Faury, y que nuestro certificado de matrimonio había desaparecido.

—Todo se arreglará —dije al tiempo que la estrechaba entre mis brazos.

—¿Cómo? Fukuda me aseguró que volvía a ser una apátrida y que, en consecuencia, tendría que volver al gueto…

—Quería asustarte, nada más. Está muy enfadado con todo lo ocurrido. Teme que puedas saber más de lo que dices.

—¿Saber más sobre qué?

—Sobre la relación que Leon mantenía con Nube Perfumada. Y también sobre las circunstancias que rodearon su asesinato. Fukuda empleó la expresión «complot».

—Antes de marcharse me dijo que volveríamos a vernos, y que para entonces esperaba que hubiera recobrado la memoria. ¡Un «complot»! Es lo más absurdo que he oído en mi vida. Yo sabía que Leon tenía una amiguita, pero jamás le pregunté de quién se trataba. Quería evitar a toda costa que pensara que estaba celosa. La primera vez que vi a Nube Perfumada fue aquí, un día antes de nuestra boda. Nunca imaginé que pudiera tratarse de la amante de Leon. Le abrí mi corazón, y ella hizo otro tanto, así que nos hicimos amigas. En todo este tiempo jamás realizó un comentario que me hiciera sospechar que conocía a Leon. Tampoco habló nunca de política. Le gustaba probarse mis vestidos y rociarse con mi colonia. Su tema de conversación preferido eran las películas de Ruan Ling-yu. Las había visto todas.

Norah se refería a la actriz más famosa del Shanghai

de los años treinta, de la que todo el mundo decía que era «la reina del cine mudo chino», una hermosa joven que se había quitado la vida a los veinticinco años, en pleno éxito, y que había dejado una nota de suicidio con sólo dos palabras: «Nada importa.»

—Lo sé, cariño.

—¿Qué va a pasar ahora? —me preguntó a continuación.

—Fukuda quiere que ocupe el puesto de Leon —reconocí.

—¿Ocupar el puesto de Leon? ¿Qué quieres decir?

—El coronel Fukuda me ha pedido que me infiltre en el cuartel general de los comunistas y que tome unas cuantas fotografías, de lo contrario cumplirá la amenaza de devolverte al gueto.

—Comprendo. Me utiliza como rehén para chantajearte —dijo sin ocultar su decepción.

—No quiero que te preocupes. Tengo un plan. Voy a ofrecerles mis servicios a los comunistas, de esa forma trabajaré para los dos bandos y estaré a salvo —dije tratando de transmitirle confianza.

—Tampoco quiero que tú te preocupes. No pienso consentir que Fukuda se salga con la suya. No voy a permitir que me encierre de nuevo en el gueto. ¿Cuánto tiempo calculas que tardarás en completar tu misión?

Norah trató de imprimir a su voz el entusiasmo de antaño, cuando era la joven más admirada de la pista de baile del Hotel Majestic, pero a mitad del camino se quebró estrangulada por un sollozo que trataba de abrirse paso a través de su garganta.

—A lo sumo dos meses a partir de hoy. Primero he de contactar con los comunistas, luego he de encontrar la forma de salir de Shanghai, y por último he de viajar hasta las montañas de Yenán.

Evité hablarle sobre el carromato lleno de cadáveres en el que habría de ocultarme para salir de la ciudad.

—Dos meses… encerrada en esta casa, sola, sin compañía —reflexionó en voz alta.

—Un empleado del consulado te traerá comestibles todas las semanas, y le diré a Stein y a Friedman que vengan a visitarte con frecuencia. También hablaré con Gianni Molmenti. Si necesitas ponerte en contacto conmigo, habla con él. Mantiene buenas relaciones con informantes comunistas, así que sabrá cómo hacerme llegar tus mensajes.

—¿Y si Fukuda descubre tu juego? —me preguntó a continuación.

—Si eso ocurre, espero que para entonces Japón haya perdido la guerra.

Hice ese comentario a sabiendas de que si alguien tenía todas las cartas para ganar la guerra eran precisamente los japoneses. La única posibilidad de derrotar al ejército nipón pasaba por la intervención militar de la Unión Soviética en Manchuria, pero eso no ocurriría mientras el frente occidental estuviera abierto. En un informe al que había tenido acceso, se aseguraba que la correlación de fuerzas en el área Asia-Pacífico, era de seis a uno a favor de los japoneses frente a las fuerzas aliadas.

—Tienes que prometerme que no volverás a tomar somníferos, al menos mientras yo esté fuera —añadí.

—No me gustan los somníferos, pero no habría podido conciliar el sueño sin ellos… Me sentía abrumada con las últimas noticias —argumentó Norah.

—Lo comprendo, pero ahora es necesario que estés alerta, que no bajes la guardia. Tal vez tengas que huir de la casa, y quiero que estés preparada.

—¿Huir de la casa?

—Siempre cabe la posibilidad de que pueda ocurrirme algo. En ese caso, Stein y Friedman te procurarán un escondite seguro.

—Creo que has pasado por alto un detalle importante. Desde que vinieron los japoneses buscando a Nube Perfumada, hay un «prisionero» aparcado al otro lado de la casa —observó Norah.

Me dirigí a la ventana y miré a través de la cortina con disimulo. Creí reconocer el Packard de color crema que Fukuda conducía el día que vino a comprobar que había cumplido con mi parte del trato. En su interior permanecían dos hombres leyendo sendos periódicos. De nuevo, me sentí como una piedra de Gô cercada por fichas enemigas.

—Parece que Fukuda se ha tomado en serio este asunto —masculle.

—Cada seis horas, cambia el coche. Cada vehículo está a su vez ocupado por dos individuos. De modo que ocho hombres vigilan la casa las veinticuatro horas del día. No creo que me den la oportunidad de escapar en el supuesto de que te ocurra algo.

El comentario de Norah me dejó sin argumentos, así que opté por provocar un abrazo mutuo que sirviera para confortarnos. Los brazos de Norah, en cambio, no tardaron en quedarse laxos. Luego me dirigí al gramófono y pinché el vinilo que descansaba sobre el plato. La música de Liszt irrumpió en la habitación como un meteorito procedente de un asteroide. De hecho, no parecía que Liszt, Shanghai y la guerra que el mundo estaba librando pudieran pertenecer al mismo planeta.

—Toma un baño de agua fría —le recomendé—. Y frótate las sienes con la esponja. Te despejará.

Luego, mientras Norah tomaba ese baño, aproveché para consultar el mapa de China que guardaba en la habitación que utilizaba como despacho. Localicé Yenán en el curso medio del río Amarillo, en el noroeste de China. Calculé la distancia desde Shanghai, y llegué a la conclusión de que tal vez pudiera llevar a cabo mi misión en un plazo más corto, quizá en cinco o seis semanas. Por último, escribí el nombre de Walter Czollek en un tarjetón con el membrete del consulado, y llamé a Nube Perfumada para que fuera a entregarlo al club judío. Un segundo después de haber pronunciado su nombre, caí en la cuenta de que había desaparecido de nuestras vidas para siempre. Rescaté de mi memoria sus límpidos ojos oscuros rasgados como la sonrisa de un niño, y llegué a la conclusión de que nadie cuyos ojos sonrieran, a pesar de no tener motivos para hacerlo, podía ser un asesino.

Un *rickshaw* tirado por un culi me llevó hasta la ciudad china bajo un intenso aguacero. A pesar de lo cual el calor se filtraba a través de las ropas húmedas. Cuatro jóvenes protectores se hicieron cargo de mí junto a la North Gate. Pero cuando ya creía que íbamos a dirigirnos de nuevo al pabellón de té donde había tenido lugar mi primer encuentro con Czollek, fui obligado a subir en un coche y conducido hasta el 1025 de la Bubbling Well Road, a escasos metros de donde había sido hallado el cuerpo sin vida de Blumenthal.

—Herr Czollek le espera en el gabinete de madame Soloha —me indicó uno de mis acompañantes.

Madame Soloha había sido la clarividente más famosa de Shanghai, aunque dada la situación general, la distinguida clientela hacía tiempo que había desaparecido. Después de todo, a nadie le interesaba un futuro cuyas predicciones habían quedado reducidas a la supervivencia diaria. A nadie le interesaba conocer el mañana, sino el día a día. Ahora madame Soloha alquilaba sus salones para celebrar reuniones de otra índole, en las que las predicciones corrían a cargo de políticos y conspiradores, quienes se habían convertido en los nuevos clarividentes. De sus decisiones dependía el futuro de todos.

—*It's raining cats and dogs!* —exclamó Czollek a modo de saludo, al tiempo que se descubría y se despojaba de su chaqueta empapada.

Había menos solemnidad en su tono de voz y en sus ademanes que la vez anterior, aunque tal vez se debiera a mi actitud, un vez que yo había perdido la paciencia y la capacidad para mostrarme condescendiente.

—¿Sabe que el coronel Fukuda está al tanto de la reunión que celebramos en el distrito chino? —inquirí—. De nada sirven sus protocolos de seguridad, Czollek.

—Él me vigila y yo le vigilo a él. Pero no ha de temer nada. Fukuda jamás podrá darme caza en un lugar como éste. Me protegen cien hombres dispuestos a sacrificar sus vidas. Una muralla humana tan sólida como la Muralla China.

Czollek había pasado por alto que no nos encontrábamos en el distrito chino, y que la muralla humana de la que hablaba, en consecuencia, sólo existía en su imaginación. La Bubbling Well Road formaba parte de la zona de influencia japonesa, dentro de la antigua Concesión Internacional.

—Es usted un mentiroso —le recriminé.

—Soy lo que tengo que ser en cada momento —me replicó—. El día de nuestro encuentro no estaba en disposición de proporcionarle más información de la que le di. Los japoneses estaban a punto de descubrir a «Lady Warrior», y teníamos que ser extremadamente cautos. Además, le dije lo que verdaderamente tenía importancia para usted, que detrás del asesinato de Herr Blumenthal se encontraba el coronel Fukuda.

—Me temo que el coronel Fukuda disiente de usted en ese extremo. Él asegura que fueron ustedes quienes asesinaron a Leon Blumenthal.

—Está confundiendo los usos horarios con el tiempo físico, el de Newton, si me permite expresarlo así. El tiempo físico no cambia, lo que varía son los usos horarios. En el fondo, sigue siendo usted el cónsul de un país fascista, y por eso se ve en la obligación de decantarse por la versión del Kempei Tai.

Empecé a pensar que, al igual que ocurría cada vez que me reunía con el coronel Fukuda, Czollek adaptaba su versión de los hechos de manera que resultara verosímil.

—Se equivoca. No le doy más crédito a las opiniones de Fukuda que a las de usted, pero él, como buen Kempei Tai, ha sabido encontrarme el punto débil.

—¿Y cuál es ese punto débil?

—Mi mujer. Al parecer, Nube Perfumada no ha huido sola a las montañas de Yenán. Le acompañaba el padre Faury, quien ha puesto pies en polvorosa llevándose consigo todos los papeles que guardaba en la catedral de

San Ignacio, incluido mi certificado de matrimonio. Así las cosas, Fukuda amenaza con devolver a mi mujer al gueto si no me presto a viajar hasta las montañas de Yenán en busca del dichoso papel que demuestre que estoy casado. Obviamente, el certificado es una mera coartada. Lo que Fukuda pretende es que haga de espía para él tomando fotos y dibujando planos de la zona. Incluso me ha autorizado a entrar en contacto con ustedes para que me sacaran de Shanghai en uno de los carros que recogen los cadáveres todas las mañanas...

Czollek se tomó unos segundos antes de decir con tono solemne:

—Siento tener que decirle esto, pero es usted un hombre muerto.

—¿Qué le hace pensar eso?

—Para empezar, que yo sepa, el padre Faury no ha viajado a Yenán llevándose los libros de ninguna iglesia. Cuando sacamos a alguien a través de los carromatos mortuorios, le recomendamos que coloquen libros entre las ropas, pues en más de una ocasión han frenado el empuje de las bayonetas de los soldados japoneses. Pero se trata de obras pequeñas, no demasiado voluminosas. Pero hay algo aún más preocupante en su historia. Las montañas de Yenán han sido bombardeadas cientos de veces y fotografiadas desde el aire otras tantas, de modo que carece de sentido enviar a alguien hasta allí para tomar unas cuantas fotografías inútiles a estas alturas de la guerra. En Yenán, doctor Niboli, no hay casas que bombardear puesto que no queda ninguna en pie, de manera que las tropas que hay allí destinadas viven en el interior de cuevas. Me temo que el coronel Fukuda quiere deshacerse de usted.

La exposición de Czollek terminó de confundirme.

—¿Por qué Fukuda iba a querer eliminarme? Soy el cónsul de una potencia amiga.

—Creo que todo está bastante claro. Cuando nos hemos encontrado me ha dicho que Fukuda estaba al tanto de nuestro primer encuentro. Eso significa que no se fía de usted. Tal vez piense que es usted, y no su mujer, quien sabe más sobre la muerte de Herr Blumenthal de lo que aparenta. Quizá tema que usted pueda poner en entredicho sus métodos en alguna instancia superior, en algún tribunal, cuando la guerra concluya. Los japoneses suelen ser muy celosos con sus secretos.

—Me temo que ya no tengo opción de dar marcha atrás —reconocí sin ocultar cierto abatimiento—. Si me presento delante del coronel con una negativa a seguir sus planes después de haberme reunido con usted, descargará toda su ira contra mi esposa.

—Desde luego se encuentra usted en un callejón sin salida. Aunque si le sirve de consuelo, nosotros los comunistas decimos que generalmente las revoluciones se producen en los callejones sin salida.

—¿Y si me permiten trabajar también para ustedes? —sugerí—. Yo podría pasarle al coronel Fukuda la información que ustedes crean conveniente, información falsa, naturalmente. De esa forma, todos saldríamos ganando...

—No lo entiende, doctor Niboli. El coronel Fukuda no precisa ninguna información de usted. Su «plan», por decirlo así, es sencillamente descabellado. Si la situación no fuera la que es, le diría que le está tomando el pelo. Pero como la situación no es para tomársela a broma, le vuelvo a repetir que Fukuda quiere verle muerto.

No, no lo entendía.

—Eso es completamente absurdo —me reiteré.

—Tal vez lo sea. Quizá yo esté equivocado.

—Dentro de unos días voy a recibir una funda de plástico y, según usted, es en realidad mi mortaja —elucubré en voz alta.

—En efecto. Aunque tal vez pueda salvarle la vida. Claro que si acepta lo que voy a proponerle tendrá que variar sus planes ligeramente.

—Hable.

—Meteremos un cadáver en la bolsa que le proporcionen los japoneses, y usted se introducirá en otra distinta. Le colocaremos en la tercera fila del carromato y le sacaremos de Shanghai sano y salvo. Al menos, ésa es la teoría.

—¿Por qué en la tercera fila? —me interesé.

—Porque es la fila más segura. Si colocáramos su cuerpo en los montones de arriba, las bayonetas niponas atravesarían su cuerpo sin dificultad; por el contrario, si lo depositáramos en el fondo del carromato, moriría por aplastamiento. En el supuesto de que logre sobrevivir, le llevaremos a Yenán, pero no para tomar fotografías, sino para cuidar heridos. Estamos faltos de personal sanitario. Yo le salvo la vida, y usted nos presta un servicio a cambio. Creo que es lo justo.

—A su banco le sigue faltando una pata: mi esposa —le hice ver.

—Obviamente, ella tendría que regresar al gueto, pero incluso en ese caso, las cosas no estarían perdidas del todo. Olvida que en el gueto judío viven cien mil chinos, muchos de ellos comunistas. Por no mencionar que también hay comunistas entre los propios judíos, polacos y lituanos en su mayoría. Disponemos de una amplia red de colaboradores. Aunque Fukuda encierre a su esposa en una inmunda cloaca, la encontraremos y haremos todo lo que esté en nuestra mano para cuidar de ella. Se lo prometo.

—¡Promesas! Mienten ustedes tanto que ya no sé a quién creer ni tampoco qué hacer —me quejé sin poder contener la amargura y la desesperación que me abrumaban.

—Comprendo su estado de confusión, pero si Nube Perfumada hubiera asesinado a Leon Blumenthal como asegura Fukuda, ¿por qué no huyó después de cometer el crimen? ¿Qué sentido tenía que permaneciera en su casa? Piénselo, es usted el cónsul de una potencia que no pinta nada en esta guerra, menos aún en el escenario internacional. Para nosotros, usted, con todos mis respetos hacia su persona, no significa nada. Usted le compró la casa a Blumenthal, incluida la caja fuerte, y luego se reunió conmigo, de modo que Fukuda, como ya le he dicho, desconfía de usted. Cree que usted sabe más de lo que aparenta, que está al tanto de lo que había en esa caja fuerte, y ahora teme que pueda reaccionar de una manera, digámoslo así, contraria a los intereses de Japón.

—Mi obligación es ser diplomático, de modo que mi papel como cónsul no es entrometerme donde no me llaman.

—El problema es que al interesarse por la muerte de Herr Blumenthal más de la cuenta, se ha metido donde no le llaman. Ahora Fukuda le teme, aunque no lo demuestre públicamente, y le aseguro que se trata de un hombre que no entiende de medias tintas, sino de medios cuerpos. Ya me entiende.

—¿Qué diablos había en esa caja de seguridad que, según usted, tanto preocupa a Fukuda? ¿Y quién la robó? —le inquirí.

—Nadie robó la caja fuerte, doctor Niboli. Nube Perfumada conocía la combinación, y allí guardaba la documentación que Blumenthal había empezado a entregarle. Obviamente, la función de la joven era la de un correo.

—¿Por qué entonces Nube Perfumada escenificó un robo delante de mí? —me interesé—. Incluso llegó a golpearme, como si se estuviera defendiendo de un ladrón que, al parecer, no existía.

—No he hablado con la muchacha sobre ese extremo, así que desconozco cuáles eran sus intenciones al comportarse de esa manera —se desmarcó.

—¿De qué hablaban esos documentos?

—De cómo exterminar masivamente al pueblo chino por medios algo más sofisticados que las bayonetas o las espadas. Si dispone de unos minutos, empezaré por el principio. Nube Perfumada entró en contacto con Herr Blumenthal un par de meses después de que éste se estableciera como anticuario. El partido suele utilizar a jóvenes como ella para que mantengan los oídos bien abiertos. Han de tomar nota de quién entra y de quién sale de cada negocio, y también de qué se habla. Pero nada más. Sin embargo, al cabo de las semanas un sentimiento profundo se estableció entre ambos. Herr Blumenthal y Nube Perfumada se enamoraron. Cuando el padre y el hermano de Nube Perfumada se enteraron de lo que estaba ocurriendo, la obligaron a renunciar a aquella relación con un bárbaro extranjero sin patria y, como castigo, fue destinada al servicio más duro que puede realizar una joven del pueblo por su patria: convertirse primero en prostituta y luego en una «mujer confort», en una esclava sexual del ejército nipón. Hace tan sólo tres o cuatro años hubiera resultado imposible, pero los japoneses empezaron a hartarse de tener que ejercer de soldados y de alcahuetas, con lo que abrieron la mano y entregaron el control de muchas de estas casas de lenocinio a la iniciativa privada. De esa forma, Nube Perfumada pasó a engrosar el ejército de esclavas sexuales del ejército nipón. La cuestión fue que durante un largo período de tiempo, Nube cumplió su cometido a la perfección, proporcionándonos una información muy valiosa que nos hacía llegar a través de la mujer de confianza de su *amah*. Ella misma se jactaba asegurando que era capaz de sacarle tanto provecho a un pene como un locutor de radio a su micrófono. Conforme mayores eran las vejaciones que sufría en el interior de aquella casa, más empeño ponía en sonsacar a sus verdugos. Fue entonces cuando se ganó el apodo de «Lady Warrior». Obviamente, su trabajo entrañaba un gran peligro. Las esclavas sexuales de los japoneses no suelen vivir mucho tiempo, ya por las brutales palizas que reciben o por el simple hecho de que prescinden de ellas cuando caen enfermas o sospechan que saben más de la cuenta. Y eso fue lo que ocurrió con Nube Perfumada. Llegado el momento, trataron de eliminarla, le propinaron una tunda y arrojaron su cuerpo a un canal. Entonces el amor, que había permanecido todo este tiempo latente, obró un nuevo milagro. Blumenthal no había aceptado la pérdida de la muchacha, de la que, al parecer, se había enamorado de verdad, así que intensificó su trabajo para los japoneses expoliando el patrimonio cultural chino a cambio de libertad de movimientos por la noche. Fue así como logró dar con el paradero de la «casa de confort» donde estaba recluida Nube Perfumada. Allí aguardó, noche tras noche, agazapado en la oscuridad, sabedor de que más tarde o más temprano, los japoneses se desharían de la muchacha cual desperdicio. Cuando eso ocurrió, la cargó sobre sus espaldas y la llevó hasta su consulta...

—De modo que fue Leon quien dejó el cuerpo de Nube Perfumada en la puerta de mi consulta —interrumpí a Czollek.

Su voz de locutor de radio hacía rato que había dejado de reverberar.

—Así es. Pero esta historia tiene una segunda parte —prosiguió—. Los contactos con las altas esferas del poder político y militar de los japoneses, permitieron a Herr Blumenthal tener acceso a cierta información sensible, y eso acabó por remover su conciencia. Un día, cuando la muchacha ya trabajaba para usted, la abordó y le propuso entregarle ciertos documentos comprometedores que deberían llegar a manos de la resistencia china. Nube nos trasladó la propuesta de Herr Blumenthal, y decidimos aceptarla. Como medida de seguridad para mantener a salvo estos documentos, el propio Herr Blumenthal nos habló de una caja fuerte que había encastrada en el suelo del dormitorio de su antigua mansión, cuya combinación sólo él conocía. Como ya le he dicho, los documentos hacían referencia a ciertos experimentos secretos que los japoneses están llevando a cabo para iniciar una guerra química de consecuencias devastadoras para el pueblo chino. Bombas de porcelana que, en vez de explosivos convencionales, transportan virus: cólera, tifus...

Cuando Czollek terminó de narrar aquella especie de melodrama, volví a sentirme como una pieza de Gô por la que tanto Fukuda como mi interlocutor pugnaban. Después de todo, la finalidad del juego de Gô consistía en capturar la pieza del adversario.

—¿Y qué hay de esa reunión que iba a mantener uno de sus hombres con Blumenthal la mañana siguiente a su muerte?

—En esa reunión iba a proporcionarnos las direcciones exactas de los lugares donde los japoneses están llevando a cabo sus experimentos. Al tener noticias de su muerte, pensamos que el Kempei Tai le habría torturado y sonsacado, por eso decidimos poner a salvo a Nube Perfumada. Sin embargo, los japoneses han tardado varias semanas en actuar, lo que nos ha llevado a pensar que Blumenthal murió con la boca cerrada.

—De modo que el Gólem colaboracionista con los nazis y con los japoneses ha terminado por convertirse en un héroe.

—Digamos que se convirtió en un mártir a su pesar —me replicó—. Las circunstancias le obligaron. Todo comenzó cuando Blumenthal, que viajaba con frecuencia a Nanjing en busca de antigüedades, descubrió la existencia de la Unidad 1644. Un cuerpo de elite del Ejército Imperial Japonés que está adscrito al Departamento de Prevención e Investigación de Epidemias. Luego tuvo conocimiento de la existencia de otras unidades secretas, la 100, con base en Changchun, la 516, sita en Qiqihar, la 543 establecida en Hailar, la 1855 situada en Pekín, y la 731 con sede en Pingfang, cerca de la ciudad de Harbin, en Manchuria. En todas estas unidades se están llevando a cabo los experimentos más atroces que cabe imaginar. En la unidad 731, por ejemplo, que está camuflada como una depuradora de agua, se hacen vivisecciones con seres humanos, incluso con mujeres embarazadas, se amputan miembros a personas a las que luego se les reimplanta el opuesto, es decir, donde tendría que ir el brazo derecho se injerta el izquierdo, y viceversa, se inyecta sangre animal a las cobayas humanas o, simplemente, se les introduce en una cámara presurizada hasta que mueren. También se prueba la efectividad de las granadas y de los lanzallamas con prisioneros chinos, coreanos, mongoles, rusos y hasta con algunos pertenecientes a los ejércitos de las potencias aliadas. Además, en estas unidades, como ya le he comentado, se están llevando a cabo numerosos experimentos biológicos como la fabricación de gas mostaza y otros artefactos explosivos cuya carga es vírica. Ni siquiera un Gólem sin alma como Herr Blumenthal pudo darle la espalda a esa realidad. Aunque, desde mi punto de vista, creo que en el cambio de actitud de su amigo tuvo que ver el giro que está tomando la guerra. Blumenthal era un hombre inteligente y siempre sabía jugar sus cartas. Así que me temo que detrás de su repentino altruismo se escondía su pretensión de lograr un salvoconducto para el supuesto de que los japoneses pierdan la guerra. De esa forma, siempre podría esgrimir méritos frente al bando vencedor.

La prolija exposición de Czollek me dejó sin habla.

—¿Hasta cuándo tendría que permanecer en Yenán si acepto su propuesta? —le pregunté cuando hube digerido sus palabras.

—Me temo que hasta que termine la guerra.

—Y hasta que ese día llegue, Norah tendrá que regresar al gueto. No parece una decisión fácil.

—Analícelo desde otra perspectiva: si usted está en Yenán y su mujer en el gueto, significará que los dos estarán vivos. Si sigue los planes de Fukuda, caerá en su trampa y dentro de unos días usted estará muerto y ella habrá vuelto a enviudar. ¿Cuándo ha dicho que recibirá su «equipo» para salir de Shanghai?

—Dentro de dos días.

—Si decide aceptar mi propuesta, le veré en el Blodd Alley cuando haya recibido el material, a las cuatro y media de la madrugada. Allí el carromato recoge los cadáveres de la Concesión Francesa.

—El toque de queda no concluye hasta media hora más tarde —dije buscando un pretexto.

—Ya lo sé, doctor Niboli. Tendrá que caminar ocultándose entre las sombras.

Tras mantener un cauto silencio durante unos segundos, añadió:

—Como le he dicho, en Yenán hacen falta médicos. Tal vez sea el momento de dar un paso adelante.

—Tengo la sensación de que con su propuesta pretende utilizar mi nombre como reclamo propagandístico —sugerí.

—¿Cree que le necesito como elemento propagandístico? Veamos qué tal suena el titular: CÓNSUL DE PAÍS FASCISTA BUSCA REFUGIO EN EL CUARTEL GENERAL DE LOS COMUNISTAS CHINOS. Desde luego, no suena mal del todo. Son varios los médicos occidentales que están ayudando al Ejército Rojo en Yenán y en otras partes de China. No se ofenda, doctor Niboli, pero muchas de estas personas tienen una talla moral e intelectual superior a la suya. Le prometo que nadie sabrá que se encuentra en Yenán si ese es su deseo —me replicó.

Por un momento, me asaltó la impresión de que, detrás de mi obstinación por salvar a Norah, el afecto había dejado paso a la desesperación.

El mismo coche que me había llevado hasta la Bubbling Well Road me devolvió a la North Gate del distrito chino. Allí renuncié a tomar un *rickshaw*, pese a que continuaba lloviendo con mucha intensidad. Sentía la necesidad de purificarme con el agua que caía del cielo. ¿Debía seguir los consejos de Czollek? ¿Podría dejar atrás a Norah a cambio de salvar la vida de ambos? ¿Cuál sería la respuesta de Fukuda cuando supiera que, contrariamente a sus planes, yo había conseguido huir con los comunistas? Supongo que no era el momento para andarse con sutilezas retóricas, pero la falta de respuestas terminó por llenarme de un amargo fatalismo, como si las calles abiertas y bulliciosas de Nanshi se hubieran trasformado de repente en oscuros y sórdidos callejones sin salida. Mis propias dudas y confusiones se encargaban de aislarme. El dueño de una peluquería china me ofreció sus servicios mostrándome un espejo como reclamo. Al ver mi rostro reflejado en el azogue, me percaté de que las aletas de mi nariz estaban demasiado dilatadas, como las branquias de un pez que agonizara fuera del agua. ¿Era eso en lo que me había convertido? Desde luego, tenía la extraña sensación de haber mordido un anzuelo.

No le dije a Norah nada sobre el cambio de planes. Incluso me inventé alguna recomendación superflua para que creyera que mi viaje a Yenán entrañaba menos peligros de los que cabía imaginar. Le hice prepararme unas mudas de ropa limpia y, delante de ella, me ocupé de seleccionar unos cuantos libros para el camino. Recordando las palabras de Czollek, escogí media docena de ejemplares de grosor medio, fáciles de camuflar y de amoldar en la cintura. Fueron, no obstante, cuarenta y ocho horas realmente duras, sobre todo porque Norah me escrutaba el rostro cada cierto tiempo, como si sospechara algo. Yo, entretanto, me centraba en consultarle aspectos relativos a los preparativos y, para ser del todo sincero, hablar en aquellos términos de mi viaje a Yenán me proporcionaba cierto consuelo. Me daba seguridad, como si todavía fuera dueño de mi propio destino. Incluso tuve ocasión de ocuparme de diversos asuntos cotidianos, como informar a mis subalternos de mi viaje «sin destino», del que tenían prohibido hablar con nadie, o de reunirme en el Didi's Café con Stein y Friedman, a quienes entregué una suma de dinero en efectivo y pedí que se ocuparan de Norah durante mi ausencia. Obviamente, mi subconsciente omitía todo lo que tuviera que ver con el carromato lleno de cadáveres entre los que tendría que completar la primera etapa de mi trayecto. También tenía tiempo para reflexionar sobre las razones que podía tener Fukuda para desear eliminarme. Por más vueltas que le daba, siempre encontraba algún cabo suelto. Que me hubiera reunido con Czollek sin el consentimiento de Fukuda no era motivo suficiente para que quisiera acabar con mi vida. En Shanghai todo el mundo se reunía clandestinamente con todo el mundo. Formaba parte de eso que se llama diplomacia. Tampoco me parecía una razón de peso el hecho de que yo hubiera comprado la casa a Blumenthal. Se trataba de un detalle insignificante. Yo había adquirido aquella vivienda por una razón humanitaria, para ayudar a un amigo. Además, Blumenthal era un judío colaboracionista, y yo el cónsul de un país amigo del Japón. ¿Qué podía, pues, temer Fukuda de mí? ¿Tal vez precisamente el hecho de que yo pudiera estar al tanto de lo que, al parecer, Blumenthal había descubierto: que los japoneses estaban experimentando con armas químicas? Aquella información no tenía valor para mí, por no mencionar que carecía de pruebas. Al gobierno que yo representaba le importaban un bledo los métodos que Japón empleara para ganar la guerra. ¿Acaso Fukuda temía que, en caso de sobrevivir, yo pudiera convertirme en un testigo de cargo? Se trataba de un planteamiento absurdo. Ni siquiera la clase de trampa que pensaba tenderme formaba parte de su estilo. Sus métodos a la hora de llevar a cabo sus purgas carecían de sofisticación, eran bastante simples y le bastaba con un cuchillo bien afilado y un callejón poco transitado. Pero si los planes de Fukuda pasaban por prescindir de mí, tal y como podía colegirse de los argumentos esgrimidos por Czollek, otro tanto podía decirse de Norah. Es decir, la vida de Norah corría tanto peligro como la mía, con la salvedad de que yo ya tenía un plan para escapar de la muerte.

Las dos últimas noches que pasé con Norah resultaron duras en extremo. Por un lado, procuraba desterrar mis preocupaciones durante unas cuantas horas, tratando de sobreponerme a la evidencia de que mi viaje no tenía fecha de regreso. Pero cuando, por ejemplo, intentaba mantener relaciones íntimas, era lo mismo que penetrar en una habitación vacía. Dentro de mí anidaba el terror animal a la muerte, y la oscuridad del cuarto (que incluía la vagina de Norah) era el caldo de cultivo ideal para una angustia que crecía en mi interior tanto como la sombra de una montaña de espaldas al sol. Hacer el amor no nos hacía estar más unidos, al contrario, nos separaba, nos aislaba. Luego dormitaba a intervalos, acosado por lúgubres pensamientos. Veía mi cuerpo desnudo, tumbado boca arriba en una cama de sábanas blancas. Tan níveas que la luz se reflejaba en ellas como en un campo nevado. Mis ojos estaban abiertos y no podía parpadear. Tampoco podía mover la cabeza o las extremidades. A pesar de eso, notaba cómo las uñas de mis manos y de mis pies crecían lenta y pausadamente, como raíces centenarias, hasta que al final se enroscaban sobre mis piernas y brazos creando una fuerte tenaza. Por alguna razón, soñaba los sueños que le hubiera correspondido tener a Norah. Y eso me desasosegaba aún más que un mal presagio. Además, fingir tanta normalidad me angustió más incluso que recibir mi equipación con la que habría de salir de la ciudad, consistente en una amplia bolsa de plástico negro, una mascarilla y un cinturón cuya hebilla escondía una diminuta cámara fotográfica.

Eran las cuatro y veinticinco de la madrugada cuando llegué al punto de encuentro convenido. Había logrado pasar desapercibido escondiéndome en portales sombríos y tratando de caminar sin hacer ruido, para lo cual me calcé unos zapatos con suela de goma. Nubes de vapor que arrastraban el nauseabundo aliento del Wangpoo cubrían la calzada del Blood Alley, uno de los callejones más pestilentes de Shanghai por méritos propios. La bolsa vacía que portaba conmigo crujía como escarcha en medio de la noche silenciosa. El ruido de la bolsa contrastaba con la quietud momentánea que reinaba en la calle. Las sombras semejaban muros de hierro, un lienzo de pared infranqueable, sin aristas, que se extendía hasta los confines del horizonte, donde el amanecer empezaba a desplegarse con pinceladas de tono malva. Aquel trazo de color era el primer síntoma de que el mundo estaba a punto de empezar a convulsionarse de nuevo. El horizonte acabaría escupiendo al sol como un tuberculoso esputa sangre nada más levantarse. Cuando los penachos de neblina comenzaron a disiparse, me percaté de que en la acera de enfrente yacían cinco cadáveres. La visión me estremeció tanto como la humedad, y gotas de sudor frío comenzaron a resbalar por mi frente. Luego, como por arte de magia, aparecieron Czollek y sus hombres detrás de la bruma. Crucé la calle y me reuní con ellos. El grupo estaba formado por un total de trece individuos, diez chinos y tres occidentales, incluido Czollek. Todos vestían ropas de campesinos, como si se dirigieran a segar un campo de trigo, pero en vez de guadañas, llevaban pistolas y machetes en los cintos. Cuando enfrenté mi mirada con la de Czollek, me dijo:

—Como me temía, si se metiera dentro de la bolsa que le ha proporcionado Fukuda, sería lo mismo que si se vistiera de esmoquin para dar un paseo por Chapei.

Se refería a uno de los distritos más deprimidos y pobres de Shanghai.

—Sólo tiene que echarle un vistazo a sus compañeros de viaje para comprobar que yo tenía razón —añadió—. La bolsa que le han entregado se distinguiría entre un millón de cadáveres. Ahora sí que no me cabe la menor duda, Fukuda quiere acabar con usted.

Las palabras de Czollek me espolearon para atreverme a mirar directamente y a poca distancia los cuerpos de los cinco cadáveres que yacían sobre la acera. Dos eran dos varones chinos envueltos en papel de periódico. Si bien quien se había encargado de amortajarlos ni siquiera se había tomado la molestia de cubrirlos con un número suficiente de hojas para guardar al menos cierto decoro. Los otros tres cadáveres habían sido introducidos en sendas bolsas de plástico transparente, que la suciedad de la calle y la humedad habían manchado y enturbiado.

Czollek ordenó a uno de sus hombres que inspeccionara el contenido de las bolsas, en busca de un cadáver de raza caucásica que pudiera reemplazarme.

—¿Y si esta noche no ha muerto ningún blanco? —le pregunté.

—Entonces tendrá que ocupar la bolsa de un chino. El problema surgiría si los soldados japoneses abrieran la bolsa que le ha entregado el Kempei Tai y encontraran el cadáver de un oriental. Pero las probabilidades de que eso ocurra son casi nulas. Los soldados nipones temen contagiarse, así que se ponen mascarillas y clavan sus bayonetas en los cuerpos inertes. Pero ni siquiera dedican mucha energía a esta tarea. Los japoneses se creen superiores en el terreno militar, de modo que casi prefieren que los camaradas salgan de Shanghai y se unan al Ejército Rojo en el frente. Es allí donde vuelcan su esfuerzo por eliminarnos. Por cada comunista que logra abandonar Shanghai, las autoridades locales se quitan un problema de encima.

—De modo que los soldados japoneses hunden sus bayonetas sobre los cadáveres por puro trámite —solté aquella frase para tratar de convencerme a mí mismo de que no corría peligro.

—Así es. Aunque hoy me temo que tendrán la orden de estar más atentos.

—Que me hundan una bayoneta en el estómago a modo de trámite o con saña no cambia el resultado: moriré desangrado —observé.

La primera bolsa contenía el cadáver de una *Shanghai girl*, lo que provocó que el secuaz de Czollek, un chino de cuerpo atlético y pelo oleoso, realizara un comentario soez acerca de los pechos de la muchacha. En la segunda bolsa apareció un anciano oriental tan flaco como un *rickshawman*. De la tercera y última bolsa brotó el cadáver de Lerroux como una cobra del cesto de un encantador de serpientes. En un primer momento quedé hipnotizado por la escena, paralizado por la sorpresa, pero cuando mi cerebro asimiló y analizó la visión, se me hizo un nudo tan fuerte en el estómago que acabé vomitando a los pies del cadáver del armenio.

—Siempre había pensado que los médicos estaban acostumbrados a tratar con la muerte —observó Czollek.

—Y lo estamos. He vomitado porque conozco a este hombre. Se llamaba Lerroux y era opiómano. Frecuentaba un fumadero que está a menos de cien metros de aquí —expuse.

—Su verdadero nombre era Calouste Odajian —me corrigió Czollek.

—¿Conocía a Lerroux? —pregunté sorprendido.

—Conocía a Odajian antes de convertirse en Lerroux, cuando era tan sólo un joven idealista. Hace seis años que decidió dedicarse a otros menesteres. Un día me dijo que estaba desencantado con el mundo de la política, que estaba harto de rusos rojos y blancos, de chinos comunistas y de chinos nacionalistas, de demócratas y de republicanos, de laboristas y de conservadores, de monárquicos y de socialistas, y yo le contesté que en realidad su desencanto era con el mundo en general, y que ése era precisamente el punto de arranque de nuestra ideología. Sólo las personas lúcidas experimentan desencanto. Sólo los inconformistas son capaces de apreciar la imperfección. Pero Odajian no atendió a mis argumentos y prefirió desligarse del movimiento. Desde entonces no había vuelto a saber de él. De modo que nunca llegué a conocer a Lerroux como usted le llama.

—Lerroux era cualquier cosa menos un idealista. Digamos que se dedicaba al contrabando, hasta que cayó en los brazos del opio. Pero me temo que lo que buscaba detrás del Gran Humo era una forma de suicidio lento y apacible —apunté.

—Lamento oír eso. Pero siempre se le dieron mal las previsiones, de ahí que siempre eligiese el camino equivocado. ¿Desde cuándo eran amigos?

Que Czollek se refiriera a Lerroux como mi amigo, me hizo compadecer al armenio pues, en efecto, tal vez era yo la única persona que le había prestado atención en las últimas semanas.

—No éramos amigos. Aunque en una ocasión recurrí a él para que me ayudara —reconocí.

—Desde luego, esta noche va a serle de gran ayuda. Va a suplantarle y, con un poco de suerte, puede que hasta le salve la vida.

Las palabras de Czollek me impulsaron a mirar de nuevo el cadáver de Lerroux, como si con ese gesto pretendiera agradecerle lo que estaba a punto de hacer por mí después de muerto. No pude evitar fijarme en su pene. Sobresalía encima de la pelvis no por su gran tamaño, sino porque el estómago y los pulmones habían desaparecido consumidos por el Gran Humo. El opio le había robado el cuerpo, de manera que la protuberancia de su sexo era la única parte de su organismo que transmitía la morbidez que acompaña a los seres vivos.

Un agudo relincho anunció la llegada del carromato mortuorio, cuyas riendas manejaba un mayoral chino que había tenido que cambiar la recogida de excrementos humanos, que se usaban en el campo como abono, por la de cadáveres. Antes de que el carretón llegara a nuestra altura, tuve tiempo para preguntarme la razón por la cual se seguían utilizando animales de tiro para retirar los cadáveres de las calles. Existían ambulancias y camiones sanitarios que podían realizar el mismo trabajo de una manera mucho más rápida y salubre. ¿Por qué entonces las autoridades japonesas se empeñaban en mantener aquel servicio en aquellas condiciones? Otro tanto podía decirse de los comunistas. ¿Acaso no había otra manera de salir de forma clandestina de Shanghai?

—¿Cree que podrá hacerlo? —me interrogó Czollek, al tiempo que señalaba con los dedos índices de ambas manos la bolsa de la que estaba siendo extraído el cuerpo de Lerroux.

La escena me recordó a un gusano cuyo cuerpo estuviera siendo arrancado de su capullo por un entomólogo.

—Lo único que le pido es que no me pongan encima el cadáver del armenio. No podría soportarlo —solicité.

—Descuide. Le ruego que me entregue la mascarilla. Sería como llevar un cartel anunciando su presencia. ¿Ha metido algunos libros entre su cintura y el pantalón?

—*Bartleby, el escribiente,* de Melville. *El corazón de las ti-*

nieblas, de Joseph Conrad, *El fantasma de Canterville*, de Oscar Wilde y *La isla del tesoro*, de Stevenson —recité—. Todos son libros de tamaño medio, como me recomendó.

—Alabo su gusto literario. La lectura le servirá de entretenimiento en su largo viaje hasta Yenán. ¿Está listo? No tenemos mucho tiempo.

—Preferiría no hacerlo —dije empleando la famosa frase que el protagonista del relato de Melville repite como una coletilla irritante.

—Desafortunadamente para usted, no puede permitirse no hacerlo —se descolgó Czollek—. Usted es médico, vive en el Shanghai ocupado por los japoneses y está casado con una judía cuya vida depende en gran medida de que usted salve la suya.

Como un soldado obligado a obedecer las órdenes de un superior, di un paso al frente.

Al deslizarme por el interior de la superficie lisa del plástico, sentí primero un escalofrío que me recorrió la espina dorsal, y a continuación rompí a sudar copiosamente. Empecé a temer que el siguiente paso fuera una crisis de angustia. Ahora era yo el gusano dentro de su capullo, un lugar excesivamente cálido y turbio para un ser humano.

—¡*Aya whei*! ¡Vamos, rápido! ¡*Chop-chop*! —exclamó Czollek a sus hombres.

Lo último que vi antes de que Czollek subiera la cremallera y de que el carromato arrancara a andar fue que el sol se había instalado en el horizonte como una moneda iridiscente. Por alguna razón que desconozco, pensé que lo mejor sería dejar de respirar cuando sintiera la presencia de soldados japoneses. Sin embargo, al cabo de un par de minutos, la humedad se encargó de pegar la bolsa a mi cuerpo como una segunda piel, con lo que tuve que redoblar los esfuerzos para no asfixiarme. Como me había provisto de una pequeña navaja, agujereé la bolsa por varios puntos para asegurarme la provisión de aire necesaria. Cuando empezaba a dominar la situación, puesto que los cortes en la bolsa me habían facilitado el suministro de aire, surgió un nuevo problema: el traqueteo del carromato hacía que los cadáveres que tenía encima se movieran y me clavaran los huesos. Era como si los muertos buscaran la postura más cómoda a la hora de viajar. El recuerdo de Lerroux me vino de nuevo a la mente, y añoré no haber fumado un par de pipas de opio antes de acceder a subirme a aquel carromato.

Tras dos paradas, que duraron algo más de media hora, llegamos al control del distrito de Chapei, el último antes de adentrarnos en los suburbios de Shanghai. En cuanto el carromato se detuvo, todo se llenó de voces japonesas acompañadas de un extraño silbido parecido al de una tetera. Un nudo de terror se agarró a mi garganta como un par de manos asesinas. Luego cerré los ojos, procuré reducir al mínimo mi respiración, entre otras razones para que disminuyera mi ritmo cardíaco, contraje el estómago y agucé el oído. Al cabo, me di cuenta de que el ruido que oía era el de las botas de los soldados pisoteando los cadáveres como si fueran racimos de uvas de las que hubiera que separar el mosto del hollejo y de la pulpa. Entremedias, se colaba la voz del plástico interponiéndose entre los cuerpos y la goma de las suelas. Trataba de discernir con qué se correspondía cada sonido, cuando de pronto la hoja de una afilada bayoneta me alcanzó en un costado. Fue como sentir el picotazo de una abeja. Afortunadamente, yo llevaba la cintura protegida por los libros, que frenaron la embestida, causándome únicamente una pequeña herida. Teniendo en cuenta la zona en la que había sido herido, el libro que me había salvado la vida tenía que haber sido *El corazón de las tinieblas*, de Joseph Conrad. A continuación, las mordeduras de las bayonetas se multiplicaron, al mismo tiempo que las voces, como si una manada de buitres con los picos afilados graznara de alegría tras haber descubierto carroña con la que alimentarse. Una segunda bayoneta hundió su hoja en mi brazo derecho. En esta ocasión, noté cómo la hoja desgarraba el bíceps braquial primero y segundos más tarde el tríceps. El latigazo de dolor me pilló tan desprevenido que ni siquiera tuve tiempo de gritar. Empecé a pensar en qué parte de mi cuerpo recibiría un nuevo pinchazo, pero como no podía saberlo, contraje todos los músculos, para que la tensión frenara el avance del cuchillo. El nuevo ataque se produjo cuando ya creía que todo había pasado. Alguien gritó una palabra en japonés y, acto seguido, la hoja de la bayoneta atravesó en esta ocasión mi muslo izquierdo. Noté el calor de la sangre saliendo a borbotones, como si mi corazón se hubiera trasladado al músculo tensor de la fascia lata. Emití un gemido para mis adentros, que se mezcló con el escaso aire que ya me quedaba en los pulmones. Llevaba dos o tres minutos aguantando la respiración, tragándome el dolor para no proferir un grito que me hubiera delatado. Un minuto más tarde perdí el conocimiento.

Cuando recuperé la conciencia, me encontraba en el puerto de Zahkou, en un destartalado trasbordador que se estaba preparando para remontar el río Chieng Tang.

No recordaba cómo había llegado hasta allí ni cuánto tiempo había transcurrido. Ocupaba un sucio catre por el que hubieran matado mis compañeros de viaje, un centenar largo de campesinos de cuerpos famélicos por el hambre y rostros quemados por el sol. Además, alguien había cosido mis heridas y luego las había desinfectado con un emplaste a base de hojas de té y de llantén, un eficaz cicatrizador.

Traté de reincorporarme, pero no tenía fuerzas, así que me dirigí a un campesino chino y le pedí que llamara al patrón del barco. Tardé varios minutos en hacerme comprender. El *loadah* se acercó hasta el catre que yo ocupaba y me dijo en un dialecto del pidgin:

—No se levante durante la travesía. Nos pondría a todos en peligro. Los japoneses tienen espías en ambas orillas del río. Si le ven podrían sospechar. Si desea entretenerse, aquí tiene sus pertenencias.

Y me entregó una vieja bolsa de tela enguatada en cuyo interior se encontraban los cuatro libros que me habían salvado la vida.

Su boca desdentada y maloliente me recordó a la de Lerroux.

—¿Viajo solo? —le pregunté.

—No, no viaja solo. Todos estos hombres van al mismo sitio que usted. Para los realmente pobres y para los ricos en ideales, Yenán se ha convertido en un lugar de peregrinación.

—¿Y para usted?

—En un buen negocio.

—¿Cuánto tiempo llevo aquí? —proseguí el interrogatorio.

—Diez mil días, tal vez más. Pero no debe pensar en

el calendario. Llegar a Yenán lleva su tiempo. No es fácil. Ahora, discúlpeme. Tengo otros asuntos que atender.

«¿Y si, en efecto, la guerra dura otros diez mil días? ¿Y si no vuelvo a ver a Norah?», me pregunté. Había rescatado a Norah del gueto, y a continuación, la había abandonado a su suerte. ¿Qué me había impulsado a comportarme de esa manera? ¿Acaso no me daba cuenta de que en la partida de Gô que estaban jugando los japoneses y los comunistas chinos yo no era más que una ficha intercambiable? Más tarde o más temprano, una vez hubiera cumplido mi papel en aquella partida, me eliminarían. De pronto, me invadió la sensación de haberme precipitado, de haber huido de Shanghai por cobardía, por carecer del valor de enfrentar la situación plantándole cara a Fukuda. Cada una de mis reflexiones iba acompañada por el balanceo que hacía la barcaza en su avance, lo que terminó por ponerme el estómago de punta. Haciendo uso únicamente de un brazo y de una pierna logré por fin reincorporarme, hasta situar la cabeza por encima de la borda. Mis pulmones se llenaron entonces del humo del motor que una brisa pastosa arrastraba en la dirección de la marcha, y mis ojos quedaron cegados por la intensa luz, mucho más blanca que la de Shanghai. Luego me alcanzó el tufo de la sentina, parecido al hedor del durián del Long Bar del Hotel Raffles de Singapur. Tuve dos arcadas seguidas, pero sólo vomité un poco del miedo que tenía pegado al estómago como una lapa.

A continuación, con el cuerpo de nuevo recostado sobre el jergón, le eché un nuevo vistazo al pasaje. Pensé que la mayoría de aquellos campesinos, de haber pasado por mi consulta de Shanghai con alguna dolencia, habrían quemado las recetas para luego echar las cenizas en el interior de una taza de té. Pronto serían soldados del Ejército Rojo. Les darían una instrucción básica, aprenderían a disparar de forma poco eficaz y, durante el tiempo que durara la guerra, llamarían a las bombas que caían del cielo «huevos de avión». Eso sí, cualquier acción que acometieran la llevarían a cabo bajo el escudo protector más poderoso de cuantos existían: la fe en las convicciones y en las supersticiones.

14

El libro de Conrad se convirtió en el símbolo de mi periplo hasta Yenán. El ejemplar había quedado parcialmente destruido cuando fue atravesado por la bayoneta, a lo que había que añadir las manchas de sangre fruto de la hemorragia que me había causado la herida. A pesar de lo cual pude seguir la travesía del capitán Charlie Marlow a través del río Congo en busca de Kurtz, un agente comercial cuya conciencia había sido engullida literalmente por la selva. «La selva había logrado poseerlo y se había vengado en él de la fantástica invasión de que había sido objeto. Me imagino que le había susurrado cosas sobre él mismo que no conocía, cosas de las que no tenía idea. Al quedarse solo en la selva había mirado en su interior y había enloquecido. El denso y mudo hechizo de la selva parecía atraerle hacia su seno despiadado, despertando en él olvidados y brutales instintos, recuerdos de pasiones monstruosas...»

Yo no navegaba río arriba entre una espesa vegetación ni por un río insalubre, pero en cierta forma me sentía como ese capitán que se enfrentaba a lo ignoto de la naturaleza en pos de la búsqueda de aquello que resultaba aún más desconocido que cualquier paraje remoto de la Tierra: el alma de un semejante. Ninguna selva, por enmarañada y espesa que fuera, podía compararse con la complejidad del ser humano.

Al cabo de unos días, el paisaje que adornaba los márgenes del río dio paso a campos de arroz primero y más tarde a suaves cordilleras del color esmeralda de las hojas de las plantaciones de té que, conforme nos íbamos acercando al norte, fueron perdiendo su verdor para introducirnos en una tierra de tonos jaldes. Los valles se convirtieron en surcos, y las picudas cumbres de vistosas aristas en planas mesetas donde el frío helaba y el calor quemaba. Incluso las nubes cargadas de agua fueron sustituidas por otras de polvo, que se arremolinaban a nuestros pies silbando una música que estuvo a punto de volverme loco. En alguna ocasión incluso sufrí un espejismo, creí ver a Norah caminando hacia mí con los brazos extendidos, como si me implorase que no la dejara abandonada en aquel lugar inhóspito.

Yenán resultó ser una ciudad deslavazada, que había sido arrasada por las bombas japonesas hasta no dejar un edificio en pie, en medio de un paraje árido, rodeada por montañas sin vegetación y por dos ríos. En aquel ambiente desolador, llamaba la atención el entusiasmo de sus habitantes, soldados del Ejército Rojo y campesinos que habían huido de sus aldeas para peregrinar hasta el santuario de los comunistas chinos. Lo más sorprendente era que habían abandonado sus humildes moradas para acabar viviendo en cuevas excavadas en las paredes de las colinas. Quienes se alistaban en el Ejército Rojo recibían un uniforme, a veces de segunda mano, un gorro y una vieja manta.

—Tengo entendido que su viaje ha sido un *tour de for-*

ce —se dirigió a mí el padre Faury, convertido en uno de los miembros del comité de bienvenida.

—Durante los últimos días no he dejado de preguntarme una cosa —dije. Y me callé para provocar la curiosidad del sacerdote.

—¿Qué cosa? —acabó picando.

—Si tan seguros están de su victoria, ¿por qué se esconden en este rincón apartado de China, a miles de kilómetros de todas partes?

—¿Una visita diplomática? ¿Tal vez su gobierno ha decidido entablar relaciones diplomáticas con los comunistas chinos? Bienvenido a la nueva Galilea, doctor Niboli —dijo Faury pasando por alto mi comentario.

Por un instante, tuve la sensación de estar hablando con un acólito del agente comercial Kurtz, cuyo seso había sido absorbido por el entorno. Allí donde había habido una casa o un edificio público, los comunistas habían sembrado las ruinas con vistosos carteles propagandísticos, en algunos casos simples banderines, que el viento hacía ondear. El predominio del color rojo, que evocaba campos de amapolas que la brisa acariciaba, me hizo recordar unos versos de John McCrae, un médico canadiense caído en Europa durante la Gran Guerra. Yo sabía que Faury había participado en la batalla de Verdun, así que recité de memoria:

—En los campos de Flandes, las amapolas se mecen / entre las cruces, fila a fila, / marcando nuestro lugar; y en el cielo / las alondras, lanzando aún su valiente grito, vuelan / sin que nadie las sienta aquí entre los cañones. / Somos los muertos. Pocos días antes / vivimos, sentimos el amanecer, vimos crepúsculos rojizos, / amamos, y fuimos amados, y ahora yacemos / en los campos de Flandes…

—En esta meseta jamás crecerán las amapolas, ni siquiera sobre los campos de cadáveres caídos en combate. Además, aquí, en Yenán, los muertos se levantan para combatir. Cada mañana, una hueste de fantasmas se une a nuestro ejército. Cada caído, cada difunto que haya derramado su sangre por la causa de una China libre, convierte en invencible al Ejército Rojo.

Los ojos de Faury brillaban enfebrecidos a causa de las convicciones.

—Creo que ha perdido la razón por completo, Faury.

—¿Ha estado alguna vez en Palestina? —me preguntó a continuación.

—No —respondí.

—Pues Yenán se parece a Palestina. No sólo por fuera, sino también por las cosas que están sucediendo. Mao está obrando milagros en este lugar. Está multiplicando los panes y los peces.

—Y usted ha decidido convertirse en su apóstol y también en su evangelista.

—Yo sólo soy un humilde testigo, doctor. Cuando digo que Mao está llevando a cabo milagros, me refiero a que está consiguiendo que cada chino arrime el hombro y aporte su granito de arena, o de trigo, a ser posible. El milagro, pues, consiste en haber despertado la conciencia dormida de millones de pobres, y de haber sido capaz de movilizarlos en aras de una causa común: expulsar a los japoneses de China y establecer en su suelo una República Popular, desde luego mucho más solidaria y justa que la que ha desarrollado el camarada Stalin en la Unión Soviética.

—He oído que a Stalin no le gusta Mao. Que prefiere brindarle su apoyo a Chiang Kai-shek.

—A Mao tampoco le gusta Stalin. Piensa de él que es un déspota sectario poseído por un numen diabólico. Que un hombre muerda a un perro no sería noticia en la Unión Soviética de Stalin, a menos que el perro fuera estalinista y el hombre un reaccionario.

—Me pregunto qué dirían sus superiores si escucharan sus prédicas a favor de Mao Tse-tung —dejé caer.

—No soy yo el que habla, sino mi conciencia. Y los ojos de la conciencia no distinguen las jerarquías —se desmarcó.

—¿Podría ayudarme a encontrar a Nube Perfumada? —le pregunté dándole un giro a nuestra conversación.

—¿Para qué quiere ver a la muchacha?

—Me gustaría saludarla y, de camino, formularle algunas preguntas.

—No le está permitido hablar de las misiones que llevó a cabo en Shanghai. Su pasado en Shanghai es secreto.

—¿Acaso su misión consistía en engañar a un pobre ingenuo como yo? —le pregunté.

—¡Vamos, doctor, no sea melodramático! ¡Usted es cualquier cosa menos una persona ingenua! ¡Nadie ha querido tomarle el pelo! La cuestión era que necesitábamos utilizar la caja fuerte que Leon Blumenthal tenía en su casa para guardar cierta clase de información. Era un lugar seguro, puesto que la casa de Blumenthal se había convertido en la residencia del cónsul de un país amigo de Japón: usted. Sin esa caja fuerte, el trabajo de «Lady Warrior» hubiera resultado mucho más arriesgado.

—Así que usted también estaba al tanto de lo que ocurría en mi casa.

Faury encogió los hombros en señal de asentimiento.

—De manera que, en cierta forma, yo era una pieza

importante en sus planes, puesto que utilizándome se aprovechaban de la inmunidad de la que gozaba en mi condición de cónsul.

—Como le he dicho, nuestra intención era utilizar la caja fuerte que había en su casa, sin que usted se viera involucrado.

—Una de las preguntas que deseo formularle a Nube Perfumada gira precisamente en torno a esa cuestión. Si durante varios meses utilizó aquella caja fuerte para esconder documentos sin que yo me enterara, ¿por qué fingió que habían robado en la casa la misma noche de la muerte de Blumenthal? ¿Por qué dejó la caja de seguridad abierta para que yo la viera?

—Tal vez quería ponerle sobre aviso. Quizá quería llamar su atención para que no se conformara con las explicaciones que los japoneses le habían dado sobre la muerte de su amigo. «Lady Warrior» amaba de verdad a Leon Blumenthal.

—Lamento tener que insistir, pero me gustaría ver a Nube Perfumada. Todavía hoy sigo sin entender muchas cosas. Me siento traicionado por ella.

—«Lady Warrior» partió hace veinte días para la región fronteriza de Shensí-Kansí-Ningsia, donde está la principal base de apoyo anti-japonés del norte de China.

—¿Y cuándo regresará?

—¿Y usted, cuándo piensa volver a Shanghai? —me respondió con otra pregunta.

—Me temo que no podré hacerlo hasta que finalice la guerra —reconocí.

—Pues lo mismo ocurre con «Lady Warrior». Ha sido enviada en misión permanente, de modo que todo dependerá de cómo evolucione la guerra.

Una semana más tarde, después de que me buscaran acomodo en un *yaodong*, una cueva en la que únicamente había un *kang*, una plataforma que servía de cama, y una ventana cuyo marco estaba fabricado con borras de lana y el cristal había sido sustituido por hojas de papel, recibí la orden de trabajar en calidad de ayudante con el doctor George Hatem, una leyenda viva entre los comunistas chinos.

Hatem, un médico norteamericano de origen libanés nacido en Búfalo, Nueva York, había dejado Shanghai en 1936 para unirse al Ejército Rojo en Yenán, siguiendo la estela del periodista Edgar Snow, el primer occidental que había escrito un libro sobre los comunistas chinos. Especialista en enfermedades venéreas, Hatem era tan abnegado y al mismo tiempo tan eficiente realizando su trabajo que pronto se ganó el respeto de la cúpula de los dirigentes revolucionarios chinos. Más tarde empezaron a tener en cuenta su opinión sobre otros asuntos que nada tenían que ver con la medicina, puesto que era un hombre práctico que no abandonaba nunca la senda del sentido común, y así, poco a poco, acabó convirtiéndose en médico y consejero del mismísimo Mao Tse-tung, quien sentía un gran afecto por él. De hecho, Hatem fue quien, tras efectuarle un reconocimiento a fondo, se encargó de desmentir que el líder comunista se estuviera muriendo a causa de una extraña enfermedad, rumor que habían propalado los chinos nacionalistas del Kuomitang.

De modo que yo vine a ocuparme de aquellos casos que el doctor Hatem no podía atender, dadas sus nuevas atribuciones como médico personal y consejero político de Mao.

—George Hatem es mucho más que un simple médico. Se trata de un hombre bueno y justo. Él sí que es un verdadero apóstol de la doctrina comunista —me dijo Faury cuando quiso ponerme al día de la personalidad de quien iba a convertirse en mi superior.

No le faltaba razón al sacerdote. Al menos, eso podía deducirse del currículo de Hatem. Tras estudiar medicina en la Universidad de Carolina del Norte, en la Universidad Americana de Beirut y en la Universidad de Ginebra, había llegado a Shanghai en 1933 y abierto un dispensario médico para los pobres al año siguiente. En noviembre de ese año había empezado a estudiar marxismo de la mano de la escritora y periodista Agnes Smedley. A continuación, visitó a los comunistas en Shaanxi, su base del sur de China antes de que fueran atacados por las tropas del Kuomitang y obligados a emprender la famosa «Larga Marcha». Sea como fuere, Hatem, a quien escandalizaba el grado de corrupción de una ciudad como Shanghai, abandonó la urbe y se trasladó al noroeste de China, a Yenán, donde los comunistas habían establecido su nuevo cuartel general. Allí, ya convertido en el doctor Ma Haide, apodo de difícil traducción, fue nombrado asistente médico del Departamento de Salud de la Comisión Central Revolucionaria, cargo cuyo nombre era mayor que las dimensiones del despacho donde realizaba su trabajo. En 1937, formalizó su ingreso como miembro del Partido Comunista Chino, y poco después contrajo matrimonio con una hermosa joven china llamada Zhou Sufei. Su relación con Mao era tan estrecha que fue quien enseñó al hijo de éste a jugar al tenis de mesa.

Hombre de una profunda humanidad, pronto me tomó afecto, no sólo por mi situación personal, de la que se compadecía, sino por el hecho de que yo, como él antes, hubiera abierto un dispensario médico para tratar a la población china de Shanghai, tradicionalmente marginada por las autoridades sanitarias locales.

El trabajo que tenía que llevar a cabo, en términos generales, no difería mucho con respecto al que había realizado en Shanghai. Obviamente, abundaban los enfermos con heridas de guerra y en algunos casos, a falta de láudano o de morfina, nos veíamos obligados a utilizar el opio como analgésico y como anestésico. También teníamos numerosos problemas a la hora de realizar transfusiones de sangre. Por un lado, la pérdida de plasma sanguíneo de muchos pacientes era enorme dada la gravedad de las heridas que presentaban; por otro, los posibles donantes se encontraban tan débiles a causa del hambre y de los sobreesfuerzos que realizaban, ya fuera en largas marchas por la región o en el frente de batalla, que extraerles sangre equivalía a ordeñar una vaca con las ubres secas. A veces, las jornadas se prolongaban hasta altas horas de la noche, pues tener que amputar una pierna o un brazo a un paciente en estado de semiinconsciencia era lo mismo que tratar de domar a un potro salvaje susurrándole al oído. Entonces al opio había que sumarle un buen lingotazo de vino de arroz.

A mediados de febrero de 1944, ocurrió algo que marcó mi estancia en Yenán. Era un día de mucho frío, cuando un correo nos anunció la llegada para esa tarde de una columna de heridos procedentes de la región fronteriza de Shensí-Kansí-Ningsia. La aviación japonesa había desatado un ataque por sorpresa, y las bombas habían alcanzado a un batallón del Ejército Rojo en pleno desplazamiento entre dos puntos.

El primer cadáver que llegó al hospital fue el del teniente coronel que estaba al mando, el segundo cadáver fue el de un capitán, el tercero pertenecía a «Lady Warrior». Pese a que su cuerpo presentaba numerosas heridas causadas por la metralla, su rostro estaba intacto, levemente macilento como el marfil viejo, y no presentaba signos de haber sufrido. Era como si la muerte le hubiera sorprendido durante el sueño. Mis colegas chinos interpretaron aquel hecho como un designio del destino, que había decidido preservar la belleza de una de las grandes heroínas del Ejército Rojo, facilitando la labor de los forenses para que pudiera ser fotografiada y su retrato difundido como se merecía a tenor de los méritos contraídos en la lucha contra el invasor. Para mí, en cambio, la serena expresión del rostro de Nube Perfumada tenía un significado completamente distinto, como si la muerte hubiera sido una liberación para ella. Toda su vida había estado marcada por el sacrificio y el sufrimiento, de modo que terribles heridas en el torso, en el abdomen y en las piernas, que en otra persona hubieran provocado una mueca de dolor, habían conseguido lo que nunca había logrado estando viva: relajar las facciones de su faz.

Antes de cubrir su cuerpo con una sábana, besé su frente a modo de despedida. De pronto, creí oler en su piel la colonia de Norah, el *Huile Esentielle de Ylang-Ylang,* y recordé su forma tan peculiar de pronunciar el nombre de aquella planta: ee-lang-ee-lang.

—¿Por qué fingiste que habían entrado a robar aquella noche? ¿Acaso haciéndolo pretendías que me involucrara en tu lucha? —le pregunté al cadáver.

Luego me vino a la cabeza otra de sus frases: «Ningún hombre me ha mirado a los ojos mientras se acostaba conmigo.»

—¿Por qué me mentiste? ¿Y qué buscabas metiéndote en mi cama? —volví a preguntarle.

Esa misma noche comencé a escribirle a Norah de una manera compulsiva. Cada diez o doce horas garabateaba unas cuantas líneas, en las que invariablemente le pedía perdón por haberla abandonado y rogaba a Dios que fuera benévolo con ella. En el fondo, temía que pudiera tener un final parecido al de Nube Perfumada, pues una de las cosas que había descubierto en Yenán era lo mucho que ambas se parecían, como si sus vidas hubieran corrido en paralelo, sin tocarse, pero sin dejar de verse.

Para terminar de completar mi deterioro emocional, empecé a soñar con Fukuda. Siempre era el mismo sueño. El coronel me susurraba algo al oído, una frase incomprensible que, transcurridos unos segundos, se transformaba en el silbido agudo de una bomba rasgando el cielo. Luego, cuando el ingenio explosivo alcanzaba su objetivo, el estruendo se tornaba de nuevo en la voz de Fukuda quien, con voz clara, recitaba una de las frases del libro de Joseph Conrad que yo había leído durante mi viaje desde Shanghai a Yenán: «Es curiosa la vida... Lo más que de ella se puede esperar es cierto conocimiento de uno mismo que llega demasiado tarde... una cosecha de inextinguibles remordimientos...» Entonces me despertaba sobresaltado, como si la metralla de aquel artefacto —la voz del coronel Fukuda— hubiera alcanzado de lleno mi conciencia. No en vano, cada vez me sentía más confuso y perdido. En cambio, sí que había cultivado en mi interior una cosecha inextinguible de remordimientos. El hecho de haber abandonado a Norah en Shanghai me corroía las entrañas como un ácido. La distancia, infranqueable a causa de la guerra, me hacía sentir impotente, y eso me atormentaba.

Una semana más tarde, llegó la última compañía del batallón masacrado. Al parecer, habían tenido que tomar un desvío para no ser objeto de nuevo de los bombarderos japoneses, que seguían sobrevolando la carretera que unía el norte del país con Yenán. Una veintena presentaban heridas de distinta consideración, el resto, los que venían sanos, estaban desfallecidos, hambrientos y ateridos de frío. Para mi sorpresa, uno de estos hombres que había sufrido los rigores del hambre, del frío y de la lluvia, era el periodista español que firmaba sus crónicas bajo el nombre de «Alfil».

—De modo que su verdadero destino era el norte de China y no Sudamérica —le dije a modo de saludo.

—Nadie conoce su destino, doctor Niboli, hasta que ya es demasiado tarde —me respondió exhausto.

—Me engañó —le reproché.

—No le revelé hacia dónde me dirigía porque entonces los japoneses me hubieran encerrado en el campo de concentración de Singapur. Pero siempre estuve seguro de que usted sospechaba sobre mis verdaderas intenciones.

—He de reconocer que nunca creí que pretendiera llegar a Sudamérica por la ruta del Pacífico.

—Ahí lo tiene.

—¿Y su esposa? —le pregunté a continuación.

El semblante de «Alfil» se ensombreció como si mi pregunta hubiera rescatado un recuerdo que había logrado depositar en la parte más profunda de su cerebro.

—Murió hace tres semanas, de cólera. En el norte ha

habido una epidemia —dijo con un tono de voz que era un siseo apenas audible.

—Lo siento. No debería haberla traído.

En realidad, el reproche iba dirigido a mí mismo, y decía: «No deberías haberla abandonado», en alusión a Norah.

—¿Ha estado enamorado alguna vez? ¿Tiene esposa? En algunas parejas eso de «en la salud y en la enfermedad, hasta que la muerte os separe» no es una forma de hablar, ni siquiera una metáfora. Se trata de algo real. Una cadena de dos eslabones, dos personas que suman una, dos cuerpos que viven con un solo corazón.

Recibí aquel comentario como un croché en el mentón. Tal vez Norah esperaba de mí una clase de amor parecido al de «Alfil» y su esposa. Para colmo, yo temía que Norah hubiera recurrido de nuevo al Veronal en cuanto hubiese sido consciente de que yo no regresaría. De modo que por muchas vidas que salvara, sentía que no había hecho suficiente.

—Yo también estoy casado —me dije a mí mismo en voz alta.

—¿Vive aquí su mujer? —se interesó «Alfil».

—No. Mi mujer es judía, y los japoneses la tienen recluida en el gueto de Shanghai. Tal vez haya muerto.

—Una cadena de dos eslabones, dos personas que suman una, dos cuerpos que viven con un solo corazón. Yo creo en la muerte física de las personas, pero no así en la espiritual —concluyó «Alfil».

A finales de julio de 1944, presencié el encuentro entre Mao y el coronel David Barret, quien junto con una veintena de hombres había sido enviado a Yenán en misión especial por el gobierno de Estados Unidos, con el propósito de entablar relaciones con los comunistas y de camino evaluar el potencial militar del Ejército Rojo y las reformas de las que tanto había hablado el periodista Edgar Snow en sus artículos y en su libro *Red Star Over China*. Aunque el interés del líder comunista no estaba en el coronel Barret, sino en la figura de otro norteamericano llamado Linebarger, miembro del Cuartel General del Teatro de Operaciones de China, India y Borneo, con sede en Chongqing, la capital del gobierno nacionalista. Los norteamericanos estaban ayudando indistintamente tanto a los comunistas como a los nacionalistas en su lucha contra los japoneses, y lo que Mao pretendía dilucidar a través de Linebarger, hombre experto en asuntos de guerra psicológica, era si los norteamericanos mentían o eran unos tontos al pretender jugar con dos barajas al mismo tiempo. Los estadounidenses se quedaron sorprendidos del trato que los guerrilleros comunistas daban a los prisioneros de guerra japoneses, a quienes adoctrinaban con notable éxito. Tanto que uno de los cautivos japoneses había sido elegido concejal en el gobierno de la ciudad. A los ojos de cualquier extranjero, daba la impresión de que lo que estaba ocurriendo en Yenán era, tal y como defendía el padre Faury, un milagro. El propio Mao explicó que había que ganar para la causa comunista a gran número de los que habían sido obligados a incorporarse a las fuerzas reaccionarias, y que en mayor o menor grado se sentían inclinados hacia la revolución. Entonces Barret le preguntó qué hacían con aquellos prisioneros que no estaban dispuestos a abrazar la revolución comunista. Mao le respondió que, exceptuando a aquellos que hubieran incurrido en el odio profundo de las masas, eran puestos en libertad. De esa forma se quedarían sin argumentos para unirse de nuevo a las fuerzas reaccionarias. Por último, Mao le dijo a Barret y a sus hombres que el triunfo de la revolución era seguro, ya que habían conseguido enardecer a los campesinos convenciéndolos de que China no pertenecía a la oligarquía, sino a ellos, a los humildes. Luego, el líder comunista narró ante el atento auditorio una antigua fábula llamada *El Viejo Tonto que trasladaba las montañas*, con la que pretendía explicar su punto de vista.

—Ésta es la historia de un anciano que vivía en el norte de China hace mucho tiempo, y a quien todos llamaban el Viejo Tonto de la montaña norte —se arrancó Mao—. Su casa miraba al sur y frente a su puerta se alzaban dos altas cumbres, Taijang y Wangwu, que obstruían el paso. El anciano convocó a sus hijos y, azada en mano, todos comenzaron, con gran decisión, a demoler las montañas. Un contemporáneo de nuestro héroe, a quien conocían como el Viejo Sabio, los vio trabajar y dijo burlonamente: «¡Qué tonto es lo que están haciendo! Resulta absolutamente imposible para ustedes, que son tan pocos, demoler esas dos inmensas montañas». El Viejo Tonto replicó: «Cuando yo muera, mis hijos continuarán la tarea; cuando ellos ya no estén lo harán mis nietos y los hijos y nietos de éstos, y así hasta el infinito. Altas son las cumbres, pero no pueden crecer más y, con cada palada que nosotros damos, se vuelven un poquito más bajas. ¿Por qué no hemos de lograr eliminarlas?» Una vez que hubo refutado la errónea teoría del Viejo Sabio, prosiguió cavando día tras día, incansable gracias a su convicción.

»Dios, conmovido ante lo que ocurría, envió dos

mensajeros a la Tierra, que se llevaron las montañas sobre sus hombros.

»Hoy, sobre el pueblo chino, también pesan dos montañas. Una es la del imperialismo, la otra, la del feudalismo. El Partido Comunista de China ha resuelto, ya hace mucho, eliminarlas. Debemos perseverar y trabajar incesantemente y nosotros también conmoveremos el corazón de Dios. Nuestro Dios no es otro que todo el pueblo chino. Si él se pone de pie y cava junto con nosotros, ¿por qué no hemos de poder eliminar esas dos montañas?»

En la entrada de la cueva donde tuvo lugar el encuentro, me aguardaba el padre Faury.

—Ya le dije que Mao era el nuevo Mesías —observó.

—Incluso tiene su propio sermón de la montaña —ironicé.

—También le dije que Yenán se parece a Galilea. Es indudable que lo que está sucediendo en este lugar cambiará la historia de China primero y posiblemente también la del resto del mundo. Mao es el único líder que se ha dado cuenta de que las armas son un factor importante en la guerra, pero no el decisivo. El factor fundamental es el hombre, y no las cosas. Yo mismo se lo he oído decir en público. El aliento de los países industrializados huele al azufre que emana de sus fábricas, y su voz es el rugido de los motores de sus industrias. Es la voz de las cosas. En cambio, la voz que se oirá de China será la de sus campesinos, la del pueblo, que proclamará a los cuatro puntos cardinales los logros de sus líderes, que serán sus logros…

—Desde luego es usted un hombre de fe. ¿Y si se equivoca?

—Usted lo ha dicho: soy un hombre de fe. Y la fe no

está sujeta a equívocos. La fe es un tesoro que se posee o no se posee.

—Lo que usted tiene no es fe, sino esperanza. Simplemente, desea que las cosas acaben siendo como usted cree que deberían ser. Es usted un idealista.

—¿Desde cuándo es un pecado ser un idealista? Pero la cuestión de fondo es otra. Tanto usted como yo tenemos una visión del mundo antes de comer y otra después de haberlo hecho, pero existe otro punto de vista: el de los que viven sin nada que echarse a la boca. Ése ha sido el caso del pueblo chino, que tradicionalmente ha sido despojado de todo por la clase dominante. Para usted y para mí, la fe, la esperanza e incluso el idealismo forman parte de una diatriba intelectual. Un lujo al alcance de nuestros bolsillos. En cambio, para quienes no tienen nada, la fe es el primer paso para alcanzar la convicción incansable de la que habla Mao. Mire a su alrededor. Yenán es una meseta que antes fue una cordillera. Entre un estado y otro sólo media el efecto de la erosión. Si la metáfora la trasladamos a la situación política que vive China en estos días, lo que los comunistas pretenden es erosionar la superficie del cuerpo social, eliminar los picos y las simas, que son el origen de las desigualdades.

—Un mundo plano.

—Un mundo justo, sin desigualdades. Usted no puede creer en él porque vive en lo alto de la montaña, donde el aire es fresco y puro y el agua corre mansa y limpia.

—Ni siquiera se imagina cuán opaca es mi existencia, padre Faury —reconocí.

—Debería sentirse orgulloso por sentirse infeliz. Pero si le sirve de consuelo, le diré que el amor, siempre que sea verdadero, es lo único que la erosión no mutila. El amor se siente igual en la cima de la montaña, en la meseta o en la más profunda sima.

—¿Y qué me dice del tiempo y de la distancia como agentes erosivos? —me interesé.

—Que también se superan con terquedad y empecinamiento —me respondió el padre Faury.

Mi vida volvió a dar un giro el 18 de julio de 1945, año del gallo según el calendario chino, cuando recibimos la noticia de que la aviación norteamericana había bombardeado el gueto de Hongkew por equivocación. O mejor dicho, las bombas buscaban una estación de radio japonesa que había sido emplazada en el corazón del distrito, pero al parecer algunos artefactos habían errado el objetivo. Doscientas cincuenta personas murieron, y otras tantas resultaron heridas. De entre las víctimas, se calculaba que entre cuarenta y cincuenta eran judíos «apátridas». Como yo estaba seguro de que Norah había sido devuelta al gueto, temí lo peor. Aunque para ser del todo franco, yo no imaginaba a Norah con libertad para moverse por las calles del gueto, sino encerrada en un *heim* o en una sórdida mazmorra, sometida a continuas torturas y vejaciones.

El bombardeo del gueto de Shanghai, no obstante, fue el punto de inflexión que determinó la caída del poder militar del Japón, a pesar de que los combates que mantenía el Ejército Rojo contra los soldados japoneses en el norte de China no habían perdido ni un ápice de su crudeza.

El 7 de agosto fuimos informados de que el día anterior, un B-29 Superfortress de la fuerza aérea norteamericana había arrojado una bomba atómica sobre la ciudad de Hiroshima. Un artefacto explosivo apodado *Little Boy*. Tres días más tarde se llevó a cabo una operación similar sobre la ciudad de Nagasaki. En esta ocasión el nombre de la bomba era *Fat Man*. Entremedias, la Unión Soviética denunció el pacto de no agresión que tenía con Japón y atacó a los japoneses en Manchuria, lo que provocó la rendición del Imperio del Sol Naciente.

Ni que decir tiene que el derrumbe militar de Japón resultó una gran sorpresa, entre otras cosas porque nadie en Yenán conocía el poder destructivo de las bombas arrojadas sobre suelo nipón, ni pensaba que los soviéticos fueran a poner tanto empeño por derrotar a los japoneses en Manchuria.

El presidente de los Estados Unidos de América justificó los ataques sobre Hiroshima y Nagasaki con las siguientes palabras: «Habiendo hallado la bomba, la hemos utilizado», dijo. Lo más curioso de todo fue que un año antes, la aviación china también había bombardeado Nagasaki, si bien lo que habían arrojado los aviones era propaganda, los llamados «pases de rendición», documentos con aspecto de ser oficiales con los que los chinos pretendían mostrar su buena voluntad para con el pueblo japonés. Cuando meses después Mao fue preguntado sobre aquellos acontecimientos, dijo: «La bomba atómica es un tigre de papel que los reaccionarios norteamericanos utilizan para asustar a la gente. Parece terrible, pero de hecho no lo es. Por supuesto, la bomba atómica es un arma de matanza a gran escala, pero el resultado de una guerra lo decide el pueblo y no uno o dos nuevos tipos de armas.»

Japón se rindió el 14 de agosto de 1945, después de

que el emperador Hirohito, en alocución radiofónica, hiciera una «reescritura a los soldados y marineros», ordenándoles el alto el fuego.

El 1 de septiembre abandoné Yenán con rumbo a Shanghai, en compañía de una docena de colaboradores del Ejército Rojo, entre los que se encontraban el padre Faury y «Alfil».

15

Absorber de nuevo la atmósfera de Shanghai fue lo mismo que regresar al seno materno, un viaje tan largo y doloroso como el que me había llevado en sentido contrario, desde la metrópoli hasta Yenán. El hedor de los cadáveres de los que nadie estaba dispuesto a hacerse cargo —ya porque pertenecieran a soldados japoneses o a colaboracionistas chinos—, el río Whangpoo enrollado al cuello de la ciudad como un collar de perlas que los rayos solares hacía destellar, los extemporáneos edificios del Bund, ahora convertidos en los vestigios de unas ruinas antiguas, como si además de las bombas hubieran caído de golpe mil años sobre sus fachadas, las atestadas calles, de las que fluía incesante un magma humano que se extendía en todas las direcciones, los cientos de famélicos culis, colosos sin músculos, tirando de sus *rickshaws* en un esfuerzo sobrehumano, Shanghai se movía sinuosamente, como una serpiente que estuviera mudando la piel. Todo parecía igual a como lo había dejado casi dos años antes, pero en realidad todo estaba a punto de cambiar para siempre. Las caras de antaño ya no parecían las caras de siempre. Muchas se habían llenado de arrugas, las mejillas enjutas y las miradas inquietas, ansiosas por encontrar la dirección deseada. Paradójicamente, el cese de las hostilidades no había traído la calma, sino una inusitada actividad, como si todo el mundo tuviese prisas por resolver los asuntos que la guerra había dejado en suspenso. Aunque, en realidad, nadie trataba cuestiones del pasado, sino del futuro inmediato. Claro que había algún estallido de odio de vez en cuando, pero en líneas generales lo que la gente buscaba era un barco, un tren o un avión para huir de Shanghai. El final de la guerra suponía la salida de los occidentales de la ciudad, y con ellos desaparecerían las Concesiones Internacionales. Shanghai volvería de nuevo a ser una ciudad China. Ni siquiera los chinos podían imaginar semejante escenario. De modo que empecé a tener la sensación de estar moviéndome dentro de un sueño que estaba a punto de evaporarse. Y como si la ciudad fuera a volatilizarse de un momento a otro, columnas de polvo ascendían por las calles principales hasta crear una neblina sucia y pastosa. Miles de pies barrían las aceras como escobas sincronizadas. Había quienes caminaban arrastrando baúles, camas y toda clase de enseres. Pero nadie corría por pánico, sino por instinto renovado. En vez de dar la impresión de que aquél era el principio de una nueva época, parecía que el fin del mundo estaba próximo. Acostumbrado a las columnas de soldados de las montañas de Yenán, que se desplazaban en formación, despacio y en hileras silenciosas, la muchedumbre de Shanghai era lo más parecido al caos. Incluso el padre Faury, quien se había ofrecido a acompañarme durante un trecho, se sintió sobrecogido por aquel estremecimiento desmesurado y, como quien sin saber cómo ni por qué se encuentra de pronto en medio de una estampida, caminaba a mi lado sin ocultar su aturdimiento, con los miembros rígidos y las articulaciones flojas. Cada paso que dábamos era un *tour de force*, para usar la misma expresión que había empleado el sacerdote el día de mi llegada a Yenán. Me despedí de Faury en el cruce del Bund con Nanjing (cuando lo dejé dio una vuelta sobre sí mismo, como una veleta buscando la correcta dirección del viento) y, contagiado por aquel nerviosismo frenético, puse rumbo al gueto de Hongkew, al tiempo que imploraba que Norah estuviera viva.

Me sorprendió comprobar que, a pesar de que los japoneses habían sido los primeros en abandonar Shanghai, el «área determinada para apátridas» aún no había sido abolida.

En el control de entrada del gueto, me encontré con Sherenchesvky, quien estaba de guardia. Cuando le pregunté si sabía dónde podía encontrar a Norah, me respondió:

—Quédese tranquilo, doctor Niboli, su mujer no se encuentra aquí.

—¿La han dejado libre? —le pregunté.

El policía me miró como si fuera la primera vez que escuchaba la palabra «libre» y no conociera su significado.

—No, doctor, hace más de un año que no vemos a su esposa por el gueto. Ya le digo, puede estar tranquilo. ¿No ha pasado por su casa? Durante estos días, todo el mundo anda resolviendo viejos asuntos. Tal vez haya salido…

¿El «hace más de un año» se correspondía con los casi dos años que yo llevaba ausente?, me pregunté.

La tranquilidad de la que hablaba Sherenchesvky se

tornó inmediatamente en una profunda preocupación, pues si algo no había contemplado en todo este tiempo era precisamente que Norah no hubiese sido internada de nuevo en el «área determinada para apátridas».

Tomé un *rickshaw* y le dije al culi que me llevara urgentemente a la Concesión Francesa, temiendo que el sueño de Shanghai se hubiera convertido en una pesadilla justo un instante antes de su disolución.

Cuando por fin llegué a casa, encontré a Norah con las uñas largas y el rostro pálido e imperturbable, empolvado como el de una geisha. Sus ojos, otrora siempre vivos y despiertos, parpadeaban cansinamente, como si les costase un gran esfuerzo mantenerse abiertos. Era evidente que soportaban el peso de un sufrimiento indecible. En conjunto, Norah parecía un espectro, un ente incorpóreo. Otro tanto ocurría con la casa, que permanecía a oscuras, con las contraventanas cerradas: muebles (algunos de los que le había entregado a Fukuda a cambio de la libertad de Norah), vestidos, montañas de discos, opio, cigarrillos y, sobre todo, flores marchitas, montones de ramos de flores sin vida que nadie se había preocupado de retirar. La rapsodia húngara número 5, de Liszt, sonaba en el gramófono. Una composición verdaderamente lúgubre que el autor había dividido en dos partes. En la primera, la muerte parecía estar presente en cada acorde, mientras que en la segunda era la melancolía la que se apoderaba de la melodía. Me pregunté en qué momento y por qué circunstancias el ambiente insulso y hasta vulgar de la casa había recuperado la sofisticación de antaño. En ese instante, la imagen borrosa que llevaba persiguiéndome durante dos años se volvió nítida. Entonces lo comprendí todo: el coronel Fukuda me había alejado de Shanghai para quedarse con Norah. Fukuda había convertido a Norah en su «mujer de confort» y, a tenor de la expresión de ésta, ni siquiera libraba una lucha en su interior. Tal vez lo había hecho en otro tiempo, pero a estas alturas ya estaba vacía por dentro, y la prueba más evidente eran sus uñas, que habían crecido como las de un cadáver.

No formulé pregunta alguna. No tenía sentido. Los muebles, los vestidos, el opio y los discos se bastaban para explicarlo todo. Aunque se trate de una suposición, estoy seguro de que de haberle pedido a Norah que hiciera una relación cronológica de cómo se habían sucedido los acontecimientos, me hubiera contestado: «Durante todo este tiempo he estado muy ocupada dejándome crecer las uñas.»

—¿Qué tal si empezamos por abrir las ventanas? —propuse, pensando que tal vez la luz y el aire lograrían despertarla de aquel sueño.

El chirrido de las contraventanas y el tintineo de los cristales terminó de romper el silencio. Escuchar de nuevo el bullicio de la Avenue Joffre fue lo mismo que oír llorar a un recién nacido por primera vez. Cuando estaba a punto de abrir la última ventana, Norah se acercó hasta mí y me hizo entrega de un recorte del *Shanghai Times* que había empezado a amarillear. Dentro de un recuadro parecido a una esquela, se podía leer el siguiente titular: «Muere el cónsul de España en Shanghai a manos de los rebeldes comunistas. Fue descubierto y ejecutado por los insurgentes cuando el diplomático, médico de profesión, llevaba a cabo una misión humanitaria auspiciada por el gobierno legítimo…» El resto de la noticia no era más que una sarta de mentiras, una burda manipulación que pretendía dejar en mal lugar a los comunistas, a quienes atribuían el asesinato de una docena de occidentales que colaboraban estrechamente con el Ejército Imperial Japonés en misiones que el columnista calificaba de «civiles».

—De modo que ahora somos dos muertos que han resucitado —observé.

—Tuve un hijo, Takeshi, pero Fukuda me lo arrebató a los pocos meses de nacer. Lo ha enviado al Japón para que se eduque con sus abuelos paternos —se arrancó a hablar con una voz queda y débil.

El efecto que semejante confesión tuvo en mi interior fue tan doloroso como si las fauces de la muerte hubieran comenzado a deglutir mi corazón.

—Preferí convertirme en su esclava sexual antes que regresar al gueto —prosiguió—. Al principio, resultó una experiencia devastadora, pero luego se volvió una costumbre. La degradación se convirtió en vacío, y la furia dio paso a la mansedumbre. Incluso la repugnancia que sentí al principio por mí misma, duró menos de lo esperado.

—Lo lamento… —dije, y me quedé mudo. ¿Qué podía decir? Sentía vergüenza de mí mismo, como si fuera yo, al huir, quien hubiera dado pie a aquella situación.

—Bueno, tal vez las cosas no resultaron tan fáciles como estoy dando a entender —acabó por reconocer—. Intenté suicidarme, y Fukuda respondió poniéndome vigilancia, un *amah* que, al parecer, había trabajado en una «casa de consuelo» del ejército nipón. Una mujer terrible que no me dejaba acercarme a las ventanas para que no tuviera la tentación de arrojarme al vacío o de romper el cristal para abrirme las venas. Incluso me acompañaba al cuarto de baño. Luego, tres meses después de dar a luz, Fukuda me entregó un papel con la dirección de Tokio donde, al parecer, se encuentra mi hijo. El muy cerdo sabía que yo no volvería a intentar suicidarme mientras existiera la posibilidad de recuperar a mi hijo. De modo que ese papel con esa dirección me ató a la vida. Quiero partir para Japón mañana mismo.

—No creo que eso sea posible. No creo que te lo permitan dadas las circunstancias.

—Si no me dejan ir mañana, lo intentaré pasado, y si no al otro.

—Tal vez cuando consigas el permiso para viajar a Japón, Fukuda haya trasladado a tu hijo a otro lugar. Has de obrar con mucha cautela.

—Fukuda sigue aquí, en Shanghai. Está prisionero en el Tun Wen College.

—¿Prisionero?

—Se dejó capturar. Ni siquiera intentó huir.

—No lo entiendo. Siempre pensé que un hombre como él acabaría haciéndose el harakiri. Es la costumbre entre los oficiales japoneses.

—Él ha preferido entregarse. Pero se trata de una larga historia que ahora mismo no me apetece contar. Ha sido condenado a morir por *lingchin*. Mañana será ejecutado junto a otros dos oficiales japoneses en el Public Garden.

—*Lingchin* puede ser traducido como «morir de mil tajos» —observé—. Eso significa que será despedazado.

—Lo sé. El verdugo le amputará los miembros, al tiempo que se ocupa de que su corazón siga latiendo. Antiguamente, el reo tenía la posibilidad de sobornar al verdugo para que le clavara un cuchillo en el corazón antes de comenzar el desmembramiento. En esta ocasión, he sido yo quien ha sobornado al verdugo para que se ensañe con Fukuda. Le he pedido que mantenga latiendo su corazón el mayor tiempo posible.

—¿Has hecho eso? —le pregunté incrédulo.

—¿Qué otra cosa podía hacer? Deseo que sufra y que pague por lo que me ha hecho. Mira en lo que me he convertido.

—Para mí eres la misma persona que dejé en esta casa hace casi dos años. Para mí sigues siendo mi esposa —aseguré.

Si hubiera habido eco en aquella habitación, me hubiera sentido ridículo escuchando aquella declaración de principios que lo único que pretendía era lavar mi conciencia.

—Eso suena bien, muy bien, Martín, pero ya es demasiado tarde. En mi corazón ya no hay espacio para el romanticismo. Ahora soy una… ¿esclava sexual? Primero me violaban dieciséis hombres al día, luego su número se redujo a quince y después a catorce, a trece, a doce, hasta que sólo quedó uno: Fukuda. Pero ese «uno» valía por todos ellos juntos. De hecho, en ocasiones, tenía la impresión de que Fukuda era la reencarnación de esos quince hombres. Y si hablo de reencarnación es porque sé que esos quince hombres con los que me compartía fueron muriendo uno a uno. Él los mató. No sé cómo, pero estoy segura. Es imposible que vuelva a amar a un hombre como te amé a ti hasta que Fukuda se encargó de convertir mi vida en un infierno. Ahora, en mi corazón sólo hay cabida para una persona: el pequeño Takeshi, mi hijo.

Cuando por fin me decidí a abrazar a Norah, un escalofrío sacudió mis miembros. Por más que mis brazos intentaron abrazarla, eran incapaces de abarcarla en su totalidad. Me sentía incómodo, como si estuviera tratando de abrazar el tronco de un árbol, cuya superficie es rígida y áspera. En ese instante descubrí que el cambio no se había producido sólo en ella, sino también en mí. Yo también había padecido lo mío en Yenán, mi conciencia acarreaba la pesada carga de la culpa, y eso había hecho que mi amor se volviera sumiso y sin esperanza.

—No puedo volver a abrirte mi corazón, al menos por el momento. Aunque cabe la posibilidad de que jamás pueda volver a hacerlo —añadió.

—Buscaremos a alguien que te ayude a superar todo lo que has pasado —dije tratando de contemporizar.

—No necesito que me ayudes a buscar a Freud, sino a mi hijo. Con eso me basta —me replicó con cierto tono de acritud.

Volví a apretarme contra aquel tronco, como si Norah se encontrara debajo de la corteza.

—No podrás volver a confiar en mí, porque yo no volveré a confiar en ti. No creo que pueda volver a ser complaciente con un hombre. Lo siento —añadió.

—El tiempo curará tus heridas. Siempre lo hace —dije a continuación, agarrándome a aquellas palabras que no eran más que un lugar común.

—Mientras mi hijo siga viviendo lejos de mí, el papel que tendrá el tiempo en mi vida será el de agrandar mi soledad y mi tormento. Nunca le he dado mucha importancia al tiempo, así que no pienso utilizarlo ahora para atenuar mi dolor. No necesito ni aliados ni bálsamos.

Sus palabras, dichas con un tono de voz descarnado y

triste, consiguieron al fin que abominara de mí, que tuviera la sensación de estar avasallándola. No en vano, tras oír de su boca aquella terrible historia, había empezado a sentirme como un cómplice de los japoneses. ¿Acaso yo no conocía desde hacía algunos años la existencia de las «casas de consuelo»? ¿Acaso no había asistido a algunas de aquellas muchachas sin denunciar que vivían como esclavas sexuales? Sí. Me había limitado a cerrar los ojos, como si lo que estaba ocurriendo formara parte de la «rutina» de la guerra. ¿No me convertía eso en un encubridor de los verdugos? De modo que si Norah había decidido no volver a confiar en mí, estaba en su derecho.

Esa noche dormí en el cuarto de invitados, y el mullido colchón de plumas de oca me resultó más incómodo que el *kang*, la plataforma que me había servido de cama en mi cueva de Yenán. Me sentía como un niño que, arrebujado en los brazos de la soledad nocturna, aguardara la aparición de sus fantasmas más íntimos con el pecho oprimido. Me encontraba al borde del desvanecimiento, pero la oscuridad, en vez de acogerme en su sueño, le servía de altavoz a mis desdichas. Pese a que no había probado bocado en todo el día, tenía la sensación de que mi estómago luchaba contra una pesada digestión. Claro que yo sabía de qué se trataba. Mi conversación con Norah me había saciado de vergüenza y me había colmado de estupor. Su sufrimiento, inimaginable para mí, era el espejo donde se reflejaba mi culpa. Era como si yo, con mi comportamiento, hubiera tejido la red que había servido para capturarla. Y así había pasado los dos últimos años, ahogándose lentamente junto a la orilla, boqueando la falta de aire sin hacer ruido. Ahora Norah vivía resignada, hasta el extremo de que ni siquiera fingía disgusto o indignación. La indiferencia había podido con su dolor. ¡Si al menos hubiera dado rienda suelta a su odio! ¿Podría el amor que sentía por ella restañar aquel daño? Lo dudaba. Lo único que yo podía hacer para ayudarla era tenderle un puente que ni siquiera alcanzaba las dos orillas del río. Que Norah llegara algún día a perdonarme, por tanto, iba a resultar tan difícil como devolverle la vida a un cadáver.

El coronel Yukio Fukuda fue ejecutado al día siguiente. Tal y como aseguró Norah, su cuerpo fue despedazado en una ceremonia pública que duró más de dos horas, el tiempo que tardó su corazón en dejar de latir. Para entonces, ya le habían sido amputadas las cuatro extremidades e introducido un roedor en las entrañas después de practicarle una incisión en el estómago que fue posteriormente cosida, al menos eso relataron las crónicas. Del primero al último, todos los periódicos matutinos de Shanghai reprodujeron en primera plana una fotografía en la que se veía a un niño de corta edad, tal vez de cinco o seis años, blandiendo un cuchillo junto al cuerpo del militar japonés. En realidad, se trataba de un trozo de carne amorfa e irreconocible. La foto, tomada por el fotógrafo indostaní Sadhu Ramana, puesto que los chinos no permitieron la asistencia de público occidental a la ejecución, fue reproducida por los principales rotativos del mundo, desde el *New York Times* a *Le Monde*.

Una semana más tarde, tuve la ocasión de conocer al

fotógrafo en el bar del Cathay Hotel. Llevaba su cámara Kodak colgada del cuello, y a Gianni Molmenti enganchado del brazo.

Esa misma noche, al regresar a casa, encontré una nota autógrafa del coronel Fukuda. Al parecer, se las había arreglado para sobornar a uno de los carceleros. Si éste accedió a entregarme la misiva del jefe del Kempei Tai tras su muerte, se debió a su temor a que el espíritu del coronel se vengara si no cumplía con su parte del trato.

La carta del coronel Fukuda rezaba:

«Apreciado doctor Niboli:

»Me pregunto si habrá logrado sobrevivir. De no ser así, esta carta carecería de sentido práctico. En todo caso, escribir estas líneas me servirá de desahogo, de catarsis, puesto que paso los días en una celda de aislamiento, sin más contacto con la especie humana que las esporádicas visitas de mi carcelero, un buen hombre hasta donde le permite su avaricia. ¿Puede creer que a estas alturas estoy empezando a considerar a los chinos como a iguales? Es evidente que se trata de un rasgo más de la debilidad que se ha apoderado de mí en los últimos meses. Una degradación de mi carácter que ha tocado fondo al dejarse encerrar en esta cárcel.

»Pero sigamos un orden.

»Supongo que le sorprenderá recibir esta nota tanto como el hecho de que no me haya practicado el *seppuku* como muchos de mis camaradas de armas. Sobre este particular, es necesario que le aclare que el suicidio ritual por desentrañamiento requiere de la presencia de un samurai que, a su vez, decapite al suicida para evitarle un sufrimiento innecesario. Yo, llegado el momento de dar el paso, carecía de camaradas dispuestos a prestarme esa clase de servicio. Un detalle esclarecedor de cuán profunda llegó a ser mi indignidad en todos los órdenes de mi vida. Rompí el código de honor de todo samurai, el *bushido*. Perdí la rectitud, el coraje, la benevolencia, el respeto, la honestidad y la lealtad. En pocas palabras, traicioné todos los principios que habían regido mi vida hasta ese momento. La japonesa es una sociedad perfectamente ordenada, hasta el punto de que cada cual ha de cumplir con el papel que le ha sido asignado. Para un militar, lo primordial es la lealtad al emperador, a sus superiores, a sí mismo y a su nombre. Una cadena que se va fortaleciendo con cada nuevo eslabón. Nuestra moral, por tanto, está basada en el cumplimiento de las obligaciones que tenemos establecidas. La finalidad que persigue este férreo sistema está en la necesidad de que cada individuo desarrolle su propia voluntad sin trabas, sabedor de que no alcanzarla supondrá la vergüenza y la desaprobación de los demás, de la sociedad en su conjunto. Tal vez las palabras claves sean autocontrol y autodisciplina. Sin embargo, cuando la voluntad de un hombre no se corresponde con sus actos, entonces sabe que ha fracasado. Eso fue lo que me sucedió a mí. Me comporté de forma deshonrosa, y quien comete semejante infamia, se priva a sí mismo de tener una muerte honorable. Por ese motivo, una vez que Japón firmó su rendición incondicional, decidí entregarme al enemigo. ¿Qué clase de deshonra cometí? ¿Recuerda aquella noche en su casa cuando le hablé del kamikaze, el viento divino que libró a mi país por dos veces de ser invadido por las hordas de

Kublai Kahn? Desde entonces, todos los japoneses nacemos bajo la protección de un kamikaze, lo que nos dota de fortaleza y de orgullo. Pues bien, el viento divino que me protegía contra las invasiones extranjeras, me abandonó el día en que fui a su casa a detener a «Lady Warrior» y conocí a su mujer. En ese instante, mi vida dio un vuelco, como el barco que navega por un mar que cree seguro y de pronto recibe el golpe de una ola que hace girar el casco hasta dejarlo del revés. Aquel golpe de mar lo arrojó todo por la borda y me convirtió en un náufrago. Sí, doctor Niboli, me enamoré perdidamente de su mujer, decidí que sería mía al precio que fuera y, para conseguirlo, ideé un plan para acabar con usted en «acto de servicio» (disculpe el eufemismo), comprometiendo su vida en una misión que no era más que una artimaña. Una estratagema absolutamente abyecta, lo reconozco. Un ardid que carecía de *chu* y de *ji*, de lealtad y de justicia. Desgraciadamente, fracasé, o quizá sería más exacto decir que ambos fracasamos. Usted fue lo suficientemente hábil para no caer en la trampa que le tendí (lo supe porque mandé abrir la bolsa de plástico que le envié, y en su interior encontraron el cuerpo de un hombre caucásico sin dentadura), pero al mismo tiempo fue incapaz de regresar a Shanghai para salvar a Norah de mí. Ciertamente, no lo hubiera conseguido. Incluso el propio Mao Tse-tung hubiera tenido más probabilidades de entrar clandestinamente en Shanghai que usted. Policías, espías y colaboradores, todos recibieron un retrato robot de su rostro y la orden de mantenerse atentos. Supongo que a usted le extrañará mi repentino cambio de comportamiento tanto como me extrañó a mí mismo al principio. Nunca antes había estado enamorado, con lo que todas mis debilidades quedaron al descubierto cuando conocí el amor carnal. Obviamente, me había acostado con decenas de mujeres, pero por ninguna había experimentado el más mínimo interés. Para mí no eran más que insignificantes mascotas a las que ni siquiera regalaba una palabra gentil. Siempre he sido proverbialmente odioso, grosero y tacaño con todas las mujeres que se habían cruzado en mi camino. Yo, además, pertenecía por derecho propio a una clase genuina, y ya desde la juventud había desarrollado una idea estricta y rigurosa sobre el papel que había de jugar la mujer en la sociedad: el de servir de solaz para el reposo del guerrero, a cambio de la recompensa de los hijos. Pero el amor me enredó en su madeja, y acabé anteponiendo mis intereses personales a los de mi nación. ¿Cómo ocurrió semejante cosa? Aún hoy carezco de una respuesta convincente. Y no la tengo porque el amor y la razón transitan por caminos paralelos, se ven pero no se tocan. Como dijo el pensador Pascal: «El corazón tiene razones que la razón no entiende.» He descubierto además que las raíces del verdadero amor no están en cada uno de nosotros, sino que se encuentran ancladas en el centro de la tierra. Cuando una de estas raíces profundas sale a la superficie y trepa por nuestro cuerpo y se enreda en nuestro corazón, ni siquiera importa que el amor que uno siente sea o no correspondido. Se trata de una fuerza telúrica que ni la voluntad ni la moral pueden domeñar. Todo lo más que puede hacer un hombre es aprovecharse de su ímpetu. Yo, huelga decirlo, gozaba de una posición de privilegio, al contrario de Norah, con lo que no me costó inclinar la balanza a mi favor. Dos días más tarde de su marcha de Shanghai, le comuniqué que usted había muerto en su intento de alcanzar las montañas de Yenán y que, en consecuencia, habría de regresar al «área determinada para apátridas». Incluso me encargué de que el *Shanghai Times* se hiciera eco de la noticia de su fallecimiento. Luego aguardé otro par de jornadas hasta que la desesperación se apoderó por completo de ella. Fue entonces cuando le propuse que podía quedarse en la casa e incluso gozar de ciertos privilegios, como buena ropa y comida en abundancia, si se ponía bajo mi protección. Mi intención, desde luego, era convertirla en mi amante, pero eso hubiera dado mucho que hablar entre los alemanes y entre mis propios hombres, de manera que la obligué a convertirse en una esclava sexual, siempre bajo la promesa de que aquella situación no duraría más que unos cuantos meses. Mi plan consistía en elegir a quince Kempei Tai con buena formación intelectual y un correcto comportamiento sexual, ya me entiende, quince auténticos samurais, quince hombres de honor a los que iría eliminando hasta convertirme en el único dueño de Norah. Y eso fue lo que hice. A partir del segundo mes, empecé a informar a los comunistas a través de terceros sobre los movimientos de los hombres con los que compartía a Norah. Yo había mandado decapitar a un millar de rebeldes en el malecón del Bund, de modo que estaba seguro de que no desperdiciarían la ocasión de vengarse. Uno a uno, la resistencia fue ejecutando a mis hombres hasta acabar con todos. El día que murió el último de ellos, perdí de manera irremisible mi condición de soldado del Ejército Imperial Japonés, al menos interiormente. Me quedé vacío, mi honor y mi dignidad se esfumaron dejándome indefenso frente al amor. Créame, nunca en toda mi vida me había enfrentado a un enemigo como ése. En consecuencia, abandoné para siempre «el camino del guerrero», que es lo que en verdad significa el término *bushido*. Fue entonces, como ya le he expuesto unas líneas más arriba, cuando decidí dejarme detener y someterme a escarnio en el supuesto de que mi país perdiera la guerra, tal y como ha sucedido. Para colmo, los ciento siete hombres que había decapitado con mi espada en Nanjing cayeron de repente sobre mi conciencia, como si alguien hubiera abierto y vaciado un saco lleno de sandías, y pasé de sentirme un samurai a sentirme como un vulgar asesino. Las cabezas cercenadas de esos hombres comenzaron a aparecer en mis sueños como fantasmas que reclamaran justicia. Sus bocas hablaban en un lenguaje silente, y sus ojos se clavaban en mi conciencia como agujas emponzoñadas. Tanto desasosiego acabó por convertirme en un fantasma, en la sombra de lo que había sido. Dejé de reconocerme. Me volví débil y vulnerable y, por primera vez en mi vida, deseé acabar con mis enemigos por el hecho de que los temía. Una clase de sentimiento que jamás había experimentado hasta entonces. Convertida mi vida, pues, en un viaje sin rumbo, Norah pasó a ser el único refugio donde me sentía seguro, el puerto que sirve de cobijo al marinero cuando arrecia la tormenta. Claro que aferrarme a ella era lo mismo que hacerlo sobre una roca resbaladiza llena de aristas cortantes y puntiagudas. Cada vez que la poseía, me arañaba y gritaba de dolor, una especie de lamento agudo y prolongado, sin saber que era precisamente su desesperación lo que nos unía. Sentir que su alma se desgarraba como un trozo de tela cada vez que entraba dentro de ella, me colmaba de dicha, me proporcionaba una felicidad indescriptible. Incluso dejé de cortar bambú por las mañanas, puesto que por las noches afilaba mi sexo en el interior de su vagina. Una fragua de dolor que me producía heridas profundas y lacerantes. En aquellos días, comprendí que el sufrimiento era la cualidad más extraordinaria de cuantas posee el ser humano. Sí, el sufrimiento es el manantial del que brotan todas las cosas, y cada vez que me acostaba con Norah lo que hacía era remover y enturbiar aquellas cristalinas aguas. Era como poner en marcha la rueda de una noria que transforma la fuerza del agua en una nueva energía. Ella sentía dolor por haber perdido a sus seres queridos, en tanto que mi desgarro tenía su origen en el hecho de haber traicionado a mi patria. Yo lo había sacrificado todo por su amor, y por esa razón me creía en el derecho de exigirle que renunciara a ciertos aspectos de su vida pasada. La colmé de regalos, le compré vestidos, zapatos, le proporcioné cuanta música se le antojaba, le facilité opio y cigarrillos, e inundé su casa de fragantes flores y aromáticos perfumes. A cambio, ella me dio un hijo (Takeshi, nombre que significa Hombre Fuerte). Desgraciadamente, su inclinación al suicidio fue en aumento con el transcurrir de los meses, en contra de lo que cabía esperar de una mujer que acababa de ser madre, de modo que no me quedó más remedio que mantener a nuestro hijo lejos de ella para que tuviera al menos ilusión por el futuro. Soy militar, y sé la importancia que tienen los alicientes para mantener alta la moral. Sin ellos la vida carecería de sentido. Un incentivo, un estímulo, un acicate… ¡En el fondo basta tan poco para tener esperanza! Como le dije en una ocasión, hay cosas que ni siquiera tienen que existir para ser reales. La pregunta que en estos momentos me formulo es la siguiente: ¿He sido un ser real o simplemente he existido como un fantasma? Dentro de unos días obtendré la respuesta.

»Un saludo.

La carta del coronel Fukuda ni siquiera estaba firmada, tal vez por la importancia que en las culturas orientales tiene el nombre de una persona, que siempre está ligado a sus antepasados, a los que ha de honrar mediante actos nobles que estén en consonancia con su prosapia. De modo que Fukuda no había firmado la nota para no manchar su apellido.

Jamás le enseñé la carta a Norah.

El 3 de septiembre de 1945, el gueto de Hongkew fue liberado por el ejército norteamericano, y la guerra terminó por fin para los miles de refugiados judíos de Shanghai. Nunca he olvidado la expresión que empleó un judío polaco cuando fue entrevistado por un periódico local para que narrara su experiencia en el gueto: «*Shond khay*», dijo en yiddish, «*a shame of a life*», «*una vie de honte*», «una vida de vergüenza».

Norah logró que los norteamericanos le permitieran viajar a Japón en diciembre de 1945. Ni siquiera llevó consigo su ropa, que decía detestar, como todo lo que le recordaba a Fukuda, a la Concesión Francesa, a Shanghai y, en última instancia, también a mí. Su único equipaje fue la nota que guardaba del coronel del Kempei Tai con una dirección que remitía al distrito de Sumida-ku, al este de Tokio. Desgraciadamente, la censura había prohibido que la prensa local diera la noticia del bombardeo de Tokio, que había tenido lugar el 9 de marzo de ese año. Ese día, a las diez y media de la noche, trescientos treinta y tres aviones B-29 de la Fuerza Aérea Norteamericana llevaron a cabo un «bombardeo alfombra» o de «saturación» sobre la capital de Japón. Durante dos horas, los B-29 arrojaron dos mil toneladas de bombas, de las cuales medio millón eran incendiarias de napalm y de magnesio, que arrasaron cuarenta kilómetros cuadrados de Tokio, entre los que se encontraba el municipio de Sumida-Ku, cuyas casas, la mayoría de madera y papel, se volatilizaron literalmente debido al fuego y a las altas temperaturas, que alcanzaron los mil grados centígrados. Tan sólo salvaron la vida un centenar de vecinos, que haciendo caso de la alarma antiaérea, se refugiaron en el parque Kinshi. Desde allí contemplaron con estupor cómo los llamados «turbantes antibombardeos», que usaban la mayoría de las mujeres japonesas para protegerse de las esquirlas durante los bombardeos convencionales, se encendían como antorchas sin que el fuego los rozara siquiera. El aluvión de bombas había provocado que el viento quemara tanto como brasas al rojo vivo. En total, más de cien mil personas perecieron y otras cuatrocientas mil resultaron heridas de distinta consideración.

De manera que cuando Norah llegó a Tokio en las navidades de 1945, el distrito de Sumida-Ku era una ciudad fantasma que aún no había restañado sus heridas, la casa de la familia Fukuda había ardido y sus moradores habían desaparecido sin dejar rastro. Semejante revés no hizo que el ánimo de Norah decayera, y convencida de que su hijo y los abuelos de éste habían logrado ponerse a salvo en el parque Kinshi, decidió dirigirse a Fukuoka, en la isla de Kyushu, de donde era originaria la familia Fukuda. Allí, los familiares aseguraron no haber tenido noticias de los padres del coronel Fukuda después del bombardeo de Tokio. En cuanto al pequeño Takeshi, ni siquiera conocían su existencia. De hecho, creyeron que Norah estaba loca.

Norah regresó a Tokio, segura de que los Fukuda se habían mudado a otro distrito de la capital. No tuvo en cuenta que de haber sido así, lo normal era que los Fukuda se hubieran puesto en contacto con sus parientes de Fukuoka para comunicarles que se encontraban sanos y salvos. Tras varias semanas de intensa e infructuosa búsqueda por todos los distritos de Tokio, que acabó minando su resistencia física y emocional, una patrulla de la policía militar norteamericana la encontró vagabundeando y desorientada en el parque Ueno.

Norah jamás se recuperó de ese golpe. A su regreso a Shanghai, tomó una habitación en el Hotel Majestic, la misma donde Pascal Dagnan-Bouveret, «su pobre poeta», se había suicidado. Los únicos objetos que consintió llevarse de su antigua casa en la Concesión Francesa fueron el gramófono y los discos de Liszt. La melancolía de aquella música, unida al resultado estéril de su viaje a Japón, me hizo temer que Norah optara por seguir los pasos del joven suicida. Yo trataba de estar al tanto de lo que ocurría en aquel cuarto a través de las doncellas y camareros que la atendían, a quienes llegué a pagar para que elaboraran una lista detallada de los medicamentos que Norah guardaba. Y cuando en uno de los partes, una doncella me transmitió la noticia de que Norah había conseguido un frasco de Veronal, soborné a la *demoiselle* para que, durante el desayuno, sustituyera las píldoras originales por otras inocuas, que yo mismo me había encargado de fabricar en el laboratorio de mi consulta. Tener a Norah tan cerca y, a la vez, tan lejos, era para mí el peor castigo de todos. En el fondo, me sentía como su verdugo, con independencia del papel que pudiera haber jugado Fukuda, de modo que si Norah se hubiera quitado la vida, la responsabilidad de tal decisión hubiera recaído enteramente sobre mi conciencia. Según mis informantes, Norah llevaba una vida aparentemente normal hasta la hora del almuerzo, se aseaba, se vestía, desayunaba y paseaba por los alrededores del Majestic; luego, después de comer, se tumbaba en la cama y fumaba opio hasta que perdía la conciencia. No obstante, Norah había conocido el opio a través de Fukuda, y por ese motivo nunca se entregó a él como una verdadera adicta, pues en el fondo de su corazón deploraba todo aquello que tuviera relación con su verdugo. Afortunadamente, la mortal tristeza de Norah quedó en eso, y como si la desesperación también dispusiera de sus propios mecanismos de defensa, al cabo de las semanas tomó la decisión de regresar a Europa, a Budapest, la ciudad de su infancia. Como ella solía decir cuando se refería a la capital húngara: «Ese hermoso lugar en el que no tenía que haber nacido.»

En aquellos días, el enfrentamiento entre el Kuomitang y el Partido Comunista Chino parecía destinado a una nueva guerra civil. Algo que se palpaba en el ambiente desde hacía mucho tiempo. En esa situación, la presencia de extranjeros en una ciudad como Shanghai, cuya historia reciente tenía marcada a sangre y fuego la impronta foránea, no era recomendable, de modo que aproveché el ofrecimiento que me hizo el ejército norteamericano para trasladarme a Manila y contribuir desde allí a la difusión de la penicilina por todo el archipiélago filipino.

Norah y yo abandonamos Shanghai el mismo día, aunque con rumbos opuestos.

Durante cinco años, no volví a tener noticias de ella. Al parecer, permaneció en Budapest trabajando como intérprete hasta que se trasladó al recién fundado Estado de Israel, en septiembre de 1949. Allí se instaló en el Kibutz (o Kvutza, dado su pequeño tamaño) Degania, donde coincidió con algunos judíos rusos que habían sido residentes en Shanghai. Sea como fuere, Israel quedaba demasiado lejos de su pasado y también del recuerdo del pequeño Takeshi, por lo que a mediados de 1951 apareció por sorpresa en Manila, que quedaba a medio camino entre Shanghai y Tokio. ¿Apareció en Manila atraída por mi recuerdo? Se trata de una pregunta que le he formulado a Norah en numerosas ocasiones, y a la que nunca ha dado respuesta. Sea como fuere, en la capital filipina se puso en contacto con la embajada norteamericana, y allí consiguió que le proporcionaran mi dirección.

Ni ella ni yo nos habíamos preocupado de romper legalmente nuestro matrimonio, que seguía constando en el libro de registros del consulado de España en Shanghai. Poco a poco, pues, fuimos restañando la hemorragia que la guerra había provocado en nuestras almas, y Norah acabó por aceptarme de nuevo, aunque la parte espiritual de nuestra relación prevaleció desde entonces sobre la física. Como me dijo el día de nuestro reencuentro en Shanghai, no ha vuelto a confiar del todo en mí. Aunque se trata de un recelo que puede extenderse a todo el género masculino. Durante años, Norah recibió la ayuda de un psiquiatra, hasta que creyó llegada la hora de enfrentarse a su pasado por sí misma. Y pese a que logró superar la embriaguez de la mortificación, de su mente nunca desapareció el anhelo por reencontrarse algún día con su hijo. De hecho, todavía sigue removiendo y renovando los recuerdos que conserva del pequeño Takeshi. Un llanto, una risa, una noche de fiebre… Pero si antes rememoraba cada episodio con un brote de desazón, se refería a ellos con trágica desesperación, ahora lo hace como la beata que reza dos o tres rosarios al día. Se trata de un acto que lleva la misma carga de fe que de rutina. Claro que la vida de Norah no se ha limitado a luchar contra sus propios fantasmas. Hace algunos años fundó una organización que se dedica a rescatar los testimonios de las «esclavas sexuales» que han sobrevivido a las «casas de consuelo» de los japoneses. Un número muy reducido, todo hay que decirlo, ya que el destino final de la mayoría de estas mujeres fue la muerte. La organización, que fue bautizada con el nombre de *Asian Women Rigths and Dignity*, continúa en plena actividad y absorbe gran parte del tiempo de Norah. Su propósito es que, en un futuro no muy lejano, el gobierno japonés reconozca la existencia de las «casas de consuelo» y pida perdón e indemnice a las víctimas. Pero ésa es ya otra historia que deberá ser contada con toda clase de detalles en otra ocasión.

HONG KONG, 1975

Estimado doctor Niboli:

Permítame comenzar mi relato aludiendo a mi nombre, Zemin, cuyo significado es «el que sobrevive con agua». La razón por la que recibí este nombre tuvo que ver con las circunstancias de mi nacimiento, pues, en un primer momento, mi propia madre me condenó a morir ahogado, siguiendo una terrible costumbre de mi país que afecta a los hijos no deseados. Tenga en cuenta que yo era fruto de la relación entre una china con un occidental (un «falso diablo extranjero», como decían los chinos en aquella época), algo que no estaba bien visto dada la situación política general.

Sin embargo, en aquellos días, China requería de varones que pudieran nutrir un ejército con el que oponer resistencia a los japoneses, y atendiendo a esa necesidad, mi abuelo decidió hacerse cargo de mí. De esa forma salvé la vida y, por haberme librado de morir ahogado, recibí el nombre de Zemin.

No volví a ver a mi madre hasta tres años y medio más tarde, si bien, como usted comprenderá, no guardo ningún recuerdo de aquel encuentro. Su repentina muerte en el frente de batalla marcó definitivamente mi destino. Tampoco soy capaz de recordar el rostro de mi abuelo ni el de mi tío, ambos combatientes del Ejército Rojo, quienes también perecieron pocos meses antes de que la guerra tocara a su fin.

Sin nadie en el mundo, fui adoptado por un compañero de armas de mi abuelo llamado Wang, de quien aún conservo su apellido, pues siempre fue para mí como un padre.

En compañía del señor Wang llegué a Shanghai, el último día del mes de agosto de 1945, dos días antes de que se firmara en la cubierta del acorazado *Missouri* la rendición formal de Japón.

Unos días más tarde tuvo lugar un acontecimiento que, a la postre, acabaría marcando mi vida para siempre.

El señor Wang me llevó al Public Garden, donde hasta entonces los chinos habían tenido prohibida la entrada. Al parecer, en aquellos jardines, convertidos en un símbolo de la lucha de mi pueblo frente a la opresión extranjera, se estaban llevando a cabo ejecuciones sumarias de algunos criminales de guerra japoneses que no habían tenido la oportunidad de huir a tiempo.

Las ejecuciones, para deleite de la masa, eran lentas y crueles. Colocados sobre un patíbulo construido a base de tablas de madera, los reos eran despedazados poco a poco. Primero les eran amputadas las extremidades, para luego seguir laminando los cuerpos, loncha a loncha, trocito a trocito, pero sin que las heridas afectaran a los órganos vitales. Se trataba de que aquellos hombres padecieran una lenta y terrible agonía comparable al dolor y al sufrimiento que habían infligido al pueblo chino.

Además de las amputaciones, a cada reo le era practicada una incisión de quince centímetros en el estómago, le era introducido un pequeño roedor en las entrañas y le era cosida la herida. No sé cómo se las apañaban, pero los verdugos —quizá sería más correcto llamarlos matarifes— lograban mantener conscientes a los reos en todo momento. Al menor desfallecimiento, eran reanimados haciéndoles inhalar sustancias específicas para tal fin o restregándoles trozos de hielo por la nuca. Los torturados, por su parte, proferían alaridos de una intensidad como jamás he vuelto a escuchar. Algunos de aquellos gritos aún resuenan en mi interior como el eco de una pesadilla.

Cuando la orgía de sangre llegó a su cenit, el señor Wang me arrastró hasta el cadalso, puso un cuchillo en mi mano y me obligó a situarme a un metro de distancia de uno de aquellos hombres. Claro que hacía rato que había dejado de ser tal para convertirse en un amasijo de carne que aún respiraba. «Blande el cuchillo, hijo, pues tu inocencia representa la inocencia del pueblo chino», dijo el señor Wang. Yo ni siquiera conocía el significado de la palabra blandir. Miles de ojos se posaron entonces en mí, y otras tantas bocas comenzaron a jalearme. Durante unos segundos, me convertí en un símbolo, en el brazo vengador de China. No blandí el cuchillo, pero sí que tembló entre mis manos, sobrecogidas por aquel terrible espectáculo. El olor de las heridas en carne viva me hizo tambalear, si bien no llegué a perder el equilibrio. Entonces, sin saber por qué, sentí la proximidad de aquel hombre despedazado como una amenaza. Incluso podía escuchar el murmullo de su respiración, un viejo tren renqueante detenido en la parada anterior a la muerte. Supongo que temí que aquel tren pudiera arrollarme. Un terrible estertor seguido de un vómito de sangre por parte del reo quebró definitivamente mi ánimo. Lo último que recuerdo es el balanceo de la copa de un árbol que bailaba cadenciosamente al son de la brisa del verano. Un árbol de ramas recias, verdaderamente hermoso. Según me contó el señor Wang, entré en una especie de éxtasis que me llevó a hundir el cuchillo repetidas veces en el cuerpo del reo, hasta que exhaló su último aliento. Terminado el trabajo, arrojé ufano el cuchillo cual matarife después del sacrificio. ¿Pero acaso un niño de cinco años puede tener motivos para obrar de esa manera? ¿Me compadecí de ese hombre o, por el contrario, quise tomarme la justicia por mi mano, tal y como reclamaba la masa enfervorecida? Ni siquiera hoy lo sé. Por aquel entonces, no podía saber lo que era justo y lo que no. Había presenciado numerosas injusticias, pero sin saber que la moneda tenía otra cara, la de la justicia. Pese a mi corta edad, lo único que había conocido en la vida era la muerte: mi madre, mi abuelo y mi tío, mi única familia, habían fallecido de forma violenta y repentina, y también había visto morir a un sinfín de heridos que eran trasladados desde los diferentes frentes hasta los hospitales de campaña de la región de Yenán. A veces, los cadáveres eran almacenados a docenas en algunas de las cuevas que rodeaban el campamento. A falta de otras distracciones, los niños nos acercábamos hasta aquellas grutas para contemplar los rostros de los cadáveres como si fueran fotografías. De hecho, en algunas ocasiones seguíamos a uno de los fotógrafos del Ejército Rojo, quien acudía a aquellas improvisadas morgues siempre que llegaba un cadáver distinguido. Entonces mandaba acicalarlo y, a continuación, le hacía la foto de rigor. De esa forma, el cadáver distinguido pasaba a convertirse en héroe de nuestro pueblo. En esa morgue reconocí el cadáver de mi madre, que había fallecido en la región fronteriza de Shensí-Kansú-Ningisia, la más progresista de toda China, donde se había logrado crear un fuerte movimiento antijaponés y se habían eliminado a los déspotas locales y a los funcionarios corruptos. Aunque le resulte difícil de creer, estaba tan familiarizado con la muerte que para mí tenía el mismo valor que la vida, así que a los cuatro años anhelaba convertirme algún día en uno de aquellos cadáveres distinguidos. De hecho, la única fotografía que conservo de mi madre es un retrato que le hizo el fotógrafo del partido después de que los forenses acicalaran su cadáver. Sí, doctor Niboli, mi madre era Nube Perfumada.

También le recuerdo a usted, siempre detrás del doctor George Hatem. A menudo, me preguntaba por qué tenía usted un semblante tan serio, de la misma manera que no entendía por qué el doctor Hatem era conocido por todo el mundo como Ma Haide, que significa por un lado «caballo» y por otro «virtud del mar». Como usted ha señalado acertadamente, un extraño apodo que nada tenía que ver con aquel hombre de aspecto tranquilo y bonancible.

Pero volvamos al Public Garden.

Como ya habrá imaginado, querido doctor, el hombre al que acuchillé repetidas veces era el coronel Yukio Fukuda. De modo que yo soy el crío cuyo rostro apareció en la primera plana de los principales diarios del mundo.

Durante varias semanas, pasar delante de una carnicería se convirtió en una pesadilla, pues me provocaba un irrefrenable deseo de vomitar. Cualquier res despezada me recordaba al coronel Fukuda. De hecho, no he vuelto a probar la carne desde entonces.

Créame si le digo que su relato me ha servido de gran consuelo, pues evidencia que aquel día en el Public Garden, apuñalé a un hombre que ya estaba muerto por dentro.

Desconozco el momento exacto en el que el señor Wang se alejó del ideario comunista. Lo cierto fue que para cuando comenzó la guerra civil que acabó con el ascenso de los comunistas al poder, mi padrastro era ya uno de los hombres de confianza de Chiang Kai-shek, con cuyo séquito nos trasladamos hasta el refugio de Taiwan, «la provincia renegada», como la llaman los chinos continentales.

En Taipei, la capital, pasé gran parte de mi infancia y de mi juventud.

Dada mi condición de huérfano, madame Chiang Kai-shek se convirtió en mi protectora, y se encargó personalmente de que recibiera una esmerada educación, tanto en inglés como en francés. Recibí, por tanto, una educación «nacionalista» por un lado y «cosmopolita» por otra, si me permite expresarlo de esa manera. El recuerdo de Shanghai, no obstante, permaneció indeleble en mi memoria, aunque con las distorsiones propias de alguien cuyas evocaciones se retrotraen a la primera infancia. Sea como fuere, ya estuviera en la Universidad de Harvard o en la Sorbona de París, todos los conocimientos que me interesaban tenían que ver con la cultura de China, de la China continental, y de la ciudad de Shanghai en particular. La literatura, la música, la pintura, todo me atraía, pues en suelo chino había pasado los primeros años de mi infancia, años convulsos y dolorosos.

Regresé a Taipei con veintitrés años, seis meses antes de que mi padre adoptivo dejara este mundo a causa de una enfermedad incurable. Diez días antes de su muerte, el anciano, que intuía próximo su fin, me hizo entrega de un sobre que prometí no abrir hasta un día después de finalizadas sus exequias.

Lo que encontré dentro de ese sobre fue una carta autógrafa de mi madre. Como me había pasado dieciocho años antes en el Public Garden de Shanghai, la lectura de esa epístola cambió mi forma de ver las cosas y marcó para siempre mi destino.

La carta (me he permitido corregir el estilo, puesto que mi madre no era muy diestra en el arte de la escritura; se lo digo puesto que usted conoció a Nube Perfumada y tal vez no reconozca su modo de expresarse) comenzaba con el siguiente encabezamiento:

«Para el pequeño Zemin de su desdichada madre.»

Querido Zemin, hijo mío:

Te pido perdón por haberte privado de todo aquello que una madre está obligada a darle a un hijo.

Me queda el consuelo de que cuando leas estas líneas, ya serás mayor y, por tanto, tal vez puedas entender los acontecimientos excepcionales que rodearon mi vida. Con esto no quiero que pienses que estoy dando a entender que yo era una mujer destacada. Todo lo contrario. La singularidad se encontraba en el mundo que me había tocado vivir: una nación desmembrada, donde la vida de millones de pobres valía menos que un trozo de tierra yerma; un país invadido violentamente por los japoneses y pacíficamente por extranjeros occidentales; una tierra en la que la mujer se había convertido en una esclava de los deseos de los hombres más miserables y crueles que la humanidad haya conocido; un Estado sin cabeza y sin timonel y, en consecuencia, en plena zozobra. ¿Acaso, pues, no me convertí en lo que llegué a ser empujada por estas circunstancias?

Soy hija de campesinos que dejaron el campo para seguir a nuestro líder, el camarada Mao Tse-tung. Los comunistas me enseñaron a leer y a escribir, y con la lectura y la escritura, se despertó mi interés por la política. De haber nacido varón, mi destino hubiera sido asistir a la universidad. Con esta base, no me costó aprender el arte de la simulación, la única forma posible si quería ayudar a sobrevivir a los míos, a mi pueblo. No me avergüenza haber ocultado mi verdadera personalidad, pues si había algo que sobresalía en una ciudad como Shanghai era precisamente la mentira, el disimulo, la impostura.

Pero hasta un corazón fabricado para latir como un reloj y dar la hora con fría y metódica precisión, puede sufrir una avería. Y eso fue lo que me sucedió cuando conocí a tu padre. Comprendí entonces que jamás podría engañar a mi corazón, sustraerme al amor, aunque en ningún caso tuviera proyectado enamorarme.

Pero ocurrió sin darme cuenta, y las fuerzas que durante años había ido guardando para luchar contra los enemigos del pueblo chino, las gasté en el amor. El proyecto inquebrantable para el que me había estado preparando, se quebró como un frágil palillo de madera. Imagina a alguien que se dirige con todos sus ahorros al banco, y que en el camino encuentra un casino y, en un arrebato de locura, decide entrar para doblar las ganancias por medio de un golpe de suerte. Algo así me sucedió a mí. Me lo jugué todo a una carta, y perdí los ahorros de toda una vida. A cambio, conocí a tu padre, que se convirtió en mi único anhelo. Bastó que me prodigara un poco de ternura, algo que yo no había conocido hasta entonces, como si las relaciones entre las personas se rigieran por un único principio: el del deber. ¡Qué despacio corría el tiempo cuando estaba a su lado y a la vez cuán rápido latía mi corazón! Ni siquiera el torbellino de la guerra podía darle alcance a mi corazón desbocado. El mundo exterior dejó de afectarle a mi mundo interior. El sueño era mucho mejor y más placentero que la realidad. El siguiente paso fueron las manifestaciones de intimidad. Nunca antes había sentido un interés tan inquisitivo por otro cuerpo; y otro tanto le ocurría al que iba a ser tu padre. Ni siquiera la diferencia de edad entre ambos supuso un problema, pues yo ya había asumido aquella relación como parte de mi destino. Al final, claro está, me quedé embarazada.

A los dos años, tu pequeño rostro ya reflejaba ciertos rasgos que no se correspondían con los de la raza china. La razón de esta singularidad de tu fisonomía es debida a que tu padre era un hombre blanco, un judío alemán llamado Leon Blumenthal.

Nuestra historia de amor, como casi todas en aquella época que tenían como protagonistas a un europeo y a una joven china, estuvo marcada por la incomprensión y el desprecio para conmigo por parte de los míos. Para empezar, ningún occidental se casaba con una china. A todo lo más a lo que podía aspirar una relación de esta naturaleza era al concubinato. Pero la guerra había anquilosado hasta las costumbres más laxas. Tu nacimiento vino a complicar las cosas sobremanera, tanto que te arrancaron de mis brazos. Es posible que alguien te cuente que quise tu muerte, y fue así, pero si deseé algo tan terrible para mi propio hijo no fue porque no te amara, sino porque no soportaba la idea de que nos separaran. Además, temía que pudieras ser objeto de alguna clase de represalia. ¿Que por qué teníamos que vivir separados o por qué iba nadie a represaliar a una criatura inocente? Ha de bastarte con saber que un minuto después de alumbrarte, mi vida dejó de pertenecerme para siempre. Al romper tu cordón umbilical, yo quedé unida para siempre a mi pecado, que incluía nuestra separación física. Al ser tú el fruto de ese pecado, también tu vida corría peligro. Así eran las cosas. Los hijos nacidos de una relación mixta a menudo eran ahogados en las aguas de cualquier río o canal, y las madres sometidas a las más terribles vejaciones. En mi caso particular, además, existía un agravante. Yo era miembro del Partido Comunista, hija y hermana de dos destacados combatientes, con cuyos dirigentes había adquirido el compromiso de trabajar para el pueblo chino. Quedarme embarazada de un extranjero equivalía a haber traicionado la confianza que el partido había depositado en mí. En consecuencia, fui obligada a separarme de ti (afortunadamente, gracias a la intervención de tu abuelo, quien vio en ti a un futuro soldado para combatir a los japoneses, salvaste la vida) y a tener que llevar a cabo ciertas misiones especiales. ¿Qué sentido tiene ocultártelo cuando lo que deseo precisamente es abrirte mi corazón? Me vi obligada a prostituirme primero y a convertirme más tarde en una esclava sexual del ejército japonés. El trabajo más humillante de todos cuantos existen bajo el cielo. En la casa de lenocinio, al tiempo que era sometida a las vejaciones más atroces que puedas imaginar, sonsacaba a los soldados y oficiales japoneses, y así pagaba la deuda que había contraído con el pueblo chino.

Mi vida dio un giro un día de otoño del año 1942, cuando la máxima autoridad del Kempei Tai, el coronel Yukio Fukuda, el cliente más importante de cuantos visitaban el prostíbulo, quiso defecar sobre el rostro de una de mis compañeras, una joven llamada Jiaodi. Al negarse ésta a complacer a Fukuda, la encerró en una habitación, y al resto nos castigó sin comer. Durante tres días consecutivos, no nos permitieron probar bocado, a pesar de que nuestro ritmo de trabajo era el de siempre, es decir, entre cuarenta y cincuenta servicios por jornada. Al tercer día, Fukuda se presentó en la «casa» para comunicarnos que el castigo había sido levantado. Luego nos sirvieron una abundante comida a base de carne guisada con guarnición de patatas. Un manjar que jamás habíamos probado antes. Comimos con apetito y en silencio, casi felices. Al finalizar, Fukuda, esgrimiendo una sonrisa que no olvidaré jamás, nos comunicó que acabábamos de comernos a nuestra compañera.

Desde ese día, juré combatir a los japoneses con todas mis fuerzas. Mi odio hacia ellos se hizo tan fuerte como el amor que sentía por ti. Comerme a un ser humano, a una persona a la que quería y compadecía, me deshumanizó, me dotó de una coraza. Nunca volví a ser la misma persona. A partir de entonces, me volqué en la misión que tenía encomendada, me convertí en una serpiente que sabe administrar su veneno y, de esa forma, me gané la fama de ser la informante más eficaz de cuantas trabajaban en las «casas de consuelo». No había nada que un japonés no me dijera si lo que yo deseaba era que me lo dijera. Un día, sin darme cuenta, me había convertido en «Lady Warrior».

Hijo, te he robado la infancia y te he condenado a vivir una vida injusta. El dolor que he padecido por esto es infinitamente mayor al daño que me hayan podido infligir los soldados japoneses. Para restañar la herida parcialmente, para dulcificar mi discurso, tal vez debería decirte que tu padre se sintió orgulloso de ti, de modo que puedas guardar un recuerdo agradable de él, pero mentiría. Cuando por razones obvias no pude ocultarle a mi familia que estaba embarazada, me vi obligada a separarme de tu padre, quien nunca supo que venías de camino. Fui llevada al campo hasta que di a luz, y cuando regresé a la ciudad, comencé a trabajar en un prostíbulo como te he mencionado unas líneas más arriba. No obstante, quiero que sepas que tu padre me amó siempre, hasta el último día de su existencia, y que si hoy puedo escribir estas líneas es gracias a él, pues me salvó la vida cuando los japoneses decidieron deshacerse de mí. Es posible que tu padre no fuera la mejor persona del mundo (durante un tiempo trabajó para uno de los mayores enemigos de nuestro pueblo, un japonés llamado Yoshio Kodama, fundador de una peligrosa organización criminal llamada Kodama Kikan), pero te aseguro que tampoco era un mal hombre y, llegado el momento, supo corregir su comportamiento. Ni siquiera estoy en disposición de ofrecerte detalles sobre su biografía, sobre su vida en Europa, que yo misma desconozco, en cambio, puedo asegurarte que siempre me trató con respeto y amor. Imagino que te preguntarás por qué no le hablé nunca de ti. La respuesta es sencilla: porque revelarle tu existencia hubiera sido lo mismo que hablarle de un hijo al que nunca conocería. Por aquel entonces, China no toleraba que los padres de sus hijos fueran extranjeros, y tenía razones de sobra para mostrarse recelosa. Además, siempre tuve la esperanza de hacerlo cuando la guerra hubiera finalizado, pues estaba convencida de que, una vez que los japoneses hubieran sido derrotados, las cosas resultarían más fáciles. Desgraciadamente, tu padre murió asesinado antes de que la situación se hubiera aclarado. Si algo tiene la guerra es que complica tanto la vida que a veces acaba por destruirla. Si cuando seas mayor sientes la necesidad de conocer algo más sobre tu progenitor, busca a un médico español llamado Martín Niboli. Esta persona ostenta el cargo de cónsul de su país en Shanghai, y se hizo cargo de la casa que tu padre poseía en la Concesión Francesa, cuando los judíos sin patria se vieron obligados a trasladarse al gueto de Hongkew. ¡Son tantas las cosas que me gustaría compartir contigo, hijo! ¡Pero es tan corto el tiempo del que dispongo! Ahora, mientras escribo estas líneas de despedida, que serán lo único que pueda dejarte en vida, te estoy viendo corretear en compañía de otros niños de tu edad. Apenas puedes mantenerte en pie, y, sin embargo, ya das muestras de lo que serás en el futuro: un hombre digno e inteligente que, si la providencia, la sabiduría y la determinación acompañan a nuestros líderes, conocerá una China libre de la opresión extranjera.

Mañana marcho para la región del norte, pequeño Zemin, tú que has conseguido sobrevivir al agua y a los errores de tu madre. Voy al frente a luchar contra los japoneses. En toda mi vida no he hecho otra cosa más que combatir, ya fuera contra el hambre, la injusticia y los invasores, pero puede que ésta sea la última batalla que libre. Si es así, me perderás de nuevo, esta vez para siempre, pero a cambio ganarás otra madre, la Nación China. Ella te procurará los cuidados y las atenciones que yo he sido incapaz de darte.

Te pido perdón de nuevo, hijo mío.
Recibe todo mi amor.
Tu madre.

NUBE PERFUMADA

Ya ve, doctor Niboli, su historia es también mi historia. Mis padres fueron Nube Perfumada y Leon Blumenthal. El hecho de que yo sea considerado por todo el mundo como un autor anglo-chino, como se asegura en las reseñas biográficas de mis libros, se debe principalmente a un error. En realidad, soy un ¿germano-chino de padre judío?, un ¿alemano-chino-judío? Suena bastante raro, ¿no le parece? ¿Qué sentido tendría, pues, complicar la vida de mis editores? Resido en Hong-Kong desde hace algunos años. Después de leer la carta de mi madre decidí abandonar Taiwan. Mi conciencia entró en conflicto, se quebró, y la única manera que encontré para curarme fue indagar sobre mi pasado, sobre la historia de mi familia y también sobre la historia de mi pueblo. Empecé con la fotografía que «alguien» me había hecho en el Public Garden cuando yo era tan sólo un pequeño campesino recién llegado de las montañas de Yenán. Durante algunos años, estuve siguiendo el rastro del nombre que aparecía al pie de la instantánea: Sadhu Ramana. Después de numerosas pesquisas, localicé al señor Ramana en Hong Kong, donde trabajaba para una agencia de noticias, y hacia la colonia británica dirigí mis pasos. Gracias a él conocí a Gianni Molmenti, con quien no tardé en establecer lazos de amistad. Ya sabe usted cuán locuaz ha sido siempre nuestro amigo, al que le gustaba creer que todo cuanto ocurría importante en Shanghai tenía lugar en el Jazz Club del Hotel Cathay, donde él tenía instalado su cuartel general. Hasta que en una de nuestras conversaciones sobre el Shanghai ocupado por los japoneses, pronunció el nombre de mi padre: Leon Blumenthal. Claro que el nombre que yo buscaba era el suyo, doctor Niboli. El resto ya lo conoce.

Ahora me toca a mí darle una noticia que alegrará de manera especial a su esposa.

Hace cinco años, cuando con el propósito de escribir un libro empecé a investigar sobre el llamado tesoro de Yamashita (con el nombre de ese militar japonés se hace referencia a los tesoros artísticos chinos que Yoshio Kodama y sus socios enviaron a Japón vía el archipiélago de las Filipinas), entré en contacto con un joven y brillante profesor de Historia Contemporánea de la Universidad de Tokio. Para serle del todo sincero, mi verdadera intención al plantearme un proyecto de esa envergadura era descubrir el grado de implicación de mi padre en el Kodama Kikan, puesto que mi madre aseguraba en su carta que mi progenitor había trabajado para Yoshio Kodama. Sea como fuere, el mencionado profesor me proporcionó pistas muy útiles para mi investigación, tales como que en 1945, el Kodama Kikan acumulaba fondos valorados en 175 millones de dólares en platino y diamantes, y que diez años más tarde, Yoshio Kodama completamente libre de todo cargo criminal, invirtió parte de ese dinero en la fundación del Partido Liberal, que acabó fusionándose a su vez con el Partido Demócrata japonés. Todo con la connivencia de los generales norteamericanos Charles Wiloughby, el máximo responsable del G-2, y de MacArthur, el nuevo amo del imperio vencido. Al cabo, el profesor japonés y yo terminamos por congeniar, puesto que ambos teníamos varias cosas en común: los dos habíamos nacido en Shanghai durante los días de la ocupación japonesa, y tanto él como yo habíamos nacido fruto de una relación mixta. Otra cosa que nos unía era que uno y otro habíamos sufrido siendo niños muy pequeños el efecto devastador de las bombas, él en Tokio y yo en Yenán. Por si esto no fuera poco, mi colega y yo éramos huérfanos. Al leer su historia, doctor Niboli, acabo de descubrir que mi amigo está equivocado en este punto. Sí, el nombre de este profesor de Historia Contemporánea es Takeshi Fukuda, y tiene su residencia en la municipalidad de Sumida-Ku, al este de Tokio. Se trata de una pequeña vivienda de madera que yo he visitado y que, según mi amigo, fue levantada sobre las ruinas de la casa familiar, que quedó destruida durante los bombardeos de Tokio. El salón de la casa está presidido por un retrato de su padre, el coronel Yukio Fukuda, ejecutado en Shanghai al finalizar la segunda guerra mundial. A su madre, según me ha contado, nunca llegó a conocerla. Ni siquiera imagina la impresión que me causó descubrir que el coronel Fukuda del retrato era el mismo hombre que había vejado y abusado de mi madre. Tuve una arcada y vomité a los pies de aquella imagen, pues de pronto reconocí al hombre que yo había acuchillado en el Public Garden. Nunca me he atrevido a contarle a Takeshi Fukuda quién fue su padre en realidad, ni tampoco el papel que jugué en su ejecución. En el fondo, siento por él la misma lástima que durante años tuve de mí mismo. Los dos somos víctimas, con independencia del grado de culpabilidad de nuestros progenitores. En una guerra, los niños no tienen la opción de elegir un bando. Ahora que he descubierto gracias a usted que la madre de Takeshi está viva, creo que conocerla podría servirle de consuelo. En cualquier caso, se trata de una decisión que dejo en sus manos.

¿Cómo puedo darle las gracias por todo lo que ha hecho por mí, por todo lo que hizo por mi madre, querido doctor?

Después de leer su relato, no sé si seré capaz de escribir el libro que me llevó a ponerme en contacto con usted, al menos no sé si podré hacerlo con la objetividad que requiere, pues he de reconocer que ciertos pasajes de su historia me han llegado a lo más profundo del corazón. Gracias a su testimonio, he podido acercarme a mi madre como persona, como mujer. El pasaje de la floristería o su comportamiento como fiel criada, me han enternecido, a la vez que me han hecho comprender que «Lady Warrior» nunca pudo con Nube Perfumada. Nunca sabré si mi padre le regaló en alguna ocasión un ramo de rosas a mi madre, pero me consuela saber que un día recibió de usted una flor. Otro tanto ocurre con el frasco de perfume. ¡Le estoy tan agradecido! Ahora, sin temor a equivocarme, estoy seguro de que la palabra que mejor define el papel que nos ha tocado jugar tanto a Takeshi Fukuda como a mí en esta historia, se corresponde con el vocablo hebreo *Shatnez*, el término que alude a la prohibición de mezclar lana con lino. En lo que a mí respecta, no me cabe ninguna duda: Leon Blumenthal, mi padre, representa la lana, mientras que Nube Perfumada, mi madre, es el lino. Me falta por resolver si soy un digno hijo de esta mixtura prohibida.

Reciba un afectuosísimo saludo.

Wang Zemin
o
Zemin Blumenthal

NOTA

Ésta es una obra de ficción. Sin embargo, media docena de personajes son reales. Son los casos, por mencionar unos ejemplos, de Walter Czollek, de Calame, el responsable de la Cruz Roja en Shanghai, del doctor George Hatem o de la señorita Emily Hahn, quien llegó a convertirse en una afamada escritora en los Estados Unidos de Norteamérica. Incluso existió Mr. Mills, un gibón con el que acudía a las fiestas que se celebraban en Shanghai. También existió una mujer llamada Nube Perfumada, aunque nada tuvo que ver con el Partido Comunista chino. Al parecer, se trataba de una alcahueta que vendía perlas en un local de la calle Nanjing, en la década de los treinta del siglo pasado. He procurado ser lo más fiel posible a las trayectorias vitales de todos ellos, aunque en muchos casos haya modificado los escenarios. Las biografías de hombres como Walter Czollek o el doctor George Hatem están repletas de actos altruistas y, en muchos casos, heroicos. A ellos mi admiración. Sacrificar la vida por un pueblo al que uno no pertenece, en aras de unos ideales, no está al alcance de todo el mundo. También quiero hacer una mención especial a las miles de mujeres de consuelo o esclavas sexuales que el ejército japonés violó y masacró, y en especial a la joven Jiaodi (su nombre verdadero es otro), cuyo caso también es real. A todas ellas una muestra de cariño y de reconocimiento que llega con más de sesenta años de retraso.

Este libro se imprimió en los talleres
de Cayfosa-Quebecor
Ctra. Caldes, km 3,7
08130 Santa Perpètua de la Mogoda
(Barcelona)